ein Ullstein Buch

Ludwig Thoma

Assessor Karlchen

und andere Geschichten

ein Ullstein Buch

ein Ullstein Buch
Nr. 22974
im Verlag Ullstein GmbH,
Frankfurt/M – Berlin

Umschlaggestaltung:
Theodor Bayer-Eynck
unter Verwendung einer
Zeichnung von
Olaf Gulbransson

Printed in Germany 1992
Gesamtherstellung:
Ebner Ulm
ISBN 3 548 22974 3

August 1992
Gedruckt auf Papier mit
chlorfrei gebleichtem
Zellstoff

Vom selben Autor
in der Reihe
der Ullstein Bücher:

Lausbubengeschichten (22830)
Tante Frieda (22831)
Jozef Filsers Briefwexel (22832)
Der Heiratsvermittler (22973)

Die Deutsche Bibliothek –
CIP-Einheitsaufnahme

Thoma, Ludwig:
Assessor Karlchen und andere
Geschichten / Ludwig Thoma. –
Frankfurt/M; Berlin: Ullstein, 1992
(Ullstein-Buch; Nr. 22974)
ISBN 3-548-22974-3
NE: GT

Inhalt

Assessor Karlchen

Ich kenne Karlchen schon lange. Wir waren zusammen auf dem Gymnasium. Ich schmiß ihn einmal so an den Ofen, daß er einen Backenzahn verlor und ich wegen entsetzlicher Roheit zwei Stunden Karzer erhielt. Karlchen hatte nämlich schon damals eine Neigung zum Anzeigeerstatten und lief zum Rektor, welcher mir erklärte, daß auch bei den alten Griechen die Verbrecher mit solchen Handlungen ihre Laufbahn begonnen hätten.

Man sieht, es sind keine angenehmen Erinnerungen, die Karlchens Name in mir wachruft, aber niemand soll glauben, daß ich deshalb diese Geschichte von ihm erzähle. Ich hatte ihm wirklich verziehen, weil er der Dümmste in unserer Klasse war. Später wurde er Assessor in München.

Diese Bevorzugung flößte ihm eine hohe Meinung von seinen Fähigkeiten ein, und er verschmähte es fortan, mich auf der Straße zu grüßen. Trotzdem werde ich ganz objektiv bleiben.

Eines Tages also meldete sich bei Karlchen der Kriminalschutzmann Alois Schmuttermaier und erzählte, daß eine gewisse Baronin Werneck im nördlichen Stadtviertel seine Aufmerksamkeit erregt habe. »Dieses Frauenzimmer«, sagte er, »scheint einen unbändigen Lebenswandel zur Schande der Nachbarn zu führen.«

»Wie sprechen Sie von den Spitzen der Gesellschaft? Was *erlauben* Sie sich eigentlich?« fragte Karlchen, und seine wasserblauen Augen sahen drohend über den Zwicker hinweg.

»Entschuldigen, verzeihen, Herr Assessor, ich glaube gehorsamst, das Mensch ist gar keine Baronin, sondern aus Salzburg.«

»Ach so! Warum haben Sie das nicht gleich gesagt, hm?«

»Entschuldigen, verzeihen ...«

»Schon gut! Merken Sie sich ein für allemal, ich liebe Klarheit, absolute Klarheit. Fahren Sie fort!«

»Jawoll, Herr Assessor! Ich habe eifrig recherchiert, weil mir Herr Assessor befahlen, auf die Unzucht ein wachsames Auge zu werfen.«

Karlchen nickte beifällig.

»Ich habe«, fuhr Schmuttermaier fort, »verschiedene Verdachtsmomente gesammelt. Allein, wenn mir Herr Assessor erlauben, zu bemerken, ich glaube, daß man das Frauenzimmer in flagranti erwischen muß, weil man sonst nichts ganz Gewisses weiß.«

»Allerdings, hm! Allerdings!«

»Und wenn mir Herr Assessor erlauben, ich habe eine Idee.«

»Nur heraus damit«, sagte Karlchen leutselig, »Sie wissen ja, ich liebe es, wenn die Vollzugsorgane Initiative zeigen.«

»Jawoll, Herr Assessor!«

»Nun also, was ist das mit Ihrer sogenannten Idee?«

»Ich meinte gehorsamst, wenn ich ... wenn ich, hm!« Hier räusperte sich Schmuttermaier verlegen und nestelte mit der Hand an seinem Uniformkragen.

»Etwas rascher!« sagte Karlchen ungeduldig.

»Zu Befehl, Herr Assessor ... wenn ich ... wenn ich das Frauenzimmer selbst auf die Probe stellen würde.«

»Probe? Wie denn? Was denn?«

»Als Don Schuang!«

»Ach so! Hm! Ja, das ist wahr, das geht. Aber Schmuttermaier, ich hoffe, daß Sie nur aus Pflichtgefühl auf diesen Gedanken gerieten?«

»Jawoll, Herr Assessor!«

»Schön! In diesem Falle haben Sie meine Billigung. Sie können gehen.«

Schmuttermaier rührte sich nicht vom Platze.

»Was wollen Sie noch?« fragte Karlchen.

»Zu Befehl, Herr Assessor! Ich habe kein Geld nicht.«

»Hm. An der Kasse können Sie es nicht wohl erheben. Ich will Ihnen was sagen, Schmuttermaier, ich habe Sie als diensteifrigen Beamten kennengelernt. Hier haben Sie zwanzig Mark, aber ich mache es Ihnen zur unabweislichen Pflicht, ich gebe Ihnen den dienstlichen Befehl, verstehen Sie wohl, den *dienstlichen* Befehl, daß kein anderes Gefühl in dieser heiklen Angelegenheit aufkommen darf als das der strengsten Pflichterfüllung.«

»Jawoll, Herr Assessor!« sagte Schmuttermaier so laut, knapp und militärisch, wie man es bei der Verwaltung liebt. Dann drehte er kurz um und begab sich auf seine Mission.

Zwei Tage später kam in den Einlauf der Polizeidirektion eine sechs Seiten lange Anzeige des Schutzmannes Alois Schmuttermaier betreff Philippine Weizenbeck alias Baronin Werneck wegen überraschter Unzucht.

Karlchen freute sich als Mensch und Beamter über diese prompte Entlarvung eines jener unseligen Geschöpfe, welche im Sumpfe der Großstadt gedeihen.

Er ließ die Delinquentin sofort zitieren; Philippine erschien. Sie erfüllte den Korridor und das Verhörzimmer mit durchdringendem Patschouliduſte und versuchte ganz vergeblich, durch den Liebreiz ihrer Erscheinung auf Karlchen zu wirken. Sie wies mit Entrüstung die »ordanären« Verleumdungen zurück; allein, als sie im besten Zuge war, erschien unter der Türe der klassische Zeuge Alois Schmuttermaier in Uniform.

Der Eindruck war fürchterlich; das treuherzige Geschöpf sah ein, daß sie dem überlegenen Polizeigeiste zum Opfer gefallen war, und ließ alles mit sich geschehen; sie wurde acht Tage eingesperrt und sodann in ihre schöne Heimat verschubt.

Karlchen verfehlte nicht, höheren Ortes darauf hinzuweisen, daß seinem Spürsinne die Entdekkung der Salzburger Bathseba gelungen war, und er konnte aus manchen Dingen schließen, daß ihm die Tat hoch angerechnet wurde.

Eines Tages begab es sich sogar, daß ihn Exzellenz ansprachen, als sie sich gerade auf die Retirade begeben wollten.

»Ah, da ist ja der Herr Assessor Maier! Schön, schön!« sagten Exzellenz und zogen sich dann zurück.

Diese Äußerung wurde in der Beamtenwelt viel bemerkt, und man prophezeite unserem Karlchen eine gute Zukunft.

Kein Mensch dachte mehr an die Philippine Weizenbeck; selbst Schmuttermaier hatte sie vergessen, *sic*, die doch ganz anders war als die Kocherl seines Bezirkes. Da wurde er plötzlich an sie erinnert. Aus Salzburg kam ihm die Botschaft.

Sie war auf jenem Papier geschrieben, welches die königlich kaiserliche Regierung für amtliche Kundmachungen und zum Einwickeln des Tabakes benützt.

In dem Schriftstücke hieß es, daß eine sichere Weizenbeck ledigen Standes ein Kind geboren und hiezu als Vater das bayrische Sicherheitsorgan Schmuttermaier benannt habe. Ob sich der Genannte hiezu bekenne und diesfalls den Unterhalt mit sieben Gulden den Monat bestreiten wolle?

Als sich der Adressat von der ersten Überraschung erholt hatte, ging er zu dem königlichen Assessor Karl Maier und berichtete ihm das Geschehnis.

Karlchen war wütend.

»Habe ich Ihnen nicht gesagt, daß Ihre Recherche von dem strengsten Pflichtgefühl getragen sein muß? Habe ich das gesagt?«

»Jawoll, Herr Assessor!«

»So? Und jetzt kommen Sie mir mit dieser ... mit dieser Schweinerei? Die Folgen haben Sie selbst zu tragen! Abtreten!«

Alois Schmuttermaier war keineswegs gesonnen, seinen Gehalt um sieben Gulden oder zwölf Mark pro Monat zu kürzen.

Er richtete ein längeres Schreiben an die Salzburger Behörde, in welchem er ausführlich darlegte:

»Erstens, daß er überhaupts kein Geld nicht habe, und zweitens, daß es sich hier nicht um die Frucht der unerlaubten Liebe, sondern einer dienstlichen Verrichtung handle.

Indem in Bayern der Grundsatz gelte, daß der Staat für die amtlichen Handlungen seiner Beamten aufkomme und hier also die königliche Polizeidirektion das durch kriminelle Recherche zur Welt gekommene Kind bezahlen müsse. Indem es doch kein Gesetz gebe, welches den Beamten für seinen

Gehorsam bestraft. Einer jenseitigen königlich kaiserlichen Bezirkshauptmannschaft ganz ergebenster Alois Schmuttermaier.«

Die Österreicher verweigerten den rechtlichen Anschauungen des bayerischen Sicherheitsorganes ihre Anerkennung und ersuchten kurzerhand die Polizeidirektion selbst, die Sache in Ordnung zu bringen.

Auf diese Weise mußte Schmuttermaier vor das Angesicht des Herrn Präsidenten treten. Der Gedanke an die Schmälerung seiner Einkünfte verlieh ihm Kraft. Er blieb fest und berief sich darauf, daß er im Vollzuge eines dienstlichen Auftrages gehandelt habe.

Nun wurde Karlchen herbeigeholt. Als er in längerer Rede dartun wollte, daß Schmuttermaier entgegen dem klaren Befehle offenbar nicht bloß das strengste Pflichtgefühl beim Vollzuge der Recherche haben walten lassen und so weiter, wurde er barsch unterbrochen. Exzellenz bedeuteten ihm, daß vor allem jeder Skandal vermieden werden müsse und daß es ohnehin höchst sonderbar sei, wenn ein Beamter die niedrigen Gelüste eines Gendarmen durch Darlehen von zwanzig Mark unterstütze, »höchst sonderbar, hö . . . höchst sonderbar, ze ze!«

Was blieb meinem Karlchen übrig?

Er mußte retten, was noch zu retten war, und so kam es, daß er, der königlich bayerische Bezirksamtsassessor, die Alimente bezahlte für das illegitime Kind der Philippine Weizenbeck alias Baronin Werneck, welches zum Danke hierfür in der Taufe den Namen Karl erhielt.

Die Sau

Eines Tages begab es sich, daß die Sau des Gütlers Peter Salvermoser auf die Wanderschaft ging und durch den Zaun in das benachbarte Anwesen des hochwürdigen Herrn Pfarrers gelangte.

Sie nahm ihren Weg über die Blumenbeete, wobei sie achtlos Hyazinthen und Krokus in die Erde trat und auch mehrere Zentifolien knickte.

Nicht weniger roh benahm sie sich auf den Gemüsebeeten. Sie zog so lange Salatstauden aus dem Boden, bis sie den Geschmack derselben als unzulänglich erkannte; hierauf fraß sie verschiedene Sorten Monatrettiche und wollte eben untersuchen, ob in der tiefer gelegenen Erdschicht noch etwas Genießbares gedeihe, als sie von Fräulein Kordelia Furtwengler bemerkt wurde.

Diese war Köchin und Vorsteherin der pfarrlichen Haushaltung. Eine robuste Person mit gut entwickelten Formen und von resolutem Gebaren.

Sie griff ohne langes Besinnen nach einem handlichen Stecken und eilte zornig hinaus, um den frechen Eindringling zu treffen.

Da sie aber, wie alle Frauenzimmer, in den eigentlichen Kriegslisten wenig bewandert war, hub sie zu früh das Feldgeschrei an, so daß der Feind ihr

Nahen von weitem bemerkte und rechtzeitig die Flucht ergreifen konnte.

Auf derselben richtete die Sau erhebliche Verwüstungen an, da sie das Loch im Zaune nicht allsogleich fand, sondern erst in mehrerem Hin- und Herlaufen suchen mußte.

Während sie ärgerlich grunzend heimkehrte, besah Fräulein Kordelia den Schaden und jammerte in so lauten Tönen, daß der hochwürdige Herr seine Morgenandacht unterbrach und sich nach der Ursache der frühen Störung erkundigte.

Beim Anblick des Geschädigten wurde die Köchin von Rührung übermannt, und sie konnte nur mühsam unter verhaltenem Schluchzen das Geschehnis berichten.

Der Pfarrer vernahm es mit ersichtlichem Mißvergnügen. Zunächst, weil er selbst ein Freund der eßbaren Gartenfrüchte war, dann aber, weil die Missetäterin gerade dem Peter Salvermoser gehörte. Mit diesem hatte es seine eigene Bewandtnis.

Er war im Pfarrhofe übel angeschrieben als Freigeist und lauer Christ, der im Wirtshause nicht selten über kirchliche Einrichtungen böse Reden führte; ja, es war ruchbar geworden, daß er über die Korpulenz des hochwürdigen Herrn einige unflätige Witze gemacht hatte. Auch als Nachbar benahm er sich gröblich und drohte in geringfügigen Dingen mit Gericht und Advokaten.

Darum beschloß der Pfarrer, in diesem Falle von

der christlichen Langmut abzusehen und auf vollen Ersatz des Schadens zu dringen.

In dieser Absicht ließ er vom Bürgermeister einen Sühneversuch anstellen und erschien selbst, um seine Beschwerde vorzutragen. Er tat es mit vielem Nachdruck und hätte wohl auch die meisten Pfarrkinder überzeugt, allein auf Salvermoser machten seine Worte keinen Eindruck.

Peter war ein Mann von rauhen Sitten, dem der Kampf des Lebens wenig Respekt vor der Obrigkeit belassen hatte; überdies las er täglich die Zeitung und wußte deshalb mehr als mancher andere.

»I zahl durchaus gar nix«, sagte er, »indem daß i meiner Sau des net ang'schafft hab'.«

»Auf diesen Einwurf war ich gefaßt«, erwiderte der Pfarrer, »allein man haftet auch für den Schaden, den eines Haustier betätiget. Also will es das Gesetz.«

»Wos?« schrie Peter mit gehobener Stimme, »wo schteht dös? Des gibt's gor it, daß so was g'schrieben is. Aba i kenn mi scho aus. Der Adel und die Geischtlichkeit ham 's Gsetz allemal no so draht, wia s' as braucht ham.«

»Du muaßt net so reden«, mischte sich der Bürgermeister ein, »mir san net do zum Streiten, sondern zum Vergleicha.«

»I brauch koan Vergleich. I zahl durchaus gar nix. Wann der Pfarrer was will, nacha soll er mei Sau verklag'n.«

»Salvermoser«, fiel hier der Diener Gottes ein, »deine Worte sind roh und verraten ein böses Gemüt.«

»Soo? Do war mi schlecht, bal mi net zahlt, wos da Herr Pfarra gern möcht! Des glaab i gar net, daß Sie dös sagen derfa. I zahl meine Steuern so guat wia der Adel und die Geischtlichkeit! Des muaß i wissen, ob Sie des sagen derfa, Herrschaft Sternsakrament!«

Jetzt bedeckte der Geistliche sein Haupt und sprach im Gehen zu dem Bürgermeister: »Es sei ferne von mir, hier noch länger zu weilen! Ihr sehet selbst, daß gütige Worte an dem Frevler verschwendet wären.«

Dann begab er sich stehenden Fußes an die Bahn und fuhr nach München, woselbst er den Rechtsanwalt Samuel Rosenstock aufsuchte.

Derselbe war ein vortrefflicher Jurist und mit allen Geheimnissen der Streitkunst gar wohl vertraut. Er nahm sich des Prozesses mit Freuden an und begann ihn sofort durch eine spitzfindige Klage, worin er ausführlich darlegte, daß der beklagtische Gütler für das Benehmen seiner Sau voll und ganz einzustehen habe.

Allein auch Peter Salvermoser fand den Advokaten, welchen er suchte, und dieser sagte in allem das Gegenteil von dem, was Samuel Rosenstock behauptete.

So kam es, daß sich der Prozeß in die Länge zog

und die Gemüter der Streitenden sich immer mehr erhitzten.

Sie führten auch außerhalb der Gerichtsschranken einen erbitterten Krieg gegeneinander, und der Pfarrherr sah sich gezwungen, des öfteren von der Kanzel herunter seine Pfarrkinder eindringlich zur Tugend und Frömmigkeit anzuhalten, auf daß sie nicht würden wie Peter Salvermoser.

Dieser hingegen tat seinem Feinde Abbruch, wo er nur konnte. Er verminderte heimlich die Anzahl der pfarrlichen Hühner und Enten, er streute vergifteten Weizen in den Taubenkobel des hochwürdigen Herrn und sorgte dafür, daß die Forellen in dem Fischhalter des Wassers entbehrten.

Auch die tugendsame Kordelia Furtwengler wurde in Mitleidenschaft gezogen. Ihre Lieblingskatze verschwand auf rätselhafte Weise, und niemand im Dorfe glaubte an den natürlichen Tod des treuen Tieres. Sie selbst wurde gröblich beschimpft von Anna Maria Salvermoser, Ehefrau des mehrgenannten Gütlers, als sie mit derselben im Bäckerladen zusammentraf. Sie erfuhr hierbei, daß sie eine wampete Loas sei und noch mehreres andere aus dem Sprachschatze unseres Volkes.

So dauerte der Krieg in heftiger Weise fort, bis endlich das Gericht nach zwei Jahren genügendes Material gesammelt hatte, um zu einem Erkenntnisse zu gelangen. Es verkündete nunmehr, daß die Sau nicht in den Garten gekommen wäre, es hätte denn der Zaun nicht ein Loch gehabt. Hiefür träfe niemanden das Verschulden, als den Eigentümer des Zaunes.

Und damit hatte der Pfarrherr den Prozeß verloren. Viele wunderten sich darüber, am meisten Samuel Rosenstock.

Als die Kunde von dem Geschehnisse in das Dorf gelangte, überkam ein tiefer Ingrimm den hochwürdigen Herrn. Er begab sich in die Küche zu Kordelia Furtwengler und erklärte der Erstaunten die ganze bodenlose Schlechtigkeit unseres Staatswesens.

Nicht so Peter Salvermoser. Dieser gewann Vertrauen in die Einsicht der von Gott gesetzten Obrigkeit und freute sich in seinem schlichten Gemüte.

Die Probier

Ursula Reischl steht auf dem Hausanger hinter dem Hofe und tut Mist breiten.

Es ist ein schöner Herbsttag, und die Nachmittagssonne brennt so heiß herunter, daß die Ursula oftmals die Arbeit aussetzt und ein bissel Umschau hält, um zu rasten.

Sie wischt sich mit dem Ärmel die Schweißtropfen von der Stirne und fährt mit der Hand ein paarmal unter der Nase auf und ab. Dann nimmt sie wieder eine Gabel voll Mist und schüttelt ihn bedächtig auf den Anger.

Mit einem Mal tönt ein schriller Pfiff vom Hofe herüber, und dann noch einer.

Die Urschel schaut um und sieht, daß ihr der Vater winkt. Sie stößt die Mistgabel in den Boden und geht bedächtig auf das Haus zu.

»Wos geit's?« fragt sie, als sie näher gekommen ist.

»Der Brandlbauer ist do mit sein' Nazi und schaut 's Sach o. Mach, daß d' in d' Stuben neikimmst.«

»Is scho recht«, sagt die Urschel und geht mit dem Vater in das Haus.

Vor der Küchentüre bleibt sie stehen und schlieft mit den bloßen Füßen in ein Paar Pantoffeln.

Dann tritt sie hinter dem Bauern in die Stube und schaut bolzengerade, aber doch ein bissel schüchtern, auf die fremden Leute. Am Tische sitzt der Brandlbauer; ein stämmiger Alter mit grauen Haaren und glattrasiertem, braunrotem Gesicht.

Neben ihm sein Nazi im Feiertagsgewande. Lustige, kleine Augen, Stumpfnase, großer Mund, hinter dem eine Reihe gesunder Zähne heraussieht. In den gut entwickelten Ohrwascheln trägt er Sterne aus Goldblech.

Die Brandlbäuerin sitzt neben der Reischlin auf der Ofenbank. Man sieht nicht viel von ihren Zügen, weil sie durch das große schwarze Kopftüchel verhüllt sind.

Auf dem Schoße hält sie den bei Besuchen unerläßlichen Handkorb und darüber gebreitet einen blauen Schal.

»Da is d'Urschel«, sagt der Reischlbauer. »S' Good«, ruft der Nazi, und der Brandlbauer sagt: »Jetzt geh mi in Stall naus«, damit steht er auf, und die Gesellschaft setzt sich in Bewegung zur Haustür hinaus über den Hof.

Im Pferdestall, der sehr reinlich gehalten ist, sieht der Brandlbauer mit Wohlgefallen das hohe Gewölbe und die fetten Hinterteile der strammen Gäule.

»Achti?« fragt er.

»Ja«, sagt der Reischl, »und oaner is im Feld d'außt.«

»San neuni«, meint der Brandl und streicht dem nächststehenden Gaul mit der Hand bedächtig über den Rücken.

»I hab allaweil Glück g'habt im Stall«, fährt der Reischl fort; »is guetta fünf Johr, daß mi koaner mehr verreckt is. No, 's Fuatta is guat; an Habern bau i selm.«

»Baust selm?« fragt der Brandl und schaut dem Rotschimmel prüfend in das Maul.

Währenddem führen auch die zwei Bäuerinnen ein eifriges Gespräch unter der Stalltüre.

»Und mit die Anten is mi gor net viel aufg'richt«, meint die Reischlin; »erst gesting hon i zu der Brummerin g'sagt, Brummerin, sag i, wann mi denkt, was mi an a so an Anten hifuattert, hab i g'sagt, nacha is leicht g'schaugt, sag i. Des muaß ma net moan, hab i g'sagt, daß da Profit so groß is, sag i...«

»Do host recht, Reischlin, aba do is mi an Anten no liaba, wia so a Henn'...«

Die Brandlbäuerin wird durch ihren Ehemann unterbrochen, welcher mit seinem Nazi und dem Reischl unter die Tür tritt und sagt. »Jetzt schau mi an Kuhstall o.«

Sie gehen darauf zu.

Der Nazi dreht hie und da den Kopf nach der Ursula um, welche mit der Mitterdirn hinterdrein geht.

Sooft er umschaut, rennt die Ursula ihrer Begleiterin den Ellenbogen in die Hüfte, und alle zwei halten die Hände vor die Mäuler, damit man nicht hören soll, wie sie gar so herzhaft lachen müssen. Im Kuhstall kommen auch die Weiber zum Reden.

Die Reischlin gibt die Vorzüge einer jeden Kuh bekannt; sie erzählt, wieviel Milch eine jede gibt und ob sie zwei- oder dreistrichig ist.

»Die Scheck sell doben is mi de allaliaba, Brandlin. I hab scho oft zum Bauern g'sagt, Bauer, sag i, die Scheck is mi de liabeste. Wann i anort nei geh dazua zum Melken, habt si si so staad. Da braucht's gar nix, sag i. A so a rechtschaffen's Vieh is, hab i g'sagt, daß 's grad a Freud is, sag' i . . .«

Der Stall ist eingehend besichtigt, und der Brandlbauer hat dem letzten Ochsen den Schweif aufgehoben und seine Qualitäten gemustert.

»Reischl«, sagt er jetzt, »mi g'fallt de Sach. Und indem mei Peter an Hof kriagt und der Nazi heiraten will, halt i für eahm um die Ursula o.«

»Mi is recht«, erwidert der Reischl, »und wenn mi aushandeln, übergib i an Hof.«

Die Ehe ist ein Vertrag, wie ein anderer auch. Soll er richtig werden, dann müssen die Leute wissen, wie sie daran sind.

Deswegen muß man sich vorher alles genau anschauen, damit man nicht hinterher ausgeschmiert ist.

Vorsicht ist besser wie Nachsicht, und für die Reu' gibt der Jud' nichts.

Ich wüßte noch viele Sprichwörter, um das zu

entschuldigen, was ich jetzt beschreiben möchte, aber nicht sagen darf. Kurz und gut, der Nazi ist der Meinung, daß man keine Katz' nicht im Sack kauft, und während die Eltern die Hergabe des Hofes besprechen müssen, hat er eine andere Prüfung vor, die nicht weniger wichtig ist.

Es wird kein Wort darüber verloren.

Das ist einmal so Brauch.

Die Eltern haben nichts dagegen, und die Ursula auch nicht. Sie tut wohl ein bissel geschämig und schaut recht spaßig aus ihrem Kopftuch heraus.

Dann aber fährt sie sich ein paarmal mit dem Rücken der Hand unter der Nase auf und ab und geht, ohne daß es ein Zureden gebraucht hätte, langsam die Stiege hinauf, den Gang hinter, in die Menscherkammer.

Der Nazi marschiert tapfer hinterdrein, sie läßt die Türe offen, er lehnt sie zu, und das andere ist nicht mehr recht zum Erzählen. Wir müssen die zwei schon allein lassen und wieder zu den Alten hinuntergehen, die in der Stube eifrig verhandeln. Die Bäuerinnen sitzen auf der Ofenbank und horchen zu, wie die Mannsbilder den Austrag besprechen und das Abstandsgeld.

Nur hie und da redet die Reischlin ein Wort mit, wenn ihre besonderen Interessen in Frage kommen.

»Fufzeh Henna muaß i b'halten derfa, und acht Anten und vier Gäns ...«

»Zu wos brauchst denn gor so vüll Henna?«

»Zu wos mi de Henna braucht? De braucht mi scho. I möcht Oar handlen, daß mi a weng an Geld in d' Hand kriagt. Bald braucht mi des, und bald braucht mi des ander. I mog net, daß mi geht wia der Huaberin. Reischlin, hat s' g'sagt, balst amol übergibst, sagt s', nacha nimmst da was G'scheits aus, hat s' g'sagt. I bin aa so dumm g'wen, sagt s', und hob nachgeben, hat s' g'sagt, und jetzt kon i wegen an jeden Oar zu der Bäurin laffa, sagt s', und muaß no recht schö bitten aa, hat s' g'sagt. Und des mog i gor net . . .«

»No, no, Reischlin, wegen de Henna z'tragen mir uns net. Also, Reischl, nacha kriagt's ös fufzehtausad March Abstandsgeld.«

»Ja, aba de Taub'n muaß i aa kriag'n«, fällt ihm die Reischlin ins Wort; »an Taubenkobel muaß i aa hamm, daß ini im Fruhjohr mit die junga Tauben handeln ko. Des gibt's gor it, daß i de Taub'n herlaß . . .«

»No, vo mir aus«, brummt der Brandlbauer, »also ös kriagts drei Zimmer zu da Wohnung, an Austrag, wia ma's g'sagt hamm, und fufzehtausad March Guatsabstand . . .«

»Ja, und acht Anten und vier Gäns; des sell gibt's gor it . . .«

»Jessas ja, du kriagst deine Anten scho. Also sechstausad March zahl i bei da Hozet, fünftausad auf Liachtmeß und viertausad auf Micheli 's nächst Johr. Is a so recht?«

»Mi is recht«, sagt der Reischl.

»Nacha mach ma's moring notarisch. Ös kembts um achti in da Fruah auf Dachau zum Ziaglerbräu. Bal i no net do bin, fragt an Bräumoaster Engart, der woaß nacha, wo i bi.«

Im Rahmen der Türe erscheint in diesem Augenblick der Nazi. Und hinter ihm die Ursula.

Er schlenkert ruhig in die Mitte der Stube vor und dreht den Hut in den Händen; sie macht sich zu der Ofenbank hin und zupft an ihrem Kopftüchel.

Ihre Ankunft erregt kein Aufsehen.

Der Brandlbauer erklärt seinem Stammhalter, daß man sich herunten geeinigt hätte.

Da zieht der Nazi seinen Geldbeutel, nimmt bedächtig einen Silbertaler heraus und gibt ihn der Ursula als Darangeld, zum Zeichen, daß auch oben alles in Ordnung befunden worden sei und daß nunmehr der Vertrag als richtig und fertig gelte.

»So, und jetzt pfüat enk«, sagt der Brandl und geht mit seinen Leuten zum Hofe hinaus.

Sie drehen sich nicht um, und die andern schauen ihnen nicht nach. Die Ursula schlieft wieder aus ihren Pantoffeln und geht auf den Anger.

Sie zieht die Mistgabel aus dem Grasboden und fängt gemächlich die Arbeit an, wo sie aufgehört hat.

Währenddem ist der Brandl zügig dahingegangen; wie sein Weib einmal neben ihm her stapft, stoßt er sie an und sagt: »Hast as g'seg'n, Bäurin, de oa Sau is guat trachti? Mi müassen schaug'n, daß d' Hozet bald is, sinscht vokaft da Reischl no g'schwind de kloan Fackein.«

Die Hinterseer

An den Straßenecken der Residenzstadt X. waren große Plakate angeschlagen, welche verkündeten, daß die »Hinterseer« ihre Vorstellungen im Hoftheater mit dem oberbayrischen Gebirgsstücke »Der Schnackeltoni« am Heutigen beginnen würden.

Man war auf die schauspielerischen Leistungen dieser Kinder der bayrischen Alpen um so mehr gespannt, als die Tagesblätter seit Wochen rühmende Berichte über die urwüchsige, naive Kunst dieser einfachen Bauern gebracht hatten. Der berufenste Kritiker der Stadt, Herr Moritz Bärenthal, hatte noch gestern in seinem Theaterbriefe Nr. 288 geschrieben: »Es sind Bauern. Nur Bauern. Einfache, mit Lederhosen bekleidete Bauern. Aber was sie uns bieten, ist echte Kunst. Reine, unverfälschte Kost. Man verstehe mich. Ich sage nicht: es ist *die* Kunst. Ich sage nicht, daß sie allen meinen Vorschriften in Brief 68 und 132 (siehe diese) cntspricht. Aber es ist *doch* Kunst. Die Stücke sind gut. Man gehe hinein. M. B.«

Ein anderes Blatt hatte ein Feuilleton über die Hinterseer gebracht. Die bekannt geistreiche Verfasserin desselben schrieb: »Aus diesen Volksstücken weht es uns entgegen wie Waldesluft und Bergesodem. Wir hören das Murmeln der Bäche und das Rauschen der Bäume, und über alledem schwebt leise verklingend ein melodischer Jodler aus der Kehle eines drallen Bauernmädchens, während im Hintergrunde der ›Bua‹ jauchzend und hüpfend einen Schuhplattler tanzt.«

Kein Wunder also, daß die erste Aufführung der Hinterseer das ganze gebildete Publikum der Stadt im Hoftheater versammelte.

Auch Serenissimus hatte sich mit Allerhöchstdero Gemahlin eingefunden. In eingeweihten Kreisen erzählte man sich, daß der hohe Herr vor Beginn der Vorstellung sich heiter angeregt von dero Gemahlin über das Milieu hatte belehren lassen.

Die höchste Frau war nämlich vollständig vertraut mit den Sitten und Gebräuchen des Gebirgsvolkes, da Höchstsie einige Male bereits durchgereist waren.

Ihre Durchlaucht schilderten den bekannten Stolz des reichen Bauern, welcher seine Töchter nur wiederum an Bemittelte verheiratete, was insofern nicht ganz den Intentionen der hübschen Landmädchen entspricht, als diese gewöhnlich ihre treuherzige Zuneigung einem Bediensteten des Vaters schenken. Durchlaucht erwähnten dann noch den rührenden Kampf zwischen Pflicht und Liebe seitens der Tochter, berührten auch die Entsagung des armen Knechtes, den Konflikt desselben mit dem starrköpfigen Alten und bemerkten, daß alle diese

Gefühle am Schlusse des Stückes durch Patschen auf die entblößten Knie rhythmisch zum Ausdrucke gelangen.

Serenissimus hörten sichtlich interessiert zu und waren sich beinahe im klaren, als das Stück begann.

Es war eine echte, taufrische Dichtung.

Die Tochter des reichen Freihofbauern liebte den Flößer Toni, welcher der beste Schütze und Kegelschieber rundum war.

Der Alte hatte beschlossen, seine Afra an den buckeligen Sohn des steinreichen Holzhändlers Schmid zu verheiraten. Alles war besprochen und verabredet zwischen den Eltern. Da kommt plötzlich die Entdeckung, daß der arme Schnackeltoni diese Pläne stören will.

Bei einem Preiskegeln ist der Freihofbauer über die Kunst des strammen Burschen so entzückt, daß er ihm freistellt, einen Wunsch zu äußern, gleichviel welchen; er wolle ihn gewähren. Und als Toni das nicht glaubt, schwört er bei seiner Ehre und dem Grabe seiner Eltern.

Da wünscht der Übermütige die Hand der Afra Wegleitner zum ehelichen Bunde!! Der nächstfolgende Akt schildert packend den Seelenkampf des Alten, welcher vor der schweren Wahl steht, ob er dem Holzhändler Schmid oder dem Floßknechte Toni das gegebene Wort brechen soll. Er entscheidet sich schweren Herzens zu letzterem und greift mit rauher Hand in das Lebensglück seiner Tochter, welche nach einem schrecklichen Kampfe zwischen Eltern- und Burschenliebe den Helden des Stückes in die Fremde schickt. Toni zieht in den Krieg, rettet bei Sedan einen Oberst und zwei Generäle, erhält das Eiserne Kreuz, wird verwundet und sieht im Lazarette seine Afra wieder, welche Krankenpflegerin geworden ist. Im letzten Akte kommt die Versöhnung. Der alte Wegleitner will immer noch starrköpfig den Floßknecht verschmähen, da bringt der Bürgermeister ein Handschreiben des Königs, welcher die Ehe der lieblichen Alpenrose mit dem tapferen Ritter des Eisernen Kreuzes befiehlt. Wortlos starrt der Alte auf den Brief

Mit zitternder Stimme sagt er: »Wos? Vom Kini? Von unserm Kini? An Briaf von unserm Kini? No, Toni, da hast halt dei Afra! Bal's da Kini selbst hamm will, ko der Freihofbauer net dagegen sei. Leuteln, spielt's oan auf!«

Und nun beginnt auf der Bühne, welche sich rasch mit Burschen und Mädeln füllt, ein lustiges Tanzen, Stampfen und Patschen.

Serenissimus waren sichtlich ergriffen und befahlen die Darsteller der Hauptrollen zu sich. Der Intendant von Pritzelwitz geleitete die Naturkinder in die Loge. Sie schoben sich schwerfällig in den vornehmen Raum, und ihr Wortführer, der »Fischersimmerl«, begrüßte die hohen Herrschaften mit der naiven Schlichtheit seines Volkes.

»Grüaß di Good, Herr Fürst! Grüaß di Good, Frau Fürstin! Seid's alleweil g'sund beinand?«

»Ah, was? Was sagt der Kärl?« fragte Serenissimus.

»Er frägt Euer Liebden nach dero Wohlergehen«, flüsterte die Herzogin.

»So, so? Hm! Äh, äh ... sagen Sie mal, mein Lieber, woher sind Sie eigentlich?«

»Vo Hintersee außa, z'allerhöchst im Gamsgebürg.«

»Wie? Was sagt der Kärl?«

»Er bemerkt, daß er aus dem Hochgebirge ist, Euer Liebden.«

»So? Ah ... sagen Sie mal, patschen bei Ihnen zu Hause die Leute alle so stark auf die Knie?«

»Du moanst an Schuahplattler, Herr Fürst? Da hast recht. Woaßt, des is unser Nationaltanz; da leg ma alles nei, was mir hamm, inser Herz und inser G'müat und die Liab zu insern Herrscherhaus.«

»Schon gut, hm, äh, äh ... schon gut. Ich verstehe den Kärl absolut nicht, der stottert ja! Sagen Sie mal, Pritzelwitz, der Kärl war doch ein ganz gewöhnlicher Bauer? Was?«

»Ja, Euer Liebden.«

»So, wie die Kärls bei uns, die, die Mist schieben, was?«

»Genau so, Euer Liebden.«

»Und jetzt ist er Künstler, he?«

»Ja, Euer Liebden. Ein ganzer, echter, deutscher Künstler.«

»Märkwürdig, hm, äh ... märkwürdig! Geben Sie den Kärls ein paar Medaillen für Kunst und Wissenschaft.«

Mit einer gnädigen Handbewegung entließ der Fürst die kunstfreudigen Landbewohner.

Das Begräbnis

Am Dienstag, den 3. Januar, verstarb der Realitätenbesitzer Josef Seilinger eines plötzlichen Todes.

Er war wie alltäglich beim Sternbräu zum Abendschoppen eingekehrt, trank mit sichtlichem Behagen seine drei Maß Bier und sprach sich mit gewohnter Lebhaftigkeit über die Schlechtigkeit der preußischen Zustände aus.

Um sieben Uhr verließ er die Gaststube und begab sich in die Küche, um sich von der Frau Wirtin zu verabschieden. Er wechselte einige Scherzworte mit ihr und sagte noch: »Jetzt pfüat Eahna Gott, Sie Schneckerl, Sie liab's«, da fiel er plötzlich streckterlängs zu Boden und war maustot.

Nun lag er den zweiten Tag aufgebahrt im Prunkzimmer seiner Wohnung.

In dem frostigen, unfreundlichen Raume nahm die tiefverschleierte Witwe die Beileidsbezeugungen entgegen. Es war ein stetes Kommen und Gehen.

Die ehrsamen Bürger traten schweigend mit ihren Frauen an die Bahre.

Sie legten alle gleichmäßig die Stirne in ernste Falten, verzogen die Mundwinkel und sahen lange und ausdruckslos noch einmal in das breite Gesicht des Verblichenen.

Die Frauen drückten schluchzend die Taschentücher an ihre nassen Augen und zählten im geheimen die Kranzspenden. Nach einer anständig bemessenen Pause traten die Besucher zu den Leidtragenden und sprachen Worte des Trostes.

»Wer hätt' dös glaubt, Frau Seilinger? So a g'sunder Mann! Vor drei Tag hab i'n no über'n Marktplatz geh seh'gen und zu mein Mann g'sagt – gel Schorschel? – schau hi, hab i g'sagt, da geht der Herr Seilinger. Und jetzt – – a so a Mann . . .!«

»– – Ja, ja, der Seppl! I hätt's a net gmoant, daß eahm so schnell derwischt, Frau Seilinger. Am letzten Sunntag san ma no so zünfti beinand g'wen, und heint liegt er do . . . Ja, ja, das menschliche Leben!«

»Trösten S' Eahna, Frau Seilinger! Gunnen S' eahm sei Ruah. Eahm is wohl! Wer woaß, was eahm alles derspart blieben is und wia bald daß uns selber außi tragen mit die Füaß voro.« Und wenn die trauernde Witwe zustimmend mit dem Kopfe nickte, rühmte die Frau noch die Schönheit und Zahl der Kränze.

»De vielen, vielen Kränz' und de schönen Blumen, Frau Seilinger! Es ist doch auch a gewisser Trost, wenn ma siecht, wia oan de Leut in Ehren halten! So was muaß noch gar net dag'wesen sein.«

Dann blickten die Besucher der Witwe noch einmal tieftraurig in die Augen und machten anderen Platz.

Draußen bemerkte die Frau flüsternd: »Hast a's

g'seg'n, Schorschl? Mit dera Trauer is a net weit her. Grad drucka hat s' müassen, daß s' a paar Träna außerbracht hat. Und den Aufwand! An glatten Kaschmirrock mit Schürzendraperie und Krepp de Schin-Ausputz, a g'schweifte Schoßtaille mit an Latzteil, und am Rand matte Holzperlen. Statt a Schneppenhauben hat s' an Kapothuat mit an schwarzen Bleamelbukett, und *den* Schloar!«

»Na Na! I woaß net, daß de Leut koa rechts G'fühl nimma ham. Da guat Seilinger wenn s' sehg'n tat, wia s' dasteht, nacha drahet er si um.«

Im Treppenhause war die Leichenfrau mit den Zurüstungen für die Einsegnung beschäftigt; sie zündete die Kerzen an, stellte das Weihwasser zurecht und wies die Ankommenden in das Trauerzimmer.

Ihre Miene war dem Ernste ihres Berufes angemessen, und nur flüsternd führte sie die Unterhaltung mit diesem und jenem Trauergaste.

»Geln's, der Herr Seilinger? Aba schö liegt er drin, koa bissel entstellt! So sanft! Grad als wenn er schlafen tat. So a g'sunder Mann und so plötzli schterben! I sag Eahna, was der Herr für a G'wicht g'habt hat, des is net zum glauben! Der muaß im Leben alleweil seine guaten dritthalbe Zentner g'wogen ham. I hab zerscht gmoant, i kunnt'n alloa daheben beim Anziagn, aber da is koa Drodenka net g'wen. Erscht wia mir die Binder Cenzl g'holfen hat, is ganga. Cenzl, hab i g'sagt, paß auf, sag i, daß ma'n schö hinleg'n, hab i g'sagt.« Die Leichenfrau wurde unterbrochen durch das Herannahen der Geistlichkeit, welche die Zeremonie begann.

Eintönig hallten die tiefen Stimmen der singenden Priester durch den kalten Gang, und süßlicher Weihrauchduft füllte das Haus.

Vor demselben hatten sich nunmehr alle versammelt, welche dem Toten das letzte Geleit geben wollten.

Alle Vereine, denen Josef Seilinger angehört hatte, waren vertreten. Die Liedertafel, die Schützengesellschaft, der Tarockklub, die Freiwillige Feuerwehr, der Veteranenverein und der Velozipedklub.

Zum Zeichen der Trauer waren die Fahnen umflort wie die Schärpen der Fahnenjunker.

Mit finsterem Ernste blickten die Männer unter den hohen Zylindern hervor; ihnen gegenüber, durch die Straße getrennt, stand die schwarzgekleidete Schar der Frauen.

Die Blicke aller waren auf das Tor gerichtet, aus dem jetzt schwankend unter der Last des Sarges die Leichenträger schritten, gefolgt von der Geistlichkeit und den Hinterbliebenen.

Die Fahnenträger schlossen sich an, dann die Trauergesellschaft in hergebrachter Ordnung.

In langer, krummer Linie schlich der schwarze Zug durch die schneebedeckten Straßen; an den Fenstern lugten hinter den Vorhängen die alten Leute und Kinder heraus; die kleinen Häusler und

Taglöhner standen vor ihren Hütten und entblößten ehrfürchtig die Häupter zum letztenmal vor dem dicken, reichen Josef Seilinger.

Die Bürger aber kürzten sich den Weg mit Gesprächen über das traurige Ereignis.

»Ja, schnell hat's 'n g'rissen. Wer hätt' dös glaubt? Woaßt as no, Franzl, wia ma vorig's Jahr in Hausham beim Bierletzt g'wen san? I und da Reitmoar und du und da Seilinger? Wia ma z'letzt allsam so b'suffa g'wen san, daß ins 's Bier bei die Augen außa grunna is?«

»Freili woaß i's no. Wia nacha da Seilinger aufg'standen is und hat mit da Faust in Tisch einig'haut. Herrgottsakra, hat a g'schrian, trink ma no a Maß, ös Fretter ös miserablige! I trink Enk allsamt untern Tisch eini. Und g'rad schnackerlfidel is er g'wen.«

»Ja, da hätt aa koa Mensch net denkt, daß er so bald ei'liefert. Man hat eahm nix okennt.«

»No, no, woaßt, Franzl, dös viele Saufen ko net guat sei. Er hat scho a bisl gar z'naß g'fuattert.«

»Dös is wahr. Du, wo geh' ma denn danach hi?«

»I moa halt zum Sternbräu. Spiel ma an Tarock, da Weißlinger tuat aa mit. Gel, Schorschl?«

»Ja, is ma grod recht ... Bst! Bst!«

Man war vor dem offenen Grabe angelangt. Als unter den üblichen Zeremonien der Sarg versenkt war, entblößte der Pfarrer das Haupt und sprach:

»Andächtige Trauerversammlung! Wir stehen vor

dem offenen Grabe des tugendsamen Josef Seilinger, bürgerlichen Realitätenbesitzers dahier. Er ist geboren am 10. Oktober 1854, als der Sohn des Realitätenbesitzers Josef Seilinger und dessen Ehefrau Brigitta, und starb am 3. Januar 1899. Sein Leben war vergleichbar einem Strome, der ruhig dahinfließet. In seiner Jugend besuchte er drei Lateinklassen mit großem Erfolge, wie durch das Zeugnis seiner Lehrer bestätigt wird. Alsdann zog er sich in sein elterliches Haus zurück und verblieb daselbst bis zu seinem Lebensende.

Im Jahre 1879 vermählte er sich mit Fräulein Marie Hitzinger, Brauereibesitzerstochter von hier, welche heute als trauernde Witwe in das Grab blicket. Der glücklichen Ehe entsprossen drei Kinder.

So, geliebte Christen, ist seine Laufbahn ein Beispiel und eine Lehre für alle. Er war aber auch ein ordnungsliebender Bürger und ein gläubiger Katholik. Er war nie ein Zweifler, und der neue Geist, welcher jetzt so böse in der Welt umhergeht, hat ihn nicht beschädiget.

Darum dürfen wir hoffen, daß er trotz seines schnellen Endes die Seligkeit erworben habe. Amen!«

Hier wollte der Gesangverein einfallen mit dem Liede: »Seht, wie sie so sanft ruhen.« Aber nach den ersten Tönen brachen die Sänger ab; eine auffallende Bewegung ging durch die Reihen, und nach einer drückenden Pause trat der Vorstand an das

Grab und erklärte, daß der Gesang infolge Unwohlseins einiger Mitglieder nicht stattfinden könne.

Damit war auch die Feierlichkeit zu Ende. Die Trauergäste entfernten sich rasch und besprachen mißbilligend das letzte Vorkommnis.

»Da siecht ma's wieda, unsa Liadertafel. Bal ma sei Ruah haben möcht im Wirtshaus, nacha plärren s' in oan Trumm, oan faden G'sang nach dem andern. Bal ma s' aba braucht, ham s' koa Stimm'. I möcht bloß wissen, was da dahinter steckt.«

Die Neugierde wurde bald befriedigt, denn der Vorstand erzählte beim Sternbräu jedem, daß der erste Bassist, der Schreinermeister Bergmann, sich geweigert habe, zu singen.

»Und wissen S', warum, meine Herren? Weil d' Frau Seilinger an Sarg net bei eahm hat macha lassen. I hab bitt und bettelt, daß er uns de Blamasch net atoa soll. Nix hat's g'holfen. ›Fallt ma gar net ein‹, sagt er, ›braucha de Protzen mein Sarg net, braucha s' mei Stimm' aa net.‹ Was sagen S' da dazu, meine Herren?«

»Ja no!«

Der Star

Ich legte meiner Nachbarin noch ein Stückchen Kapaun auf den Teller. Sie dankte und sagte: »Es ist zu ungeschickt, daß er immer so spät kommt.«

Ich nickte ihr beifällig zu und versicherte ihr, daß ich gleichfalls einen gut gebratenen Kapaunen dem besten Fische vorziehe.

Da sah sie mich verwundert an und brach in ein silberhelles Lachen aus.

»Das ist köstlich! Das ist reizend! Dieses Mißverständnis! Ich meinte ›ihn‹, und Sie denken an gebratene Hühner. Das muß ich Peter Paul erzählen.«

»Verzeihung, gnädiges Fräulein, ich wußte nicht, daß Sie verlobt sind.«

»Verlobt? Ich spreche doch von Peter Paul!«

Diesmal klang es vorwurfsvoll; und als ich ihr treuherzig versicherte, daß ich niemanden dieses Namens kenne, rückte sie von mir weg.

Sie sprach leise einige Worte mit dem Herrn zu ihrer Rechten; nach kurzer Zeit entstand ringsherum ein Tuscheln und Flüstern; man hörte auf zu essen, und als ich mir eben noch ein Stückchen Geflügel ausbitten wollte, sah ich, daß die Augen aller Anwesenden auf mich gerichtet waren. Ich fuhr mit der Hand nach der Krawatte. Sie saß auf dem rechten Flecke, und auch sonst war nichts in Unordnung.

»Vielleicht habe ich den Salat mit dem Messer in den Mund geschoben; ich werde mich etwas mehr zusammennehmen«, dachte ich und nahm mir mit möglichster Unbefangenheit einen fetten Schlegel von der Platte.

Ich sollte ihn nicht mit Ruhe verzehren. Es quälte mich, daß so viele Lorgnons und Zwicker durchbohrend auf mich gerichtet waren. Ich wurde unsicher und stach mit der Gabel daneben. Das Bratenstück wurde förmlich lebendig, ich jagte es auf dem ganzen Teller herum, und als ich es endlich zu fassen kriegte, rutschte ich mit dem Messer so heftig ab, daß die Sauce in die Höhe und meiner Nachbarin auf das Kleid spritzte. Ich entschuldigte mich und begann den Kampf von neuem.

Diesmal gedachte ich es besser zu machen und spießte in verhaltener Wut den widerspenstigen Schlegel fest auf das Porzellan. Eben hatte ich ihn und schnitt mit einer energischen Bewegung tief in das Fleisch, als mein vis-à-vis, ein blonder Herr mit melancholischen Gesichtszügen, das allgemeine Schweigen unterbrach und mich mit vibrierender Baßstimme fragte: »Sie kennen also Peter Paul nicht?«

Ich verspürte einen elektrischen Schlag in der linken Hand und fuhr mit dem durchbohrten Kapaunen gicksend über den Teller hinaus. Da lag er jetzt auf dem weißen Tischtuche, und ich sah, daß er für mich verloren war.

Zornig wollte ich dem unangenehmen Fragesteller erklären, daß ich auf alle Peter Pauls der Welt pfeife, als die Tafelrunde in große Bewegung geriet.

Alle erhoben sich von den Stühlen, und mehrere Damen eilten auf die Türe zu, in deren Rahmen ein mittelgroßer, fetter Herr erschien.

Man nahm ihm Hut und Überzieher ab; nach geraumer Zeit löste sich der Kreis, welcher sich um ihn gebildet hatte, und er schritt an der Seite unserer Gastgeberin auf seinen Platz zu.

Ich sah, wie alle Anwesenden heftig bemüht waren, durch Kopfnicken und Verbeugungen dem Neuangekommenen sich bemerklich zu machen, und ich sah, wie sich die Gesichter derjenigen verklärten, welche einen vertraulichen Gegengruß erhielten.

Ich wurde in meinen Betrachtungen plötzlich gestört. Ein Herr hatte sich hinter mich geschlichen und flüsterte mir erregt ins Ohr: »Blamieren Sie sich nicht länger! Das ist Peter Paul!«

Ich sah ihn so verständnislos an, daß er sich meiner erbarmte und nochmals hervorstieß: »Peter Paul Huber!«

Dabei zog er die Brauen in die Höhe und verdrehte die Augen so, daß man nur mehr das Weiße sah.

Ich begriff, daß ich wohl oder übel verstanden haben mußte, und ließ über meine Züge ein Lächeln der Erhellung gleiten. »Ach pardon! Natürlich! Wie man nur ... pardon!«

Dann setzte ich mich und nahm mir vor, an diesem Abend den Mund nur mehr zum Essen aufzutun. Die Verwirklichung dieses Vorsatzes wurde mir sehr leicht, da die Aufmerksamkeit der sämtlichen Tischgäste auf Peter Paul gerichtet war. Er hatte den dikken Kopf auf die linke Hand gestützt und blickte träumerisch über die Tafel hinweg.

Der Diener, welcher mit der Platte hinter ihm stand, hob bald das eine Bein, bald das andere in die Höhe und verzog sein Gesicht zu einer schmerzlichen Grimasse, da er sich die Finger verbrannte.

Endlich schreckte Peter Paul auf, sah den Servierkellner geistesabwesend an und nahm sich ein Stück Wildpastete.

Während des Tranchierens legte er plötzlich Messer und Gabel zur Seite, unterschlug die Arme wie Napoleon in der Madame sans gêne und sagte: »Der Stolz des Weibes ist die Demut vor dem Schicksale.«

Dann erst aß er weiter. Die Wirkung des Satzes war eine großartige.

»Haben Sie gehört? Der Stolz des Weibes ... ah, kolossal! Welche Tiefe! Und dabei diese Einfachheit!«

Die Herren sahen nachdenklich auf das Tischtuch und wiegten in tiefem Sinnen die Häupter, die Damen wetteiferten, um in die Augen das bekannte

»Aufleuchten« zu bekommen. Die Hausfrau sah triumphierend im Kreise herum, und eine bejahrte Matrone ließ sich von ihrem Nachbarn den Satz durch das Hörrohr sagen.

Dann schüttelte auch sie begeistert den Kopf und öffnete den zahnlosen Mund.

»Ach wie schön! Das ist ja entzückend! Die Demut des Weibes ... ja, ja ... ist das Schicksal des Stolzes ... äh ... äh ... Wundervoll! Ganz wundervoll!«

Peter Pauß aß inzwischen zwei Pasteten und dann noch eine. Als er mit der dritten fertig war, versank er wieder in Nachdenken.

Ich hoffte, daß er beim nächsten Gange wieder etwas sagen werde, da ich mir bei der allgemeinen Aufregung öfters servieren lassen konnte.

Meine Erwartung wurde nicht getäuscht.

Als er sah, daß die Gesellschaft sich hinreichend gesammelt hatte, um einen neuen Stoß zu erleiden, strich er seine Haare in die Stirne, und indem er die Hausfrau durchbohrend anblickte, sagte er langsam, jedes Wort betonend: »Die Renaissance ist die Patina der Antike.«

Diesmal waren die Folgen besorgniserregend.

Herren und Damen drehten sich auf ihren Sitzen herum und sahen sich minutenlang in die starr geöffneten Augen. Dann brach es los.

»Also das ist ... das ist einfach fabelhaft! Das ist ja ... Ach Gott ... das ist eben Peter Paul!«

Der Gefeierte nahm sich drei Filetstücke heraus; ich beobachtete ihn genau und nahm mir vor, ihn um eines zu schlagen. Ich tat dies auch und war schon lange fertig, als die Matrone noch immer sich durch das Hörrohr den Ausspruch trompeten ließ.

Sie konnte nicht damit zurechtkommen und sagte endlich verdrießlich: »Aber das verstehe ich ja nicht.« Zum Glücke für sie erhob sich in diesem Augenblicke Peter Paul und eröffnete den schmerzlich überraschten Gästen, daß er noch eine Wohltätigkeitsvorstellung besuchen müsse.

Als die ganze Schar seiner Verehrer sich um ihn zum Abschied drängte, ließ er sich erweichen und sagte noch: »Eine Wohltätigkeitsveranstaltung ist gut, wenn die Wohltätigkeit keine Vorstellung und die Vorstellung eine Wohltätigkeit ist.«

Nun konnte er gehen.

So lernte ich den berühmten Schriftsteller Peter Paul kennen.

Der Kohlenwagen

Ein großes, schwerbeladenes Kohlenfuhrwerk fuhr auf dem Tramwaygeleise, als eben ein Wagen der elektrischen Straßenbahn daherkam.

Der Kutscher des Kohlenfuhrwerks sagte: »Wüst, ahö, wüst«, und fuhr so langsam aus dem Geleise, als wäre die elektrische Bahn nur eine Straßenwalze.

Er bewerkstelligte auch, daß er gerade noch mit dem hinteren Rade an den Wagen stieß. Das Rad brach, und der Kohlenwagen senkte sich krachend mitten in das Geleise.

»Du Rammel, du g'scheerter, kannst net nausfahren?« schrie der Kondukteur.

»Jetzt nimma, du Rindviech!‹ antwortete der Kutscher. Und er hatte ganz recht, denn eine Kohlenfracht kann man nicht auf drei Rädern wegbringen.

Der Kondukteur legte dem Fuhrmanne noch einige Fragen vor. Ob er glaube, daß er das nächstemal aufpassen wolle; ob er vielleicht *nicht* aufpassen wolle und ob noch ein solcher dummer Kerl Fuhrmann sei.

Dies alles brachte den Kutscher nicht aus seiner Ruhe.

Er stieg ab und stellte fest, daß das Rad vollständig kaputt sei. Und da er infolge dieser Tatsache die Meinung gewann, daß sein Aufenthalt von längerer Dauer sein werde, zog er die Tabakpfeife aus der Tasche und begann zu rauchen.

Erst jetzt faßte er den Kondukteur näher ins Auge, und als er ihn genug besichtigt hatte, erklärte er dem sich ansammelnden Publikum, daß er *nicht* aufpasse, weder auf die Tramway noch auf den Kondukteur.

Und dann lud er die Aktiengesellschaft sowie deren sämtliche Bedienstete zu einer intimen Würdigung seiner Rückseite ein. In diesem Augenblick drängte sich ein Schutzmann durch die Menge und stellte sich vor den Wagen hin.

»Was gibt's da? Was ist hier los?« fragte er.

»A hinters Radl is los«, sagte der Kutscher.

»So? Das wer'n wir gleich haben«, erwiderte der Schutzmann, und ich glaubte, daß er ein Mittel angeben wolle, wie man dem umgestürzten Wagen am schnellsten auf die Räder hilft.

Der Schutzmann zog ein dickes Buch aus der Brusttasche, öffnete es und nahm einen Bleistift heraus, der an dem Deckel steckte. Während er ihn spitzte, kam wieder ein elektrischer Wagen angefahren. Der Lenker desselben machte großen Lärm, als er nicht vorwärts konnte, und der Schaffner blies heftig in sein silbernes Pfeifchen.

»Was ist denn das für ein unverschämtes Gefeife? Wollen S' vielleicht aufhören zu feifen?« fragte der

Schutzmann und blickte den Schaffner durchdringend an, während er den Bleistift mit der Zunge naß machte.

»So«, sagte er dann, indem er sich wieder zu dem Kutscher wandte, »jetzt sagen Sie mir, wie Sie heißen tun.«

»Matthias Küchelbacher.«

»Mat-thi-as Kü-chel-bacher. Wo tun Sie geboren sein?«

»Han?«

»Wo Sie geboren sein tun?«

»Z' Lauterbach.«

»So? In Lau-ter-bach. Glauben S' vielleicht, es gibt bloß ein Lauterbach? Wollen S' vielleicht sagen, wo das Höft ist? Tun S' ein bissel genauer sein, Sie!«

Inzwischen hatte sich die Menge, welche den Wagen umstand, immer mehr vergrößert.

Ein Herr in der vordersten Reihe untersuchte mit sachverständiger Miene den Schaden. Er bückte sich und sah den Wagen von unten an; dann ging er vor und faßte die lange Seite scharf ins Auge, und dann bückte er sich wieder und klopfte mit seinem Stocke auf die drei ganzen Räder. Und dann sagte er, es sei bloß eines kaputt, und wenn es wieder ganz wäre, könne man sofort wegfahren.

Die Umstehenden gaben ihm recht. Ein Arbeiter sagte, man müsse versuchen, ob man den Wagen nicht wegschieben könne. Er spuckte in die Hände und stellte sich an das hintere Ende des Wagens.

Dann sagte er: »Öh ruck! öh ruck!« und schüttelte den Wagen und spuckte immer wieder in seine Hände, bis ihn die Schutzleute zurücktrieben. Diese entwickelten jetzt eine große Tätigkeit. Sie gaben acht, daß die Zuschauer sich anständig benahmen und in einer geraden Linie standen. Das war nicht leicht. Wenn sie oben fertig waren, drängten unten die Neugierigen wieder vor, und deshalb liefen sie hin und her und wurden ganz atemlos dabei.

Noch dazu mußten sie achtgeben, daß jeder Schutzmann, der hinzukam, seinen Platz erhielt; wenn ein Vorgesetzter erschien, mußten sie ihm alles erzählen, und wenn ein neuer Tramwaywagen daherfuhr, mußten sie dem Kondukteur einschärfen, daß er nicht durch die anderen Wagen durchfahren dürfe.

Ich weiß nicht, wie die Sache ausgegangen ist, weil ich nach zwei Stunden zum Abendessen gehen mußte. Aber ich las am nächsten Tage mit Befriedigung in den Blättern, daß der Polizeidirektor, der Minister des Innern und unsere zwei Bürgermeister am Platze erschienen waren.

Hochzeit

Eine Bauerngeschichte

Erstes Kapitel

Andreas Weidenschlager, dem Reischlbauern von Pellham sein Sohn, war jetzt geschlagene achtundzwanzig Jahre alt, und es schien Zeit, daß er den Hof übernehme. Mit dem alten Reischl ging es bedächtig abwärts. Seit dem Schlaganfall im vorigen Sommer war er von der Kraft gekommen, und zu allem Unglück ging ihm am Blasiustag das hintere Rad von einem Fuhrwerk über den Fuß. Er mußte drei Wochen im Bett liegen und hatte viel Zeit, über das nachzudenken, was jeder muß und was keinen freut: alt werden, mein' ich, und sterben.

Auf dem Land ist die Sache nicht so wie in der Stadt, wo die meisten bis zu allerletzt das Vermögen ängstlich beisammenhalten und denken: Wenn ich einmal tot bin, werden die Erben schon einig werden oder auch nicht. Ein Bauermensch will noch zu Lebzeiten Ordnung haben und sehen, daß die Heimat in richtige Hände kommt. Die Geschlechter ziehen auf und gehen, aber der Hof bleibt. Er muß regiert werden, und es geht nicht, daß ein alter, kranker Mensch der Sach' vorsteht, der nicht mehr nachsehen kann zum Rechten und den Ehehalten ausgeliefert ist.

Ich glaub' nicht, daß der Reischlbauer sich die Gedanken alle so schön gesetzt hat, aber der Sinn war der nämliche. Und darum hielt er mit seiner Bäuerin eine verständige Zwiesprach. »Bäurin«, sagte er, »mi müassen übergeben. Es geaht gor nimmer anderst; des gibt's gor it, daß i no a mal wer'; wann mei Haxen guat is, kimmt wieda was anders.«

»Sell is scho wohr, wann mi's richti bedenkt«, antwortete die alte Reischlin.

»Und nacha, amal muaß's ja do sei«, sagte er wieder. »Siehgst, der Andrä geaht ja fleißi nach; aba es ist do was anders, wann er selber regiert. Bei de Deanstboten is ja sinscht der Reschpekt scho gor it a so vorhanden.«

»Und voraus mit die Weibsbilder«, gab die Bäuerin zurück, »Do is ja ganz aus. I koan aa nimmer a so, wia 's is braucht, und d' Mariann tuat g'rad was gern mog. Erscht gesting hat s' der Bleß wieda koa Fuatta net vorgeben. Und mit de kloan Fakein gib sie si überhaupts glei gor it ab.«

»Es g'hört halt a junge Bäurin auf'n Hof.«

»A freili.«

»Woaßt was, Bäurin, auf Georgi übergeben mi. Derweil ko si der Andrä a Hochzeiterin finden, und bal nacha d' Heuarndt o'geht, san schon de Junga auf'n Hof. Is aa besser, als wann mi ins no furt fretten.«

»Mi is aa lieber, Reischl, wann mi im Fruahjahr übergeben. Jetzt muaß halt der Andrä schaugen, daß er bald a Hochzeiterin zum Zeug bringt. Die welchene moanst, daß er heiraten soll?«

»In Pellham is koane, Bäurin; an Hablerbauer die sei kriagt net mehra als wia achttausad March, und des is net amal ganz g'wiß.«

»I ho mi scho denkt, Reischl, ob an Schloßbauern vo Vierkirchen sei zwoate Tochta net recht war. Do is fei a schön's Sach beinand und Bargeld.«

»An Schloßbauern a seinige Tochta? War net z'wider. Aba woaßt, vielleicht liaß sie oane auftreiben, die wo no mehra hätt.«

Die Zwiesprach wurde unterbrochen, weil Andrä hereinkam. »S'Good«, sagte er, und hing den Hut an den Nagel; dann klopfte er den Schnee von seinen Stiefeln und setzte sich auf die Ofenbank neben die Katze hin.

»Mi hamm grad vo dir g'redt, Andrä«, sagte der alte Reischl.

»So?«

»Ja.«

Andrä holte aus der Rocktasche eine Zigarre hervor, und weil die Blätter locker waren, fuhr er mit der Zunge daran auf und ab, bis sie hielten.

»Mi wern im Fruahjahr übergeben«, sagte der Alte.

»Des habt's scho oft g'sagt.«

»Ja, aba jetzt geaht's gor nimmer anderst. Der Muatter is aa recht, wann mi ins Austrag gengan.«

»Wann mi's richtig bedenkt, is des des G'scheidtest«, bekräftigte die Reischlin.

»Es waar nimmer z'frua. I geh jetzt scho auf'n Dreißger hi«, sagte nach einer Weile Andrä und zog heftig an seiner Zigarre, welche nicht brennen wollte. In der Stube wurde es still; man hörte die Uhr ticken und das Feuer knistern. Die Katze rieb behaglich schnurrend ihren Kopf an der Ecke des Kachelofens.

»Sollt'st da halt g'schwind um a Hochzeiterin schaugen«, fing der Reischl wieder an.

»Mi hamm g'moant, an Schloßbauern vo Vierkirchen a seinige Tochta«, sagte die Reischlin und legte ein Buchenscheitl im Ofen nach.

»An Schloßbauern a seinige? Warum it? Mi is recht.«

»Ja, aba da Vater moant, vielleicht kunnst oane kriagen, die wo no mehra hätt'.«

»Sell waar no besser«, meinte Andrä und zündete zum viertenmal seinen Stummel an. »Is allemal besser mehra als wia weniger.«

»Moanst it, daß ma r' ebber an Feichtl fragen sollten?« fragte der Alte.

»An Feichtl?«

»Ja. Der kunnt ins leicht oane verraten. An Schneider Lenz vo Sünzing hat er a ganz a schware zuabracht. Bis vo der Hollerdau aufa.«

»Probier ma's. I tua eahm a Botschaft, daß er kimmt. I muaß a so moring auf Watzling fahren, weil ich vom Göschl a Fuhr Prügelholz kriag.«

So endete die Unterredung, in welcher beschlossen wurde, daß Andreas Weidenschlager in den Ehestand treten sollte.

Am nächsten Tag begab sich der Heiratskandidat nach Watzling; er brachte zuerst sein Geschäft in Richtigkeit und ging dann bedächtig zu dem kleinen Hause, wo Nepomuk Feichtl wohnte.

Feichtl war Schäfer der drei Gemeinden Tiefenbach, Niederroth und Watzling und versah noch manches Geschäft nebenbei. Er hatte einen guten Kopf und dachte über viele Dinge nach, die anderen Leuten entgehen. Weil er von Jugend auf mit dem Vieh umging, erwarb er sich eine nicht geringe Kenntnis von den Gewohnheiten und Bedürfnissen desselben. So wurde er mit den Jahren ein tüchtiger Heilkünstler oder Pfuscher, wie die Doktores alle Leute nennen, die ihre Wissenschaft nicht aus den Büchern haben. Er übte nicht ohne Glück seine ärztlichen Funktionen auch bei den Menschen, und die meisten Leute aus den umliegenden Gegenden gingen erst dann zu dem staatlich approbierten Arzte, wenn Feichtl diesen letzten Schritt selbst anriet. Im Beschneiden der Hunde, Schweine und Hengste hatte Feichtl große Fertigkeit und schmälerte auch in dieser Beziehung die Einkünfte des Bezirkstierarztes, welcher sich darüber ärgerte. Das alles genügte aber dem regen Erwerbssinn des Watzlinger Schäfers nicht. Er war zeit seines Lebens weit herumgekommen und kannte alle Gemeinden von Wolnzach bis Dachau. Er konnte den Metzgern verraten, wie ein gutes Stück Vieh zu kaufen sei, den Güterschlächtern, wo es einen Hof zu zertrümmern gäbe, und den Leuten, welche sich verheiraten wollten oder mußten, wo sie das Richtige finden könnten. Sein Ruf als Schmuser war weitverbreitet und, wie ich mit Wahrheit behaupten kann, auch wohlbegründet. Darum hatte der alte Reischl gleich an ihn gedacht, und darum begab sich jetzt der Andreas zu ihm in das kleine Häusl am äußersten Ende des Dorfes.

Feichtl war allein in der Stube und beschwichtigte den Schäferhund, welcher den eintretenden Bauernburschen anknurrte.

»S'Good, Feichtl!«

»S'Good, Andrä. Kimmst vo Pellham rüber?«

»Ja; i hon a G'schäft g'hot. Da Göschl hat mi a Fuhr Prügelholz vokaaft.«

»So, da Göschl? Bist it bald staad, Phyllax? Schinderviech miserabligs! Do gehst eina!«

»A schiachs Weda is heint«, fing Andreas wieder an.

»Ja; hot di da Wind recht herblasen, vo Pellham aufa?«

»Scho. Er geht a bissel schneidi.«

»I glaab dir's. De Kälten dauert aba nimma lang.«

»Moanst?«

»Ja; d'Scheermäus' graben auf. Da leint's auf.«

»Is besser aa, bal die G'frier amal weggeht.«

»Hat lang gnua herg'halten. Wie geaht's denn an Vata?«

»Geaht eahm scho wieda.«

»Da Knecht vom Unterbräu is eahm über'n Haxen übri g'fahren, gel?«

»Ja, am Blasitag.«

»Habt's an Dokta g'holt?«

»Na, er is selm kemma, weil er an Vatern z'Dachau drin glei vabunden hat.«

»Aha. Er werd eahm halt an Eis übri g'legt ham?«

»Ja. Mi hamm so an Sack kaaft, den hot er allaweil drauf hamm müassen.«

»Ganz richti. Wann er jetzt no an Wehdam spürt, sollt' er si a diam mit Franzbranntwei ei'reib'n, sagst eahm.«

»I wer's eahm sag'n.«

Es trat eine Pause ein. Feichtl sah zum Fenster hinaus und sagte: »Da drent geht ja da Stanner Peter. Der werd bei'n Mesnerbauern g'wen sei wegen sein Prozeß. Sie wer'n sie vergleich'n, hon i vazählen hör'n.«

»So?« erwiderte Andreas, »an Vogleich macha s'? – Du, Feichtl, i muaß di was frag'n.«

»I woaß scho.«

»Was woaßt?«

»Ja, wegen a' ra Hochzeiterin werst halt fragen.«

»Wia host jetzt du des derraten?«

»Des is net schwaar g'wen«, sagte Feichtl; »des hon i g'wißt, wia's bei der Tür rei bist. Du bist ledi, der Vater werd alt; jetzt werd da halt 's Heiraten not sei.«

»Allerdings; es is bereits a so. Woaßt ma koana, Feichtl?«

»Wissen? Ja, wissen tat i mehra.«

»Sagst ma halt oane.«

»Des geht net so g'schwind, Andrä, da muaß i z'erscht allerhand wissen.«

»Wos denn?«

»Z'allererscht muaß wissen, wiaviel i kriag, und nacha, wiaviel du willst.«

»Mi lassen ins net a'schaug'n, Feichtl. Balst a richtige Hochzeiterin herbringst, lassen mi scho was springa. Muaßt it moan.«

»I glaab's gern, glaab's gern. Aba woaßt, Andrä, i bin a so, daß i's gern g'nau woaß.«

»Muaßt halt amal was verlange.«

»Ja. No, paß auf! Bal i dir oane zuabring, de wo fufzehtausad March kriagt, bar auf d' Hand, vastehst, nacha muaßt dreihundert Markl zahl'n.«

»Dreihundert March?«

»Ja.«

»Des is aba viel Geld, Feichtl.«

»Fufzehtausad March is aa koa Dreck.«

»Scho. Aba du host ja koan Arbet dabei. Du brauchst ja net viel mehra toa, als daß d' ma'r an Nama sagst.«

»Und du brauchst nix toa, als wia heiraten. Des is aa koa Arbet, und kriagst do fufzehtausad March. Aba balst net magst, laß as bleib'n!«

»Zwoahundert waarn aa gnua, Feichtl, zwoahundert Markl.«

»Na, mei Liaba; nachlassen tua i nix.«

»Ja, is aba g'wiß, daß die fufzehtausad March auf d' Hand kriagt?«

»Für dös garantier i. Koan Pfennig weniga.«

»Also, nacha vo mir aus. Gelt scho. Bals a so is, wia's d'sagst, zahl i dreihundert Markl.«

Feichtl schlug in die dargebotene Hand, und das Geschäft war richtig. »I will dir was sag'n, Andrä«, fing der Schäfer wieder an, »i ho scho lang an Aug auf die g'habt. Balst net selber kemma waarst, hätt i vielleicht amol umig'schaut auf Pellham. I woaß dir zwoa Hochzeiterinna, de wo akrat für di passen taten.«

»Zwoa?«

»Ja, da ko'st dir's außasuacha. De oane ist z' Hirtlbach, an Steffelbauern a seinige Tochta. De kriagt sechstausad March auf d' Hand und zehtausad March bleiben auf'n Hof. Bal da Alt übergibt, muaß di da Jung auszahl'n, oder du ko'st 'as liegen lassen auf zwoate Hypothek. D' Hypothek is guat, und vier Prozent Zinsen san dir g'wiß.«

»Sechstausad und zehtausad waren sechzehtausad March«, meinte Andrä.

»Ja, ausgrechent sechzehtausad.«

»Des liaß si hören, Feichtl. Und wer is de ander?«

»De ander? De ist gor it weit weg. De is von Salvermoser z' Eielsriad. Der Vata is an letzt'n Hirg'scht g'storm, d' Muatta lebt in Austrag z' Unterbachern, und sie is seit ara zwoa Monat da herob'n z' Watzling, bei ihra Schwesta, da Schneiderbäurin. De hat Bargeld fufzehtausad March in Pfandbrief, weil da Hof von ihran Vata z'trümmert worn ist, 's Geld is glei auszahlt worn.«

Andrä hatte aufmerksam zugehört und eine nachdenkliche Miene aufgesetzt. »Es san um tausad March weniga«, sagte er dann.

»Ganz richti«, erwiderte Feichtl.

»Aba ma kriag's glei auf d' Hand, brauch it lang umschneiden?« fragte Andrä.

»Do gibt's gor nix. Koa Hinum und koa Herum.«

»Hm. Bal i de oane nimm, de von Steffelbauern z' Hirtlbach, müaßten mi warten, aba vier Prozent traget's.«

»Allerdings.«

»Wann i aber fufzehtausad March gleich in da Hand hätt, kunnt i's Abstandsgeld auszahln, und kunnt ma no a fufzeha Tagwerk zum Hof zuawi kaafa.«

»Des is richti.«

»Woaßt was, Feichtl«, sagte Andrä resolut, »i nimm de Salvermoserin. Bargeld lacht.«

»Wia's d' moanst«, erwiderte Feichtl, »du hast d' Auswahl.«

»I bleib dabei. Wann kunnten mi denn de G'schicht richti macha?«

»Ja, bald. Sie muaß halt z'erscht enker Sach o'schaug'n. I wer ihr Botschaft toa, daß s' mit ihra Schwesta auf Pellham übri kimmt.«

»Is recht. Heunt hamm ma Deanstag, moring muaß i ins Holz aussi; am Donnerschtag? Na, halt, da kon i aa net. Epper am Freitag?«

»Am Freitag? Na, an an Freitag soll mi nix ofanga.«

»Also nacha soll s' am Samstag übri kemma? – Is recht, ja.«

»Es bleibt dabei. Balst d'as aba o'schaug'n willst, ko'st gnua umi geh zu'n Schneiderbauern.«

»Na, i mog it. Ausmacha kinna mi heut do nix, vor s' an Hof net g'sehg'n hat. Und Zeit hon i aa koane mehr. I ho mi schon lang gnua verhalten. Jetzt pfüat die Good, Feichtl!«

»Pfüat di Good, Andrä, und de dreihundert Markln kriag i am Tag nach der Hozet.«

»Jawohl, feit si nix.«

Andrä verließ das Häusel und ging die Dorfstraße zurück. Als er beim Schneiderbauern vorbeikam, sah er eine Weibsperson über den Hof zum Kuhstall hingehen. »Epper is gor de Salvermoserin g'wen«, dachte er. Dann holte er aus der Rocktasche eine Zigarre hervor, und eilte zum Wirtshaus, wo er sein Fuhrwerk eingestellt hatte.

Zweites Kapitel

Als Nepomuk Feichtl sich des anderen Tages rasierte, bedachte er bei sich die Aufgabe, welche ihm nunmehr oblag. Er hatte der ehrsamen Jungfrau Emerentia Salvermoser zu eröffnen, daß die Wahl des Andreas Weidenschlager, Reischlbauernsohnes von Pellham, auf keine Geringere als sie gefallen sei. Er hielt plötzlich mit dem Rasieren inne, drückte das linke Auge zu und stieß einen langgedehnten Pfiff aus. Es war ihm etwas eingefallen. Und sichtlich etwas Freudiges, denn seine Züge nahmen einen vergnügten Ausdruck an, als er vor sich hinsprach: »Hinganga zum Schneiderbauern is er net. I hab g'nau aufpaßt. Vielleicht riegelt sie no was.« Er machte sich fertig und rief seiner Frau. »Stasi, paß auf'n Hund auf, daß er mir net nachlauft – do gehst nei, Phyllax, marsch die Katz! Und tua mi d'Sau fuattern, i woaß net, wann i hoamkimm.«

Nach diesen Befehlen begab er sich fort, um den Hof des Schneiderbauern aufzusuchen. Da er jedoch ein Verächter fremder Neugierde war und vieles Fragen nicht liebte, ging er nicht gerade auf sein Ziel los, sondern schlug einen Haken links ab und kam von hinten in die Behausung der Emerentia Salvermoser.

Er traf zuerst die Schwester derselben, die Schneiderbäuerin. »Was willst, Feichtl?« fragte sie. »Mi hamm do heunt koane Nudel bacha.«

»Woaß scho. Zwegen dem kimm i aa net. Aba an schön Flachs hätt i, lufttrocka und guat zum Brecha, i gab'n billi her.«

»Mi braucha koan, Feichtl, mi ham selm gnua.«

»Ja, aba d' Schwesta möcht'n vielleicht; sie hat g'sagt, bal i oan übri hab, sollt i kemma.«

»So? Red'st halt mit ihr. Sie werd it weit sei; wart, i schrei ihr amal. Emerenz! Emerenz!«

Eine schrille Stimme antwortete vom hintern Ende des Hausganges her: »Wos geit's?« – Dann hörte man eine Tür öffnen und sah eine große vierschrötige Weibsperson in der Dämmerung auftauchen. Sie kam näher, wobei die schweren Holzpantoffeln einen ziemlichen Lärm auf den Steinfliesen verübten.

Wir haben Emerentia Salvermoser vor uns, ein stark gebautes, robustes Frauenzimmer; nicht schön, aber von rüstigen Manieren und lebhaften Bewegungen. Das Gesicht ist mit Sommersprossen bedeckt, besonders um die stumpfe, aufwärtsstehende Nase herum. In dem dürftigen braunen Haar, welches unordentlich in die Stirne hereinhängt, stekken ein paar Strohhalme, weil die Emerenz auf der Tenne war. Die großen, gut entwickelten Hände sind unter dem Schurz versteckt, aber nur so lange, bis Emerenz das Bedürfnis fühlt, mit dem Rücken der rechten Hand einige Male unter der Nase herumzufahren.

So sah die künftige Reischlbäuerin aus.

»Wos geit's?« fragte sie noch einmal, als sie näher gekommen war. »Der Feichtl will di«, antwortete die Schwester, »weilst'n b'stellt hast, weg'n an Flachs.«

»I? I ho do koan Flachs it b'stellt?«

»Da Feichtl sagt's.«

»Do woaß i gor nix.« Hier unterbrach sich Emerenz, da sie bemerkte, wie ihr Feichtl heftig zublinzelte, – »oder wart«, fuhr sie mit großer Geistesgegenwart fort, »oder wart, g'sagt hob i scho amol wos von an Flachs, g'sagt hon i scho wos, aba i woaß nimma so g'nau, hon i oan b'stellt, oder hon i koan b'stellt, Feichtl?«

»Jo, Emerenz, woaßt as nimma«, sagte der Schäfer und zog die Augenbrauen bedeutungsvoll in die Höhe, »as vori Monat is g'wen. Du bist bei der Stanner Zenzl hiebei g'stana, do hon i zu dir g'sagt, Emerenz, hon i g'sagt, balst an Flachs braucha kunnst, sog i, i kriag z'nachst an recht an billigen, hon i g'sagt. Und du hoscht nacha g'sagt, is scho recht, hoscht g'sagt. Woaßt as nimma?«

»Jetzt fallt's mir scho ei«, log Emerenz, »an a'r 'an Montag is g'wen. I woaß no recht guat, weil i mit da Stanner Zenzl von der Tanzmusi g'redt hab. No, hoscht jetzt an Flachs?«

»Und was für an guaten! Kimm a bissel aussa, in Hausgang drin kost'n net a so seg'n.«

Feichtl zog bei diesen Worten einen Bündel Flachs aus irgendeiner Tasche und ging voraus in das Freie. Emerenz folgte, und die Schneiderbäuerin, welche keinen Flachs brauchen konnte, ging wieder an ihre Arbeit in der Küche.

»Wos willst mi denn?« fragte Emerenz, als sie mit Feichtl im Hofe stand.

»Pst! Tua net so laut reden! Paß auf, Emerenz, hast as Heiraten net an Sinn?«

»An Sinn? Ja, an Sinn hätt i's scho.«

»I kunnt dir vielleicht an Hozeiter verraten.«

»So?« sagte die Salvermosertochter, und schnupfte heftig auf, weil sie kein Sacktüchel dabei hatte; »So; wen denn nacha?«

»Ja, wen? Des is leicht g'fragt. Aba woaßt, Emerenz, ganz umasinscht möcht i net arbeten. I möcht halt aa gern a bissel was dabei vodean.«

»Kost ja was verlange, bal mi de Sach g'fallt.«

»G'fallen? G'fallen tat's dir guat, Emerenz, des sag dir i. A saubers Anwesen; fünfad'achz'g To'werk Grund und neun To'werk Holz. Da Bodenzins is it z'viel und d'Schulden san ganz weni. A bissel a Kirchageld is drauf, und des ander will it viel hoaßen. Des waar g'rad recht für di, Emerenz.«

»Wann mi's bedenkt, is it schlecht«, meinte die Salvermosertochter.

»Und guat waar's aa«, fuhr der Feichtl fort,

»balst wo eini heiraten tatst. Tuast allerweil d'Arbet für anderne Leut, und hoscht selm nix davo.«

»Des is wohr.«

»Wos is denn, wennst bei da Schwesta bist? Sie ko di guat braucha, schaug, aba du werst alt dabei, und bischt do net mehra, wia r'a Deanstbot.«

»Des is wohr.«

»I ho desweg'n nix sag'n mög'n vor da Schwesta. Der is do net recht, balst weg kimmst.«

»Aufhalten ko's mi a net.«

»Allerdings, aba bal's in di eini bengst, des is aa z'wida. Das Reden hat koan Wert.«

»Des ist wohr.«

»Und schaug, Emerenz. Eppas anderst's is do, balst in dein eig'na Sach hockst. Hat do an ganz andern Furm, net?«

»Sell is g'wiß.«

»Und nacha muaßt as richti o'schaug'n, Emerenz. Fünfad'achz'g To'werk Grund is it weni. Des mehra is Woaz und Habern, und des ander san guate Wiesen.«

»I sog it, daß 's wenig is, Feichtl.«

»No, nacha kunnst aba hundert Markl spitzen, moanst it?«

»Auf des gang's mir it z'samm.«

»Gelt, sagst 'as selber, Emerenz, es is it z'viel volangt? Sieg'st as, des g'fallt mir, daß du des selm sagst.«

»Ja, aba bloß, bal mi's Sach g'fallt.«

»Sell is g'wiß. Paß auf, mi macha die G'schicht rechtsinni aus. Du zahlst mi hundert Markl an dem Tog, wo d' Übergab notarisch g'macht werd, vor da Hozet. Darnach, woaßt, geaht's nimma so gut, weil er nacha d' Hand auf'n Geld hot. Und du kost eahm do it glei sog'n, daß d'an Schmus zahl'n mußt. Is dir it recht a so?«

»An Tog, wo d' Übergab notarisch werd?«

»Ja, von Notari weg.«

»Is recht, Feichtl. Nacha san mir oani. Jetzt muaßt aba noch sag'n, wer er is.«

»Freili; des is ja d' Hauptsach. Er is da Reischlbauernsohn vo Pellham; sei Vata will übergeb'n, weil er koan recht'n G'sund mehr hot.«

»So? Vo Pellham? Do bin no nia drent g'wen. Es is it weit weg?«

»Zu'n Geh' guate anderthalbe Stund; hintahalb Sinzing liegt's.«

»Hintahalb Sinzing?«

»Ja. No, du werst as bald sehg'n. Mi müassen do umi, daß d'as Sach o'schaugst; wann hätt'st denn Zeit, Emerenz?«

»Mi is jeda Tog recht, Feichtl. Vo mir aus scho moring.«

»Herrschaftsaxen, pressiert's dir a so? Na, moring geht's net; do hon i a G'schäft; an Freita is aa nix; aba, paß auf, wann's dir recht is, nacha genga mir an Samstag. Mogst it?«

»Jo; i mog scho.«

»Wia is denn? Sagst da Schneiderbäurin nix, daß s' eppa mitgang?«

»Na, des tua i gor it. Wann's nix waar, hätt i g'rad a dumm's G'red hintadrei, und wann's was werd, derfragt sie's no früah gnua.«

»Do host recht, Emerenz. Do host du ganz recht. I bin aa 'r a so. I mog it, daß d' Leut alles wissen. Mi gengan alloa auf Pellham, vastehst? Du kost ja da Schneiderbäurin leicht was verzähln, net?«

»I paß gor it auf auf die. I sag ihr halt, daß i zu da Kottmaier Theres auf Tiefenbach umi geh.«

»Ganz richti, und bal's di jetzt fragt, warum daß d'so lang bei mir herausg'stanna bist, nacha sagst ihr, mi waar'n it handeloans worn.«

In diesem Augenblicke zeigte sich die Schneiderbäuerin im Türrahmen und rief mit gut vernehmbarer Stimme: »Emerenz? Kimmst denn gor nimma rei? Wo bleibst denn gor a so lang? Woaßt denn it, daß mi s' Knödelbrot schneiden müassen?«

»J – ja! Brauchst do it gar a so z'schrei. I kimm scho.«

Emerenz machte sich unwillig daran, in das Haus zu gehen. »Is ja wohr«, sagte sie noch ärgerlich, »koan Augenblick hast an Ruah«, und dann stieß sie mit dem Fuß einen Heurechen weg, der gerade vor ihr lag.

Feichtl ging noch einen Schritt hinter ihr drein und flüsterte ihr zu: »Also paß auf, am Samstag um halbi achti in da Fruah wart i bei'n Esterer Hölzl auf di«, und laut sagte er: »Pfüat di Good, Emerenz, vielleicht geaht an andersmal mehra G'schäft. Pfüat di Good, Schneidabäurin, dei Schwesta is grad so wia du. Is ihr aa alles z'teuer.«

»Is scho recht«, brummte die Bäuerin, »geh amal zua und halt ander Leut net vom Arbeten auf!«

Damit schritt sie in den Hausgang hinter der zürnenden Emerenz, welche wiederholt sagte: »Is ja wohr! Brauchst do it gar a so z'schrei. I bi scho da.« –

Drittes Kapitel

Der Watzlinger Schäfer hatte das Wetter gut vorausgesagt. In der Nacht vom Freitag auf den Samstag war Tauwetter eingetreten, und gegen den Morgen erhob sich ein starker Südwind, welcher mit dem Schnee geschwind aufräumte. Die Luft war klar, und man sah weit über die flachen Schneefelder hin, auf denen Dörfer und Wälder wie dunkle Flecken lagen. Die Berge waren ganz nahe herangerückt; ihre Formen hoben sich scharf umrissen vom Himmel ab, und man hätte glauben mögen, es seien nur ein paar Stunden zu gehen über die Hochebene weg zum Heimgarten oder zur Benediktenwand. Im Esterer Hölzl ging die Baumtraufe. Von den Ästen fielen die schweren Tropfen und verursachten ein eintöniges Geräusch, welches nur unterbrochen wurde, wenn der Wind die Bäume schärfer anfaßte und sie so herschüttelte, daß ein ganzer Regenschauer mit einemmal niederging.

Hie und da rumpelte ein Hase aus dem Dickicht, weil ihm die Traufe zu stark auf den Balg ging, oder ein Reh sprang in weiten Sätzen auf das Feld hinaus. Nepomuk Feichtl beobachtete dies alles unter einer mächtigen Rottanne, deren Zweige ihm guten Schutz gegen die Nässe gewährte. Er sah scharf aus, das Straßel hinauf, welches von Watzling herführt. Endlich zeigte sich eine vermummte Gestalt, welche in langzügigen Schritten näher kam.

Es war eine Weibsperson, welche den Rock über den Kopf geschlagen hatte, und bei schärferem Hinschauen erkannte man jetzt, daß es Emerentia Salvermoser war. Feichtl trat aus seinem Verstecke heraus und begrüßte die Ankommende.

»Guat'n Moring, Emerenz. I ho mi scho denkt, du host epper it auskinna dahoam.«

»Jo, auskinna hon i scho. Aba sie hat mi so lang aufg'halten; sie hätt wissen mögen, warum daß i des schö G'wand o'leg. Sie hot 's Frogn gar nimmer aufg'hört.«

»Was hoscht nacha g'sagt?«

»Mi is lang nix eig'falln. Auf d'letzt hon i g'sagt, weil i do scho amol furt geah, möcht i gern beicht'n in Sinzing.«

»Des hoscht g'scheidt g'macht. Des werd's dir aa glaabt hamm?«

»I woaß it. Sie hot so g'spaßi dreig'schaugt. Aba mi is gleich. Bal sie's derfragt, liegt mi aa nix dro.«

»Do hoscht recht. Du brauchscht ja net aufpassen.«

»Bal's eppes werd, scho gar it.«

»Es werd scho was. Brauchscht di it kümmern, Emerenz, es werd scho was. Bal i des net g'wiß wissen tat, hätt i nix g'sagt zu dir. I hon a feine Nasen auf des.«

»Mi wern's scho sehg'n«, antwortete Emerenz und schritt bedächtig hinter Feichtl einher. Sie achtete wohl auf den Weg, der in dem Tauwetter sulzig geworden war und vermied, so gut es ging, die größten Lacken. Darum kam längere Zeit kein rechtes Gespräch in Schwung. Als sie aber Sinzing erreichten, fühlte sich Feichtl verpflichtet, aus dem reichen Schatze seiner Landeskunde einiges zum besten zu geben. »Da hoaßt ma's beim Haberlschneider«, sagte er und zeigte mit dem Kopf auf das erste Haus rechts von der Straße; »der hot von Schwarzmaurer z' Niederroth oane aussag'heiret. Sie hot ehm zwoa Kinda bracht, nacha hot's auf oamol d'Sucht kriagt. I hon ihr aa nimma helfa kinna, 's Blut is z'weni g'wen. Sie is nacha g'storm, an Auswarts werd's a Johr. Er werd eahm wieda heiraten müassen. 's Sach is kloa, und Schuld'n san grad gnua vorhanden.« Emerenz schielte aus ihrem Kopftüchel hervor nach dem Bauernhofe, sagte aber nichts.

»Der Hof g'hört an Schuller Georg«, erklärte

Feichtl beim dritten oder vierten Haus. »Vo dem is da ältest Bua z' Laufen; da Barthl, balst'n kennst.«

»I kenn eahm it.«

»Aber g'hört werst scho eppas hamm vo dera Rafferei z' Hirtlbach am Summa vorig's Johr?«

»Ja, i hon scho a mol was verzähl'n hören.«

»Do is an Schuller sei Barthl dabei g'wen, als Hauptradelsführer. Da Metzgerbauern Lenz is eahm a bissei z' fest am Maßkruag hikemma und is sechs Wocha lang im Krank'nhaus g'legen. An Barthl ham s' beim Landg'richt a vier Monat aufig'haut. Des is an alt'n Schuller anderst z'wida. Aba es is a mal so, de junga Kampeln müassen raffen, es geaht it anderst.«

»San halt Luada«, meinte Emerenz.

Unter solchen Gesprächen schritten sie durch Sinzing. Beim Wirtshaus hielt Feichtl ein wenig an. »Mogst koa Halbe Bier trink'n, Emerenz?«

»Na, es is mi no z' fruah.«

»Aba a Stockwurst waar it schlecht?«

»Na, i mog it. Es werd z' spot. Schaug ma, daß ma'r auf Pellham kemma.«

»Also geh ma zua. Aba schad is. Da Strixner macht feine Stockwürscht.«

»Ko scho sei; in Pellham werd's aa was geb'n.«

»Des scho; jetzt ham ma no leichte dreiviertel Stund zum Geh'!«

Beim letzten Haus wußte Feichtl wieder etwas zu erzählen. »Des is beim Griabler. Der is auf da Gant,

Emerenz, weil er an Bankzins it zahln ko. In a 'ra drei Wocha is d' Vosteigerung. I glaab aba, daß eahm sei Schwoga auf d'letzt do no a mol aushelft. Da Mo is fleißi, aba 's Wei taugt gor nix. De holt oa Maß Bier nach der andern bei'n Wirt drent, und jed'n Tog is s' bsuffa. Helfa tuat gor nix. Er hat s' scho so umanand g'schlag'n, daß s' ganz verzagt g'wen is. Aba an nächst'n Tog is des nämli g'wen. Jetzt hot s' mit'n Schnaps o'gfangt, do werd's bal gor sei.«

»Is net schad drum«, sagte Emerenz.

»Ja g'wiß it. Wann s' nur g'rad vor a drei a vier Johr o'kratzt waar, nacha hätt' si da Griabler no helfa kinna. Jetz is nimma viel zu'n richten.«

»Des is allemal a Kreuz, bal sie nix is. Bei unsern Nachbarn z' Eielsriad is aa so aoane g'wen; da Hof is alle Johr bessa z'ruckganga. I woaß it, ham's 'n no, oda is a scho vosteigert.«

»Do host recht Emerenz; bal koa Zusammhalten net is auf an Hof, is glei vorbei. Gor aus bei de Zeiten, 's Troad hot koan Preis, de Deanstbot'n kosten so viel, daß 's ganz aus is' und d' Steuern wern allawei mehra. Da hoaßt's z'sammklauben, sinscht geahts dahi.«

»Des hört mi heunt oft sag'n, Feichtl.«

»Es is aba 'r aa wohr. Es is nimma wie vor dreiß'g Johr, wo da Schaffel Woazen nach'n alten Geld achtadreiß'g und vierz'g Gul'n kost hat. – Do schaug hi, Emerenz, sieghst, do liegt Pellham.« Die Straße war ziemlich angestiegen, und sie hatten jetzt den Buckel eines Hügels erreicht, von dem aus sie in ein weites Tal hinabschauten. Gegen die Amper hinauf sahen sie ein freundliches Dorf. Um die Kirche mit ihrem schlanken, spitz auslaufenden Turm lagen etliche zwanzig Anwesen, die meisten recht behäbig und stattlich.

»Sieghst, des is Pellham«, wiederholte Feichtl, »und do, wo's d' hischaugst, von da Kircha a wengl rechts, der größer, des is an Reischl sei Hof.«

»Der schaugt sie aba groaß o«, meinte Emerenz.

»Der is aa net kloa. D' Hirwa is sauba beinand. I ho dir nix Schlecht's verrat'n«, sagte der Watzlinger Schäfer mit einer gewissen Befriedigung. Die beiden gingen frischer dahin und kamen bald nach Pellham vor die Gast- und Tafernwirtschaft des Martin Schinkel. Feichtl hielt es für gut, hier einzukehren und erst nach dem Imbiß zu überlegen, wie man die Sache weiterhin am besten mache. Sie betraten die Gaststube, in welcher nur wenige Leute saßen. Am Ofentische waren zwei Mannsbilder in halbstädtischen Anzügen, denen man gleich ansah, daß sie sich mit dem Viehhandel beschäftigten. Sie kannten unsern Feichtl und begrüßten ihn vertraulich, während sie die fremde Erscheinung der Emerentia Salvermoser mit prüfenden Blicken musterten. »Bist do, Spitzbuamschäfa?« sagte der eine.

»Was sagt denn dei Alte, balst du mit anderne Weibsbilder umanand laafst?« fragte der zweite, und schob ihm sein Bierglas hin, damit er ihm Bescheid tue. Feichtl nahm die Scherze günstig auf. »Mi san de junga Weibsbilder halt aa liaba wia de alten«, sagte er und tat einen kräftigen Zug aus dem dargebotenen Glase. Er wischte sich mit dem Handrücken die Biertropfen aus dem Schnurrbart. »G'sundheit, Atzenhofer«, sagte er noch; »host was kaaft?«

»Ja, an Stier hol'n ma beim Spanninger. Sitz di a bissel her zu ins.«

Feichtl sah sich nach seiner Schutzbefohlenen um, die bereits an einem anderen Tische Platz genommen hatte.

»Es geaht it, Atzenhofer. Sie möcht alloa sei mit mir, weil ma 'r a G'spusi ham mitanand«, sagte er und blinzelte lustig zur Emerenz hinüber.

»Des glaab i dir aufs erst'mal, du Bazi, du ganz schlechter«, schrie der Viehhändler und lachte über seinen Spaß, daß er krebsrot im Gesicht wurde.

Feichtl schob sich neben Emerenz auf die Bank.

»I kenn de zwo guat«, sagte er, »Der oane is da Rottenfußer Kaspar vo Aßbach, und der ander is der Atzenhofer vo Bruck. Mir hamm scho viel g'handelt mitanand. – Jetz b'stell'n ma'r ins aba was, Emerenz! Heda Wirtschaft, Herrschaftsakkera, rührt si gor nix?«

An der Schenke erhob sich eine mürrisch aussehende, schlecht gekämmte Kellnerin. Sie strickte eifrig an einem langen wollenen Strumpfe und schickte sich erst zum Gehen an, als sie mit der angefangenen Nadel fertig war. Sie legte das Strickzeug vor sich hin und näherte sich langsam den neuen Gästen. »Wos mögt's denn?« fragte sie und stocherte mit einer Nadel in ihren Zähnen herum.

»Habt's was zum Essen?« fragte Feichtl.

»Zum Essen? Na, do hamm ma heunt no net viel.«

»Habt's koane Stockwürscht?«

»Na, Stockwürscht hamm ma koa, aba a paar Regensburger san no da von gestern, und an Emmentaler.«

»Koa Voressen net?«

»Jo, a Voressen is aa no da.«

»Nacha bringst ins zwoa, und a Bier möcht'n mir aa.«

»J – ja!« antwortete die Kellnerin, welche während der Zeit die Salvermoserin von oben bis unten abgemustert hatte. Dann kehrte sie um und schleifte langsam auf ihren abgetretenen Pantoffeln durch die Stube in die Schenke, aus der sie nach allerhand geheimnisvollen und langwierigen Hantierungen zwei schlecht aussehende, schaumlose Halbe Bier hervorbrachte. Hierauf zog sie das Fenster, welches in die Küche hinausging, in die Höhe und schrie mit schriller Stimme: »Zwoa Voressen kriag i.« Da sie annehmen konnte, daß ihr Befehl nicht übermäßig schnell vollzogen wurde, setzte sie sich einstweilen wieder an ihren Platz und begann eine neue Nadel anzustricken.

Nach einer Weile klapperte das Küchenfenster, und irgend jemand schrie: »Kathi! Kathi!«

»J– ja!«

»'s Voressen is do.«

Die Kellnerin legte mißmutig ihren Strumpf beiseite, zog eine Haarnadel aus ihrem Hinterkopfe und begann wieder heftig in ihren Zähnen zu arbeiten. Als sie damit fertig war, versuchte sie die zwei Teller in die eine Hand und die Biergläser in die andere zu nehmen. Es ging aber nicht, und so mußte sie sich entschließen, den Weg zweimal zu machen.

Feichtl hieb kräftig ein, und auch Emerenz zeigte einen guten Appetit. Nach beendigter Mahlzeit griffen sie die Beratung auf, im Flüstertone, weil sie bemerkten, daß sowohl die Viehhändler als die Kellnerin angestrengt zu ihnen herüber horchten. »Wia macha mir's den, Emerenz?« wisperte Feichtl. »Es waar do guat, wann der Reischl a Botschaft hätt', daß mi kemma.«

»Besser waar's scho.«

»I hob mi denkt, ob mir vom Wirt wen umischikken; aba woaßt, Emerenz, dem müaßten mir an Nama sag'n, und nacha, der Wirt tat aa was spanna.«

»Na, das geaht it, Feichtl. Do is g'scheidter, mi macha eahm gor nix z'wissen.«

»Des is aa nix; do kennt er si net aus, bal mi

kemma. Paß auf, des best is, z'erscht geh i zun Reischl umi, und nacha hol i di.«

»Ja, aba des spannen s' aa.«

»Na, na, mei Liabe; des ko i scho so macha, daß koa Mensch nix mirkt. Do is jetzt a so da Wirt. Der wird bal zu uns herkemma und möcht ins ausfrag'n. I laß 'n recht o'laffa, daß de andern aa hör'n.«

Die Vermutung Feichtls war richtig. Der Herr Wirt, ein rüstiger Mann in vorgeschrittenen Jahren, aus dessen gesundem, rotem Gesicht ein Paar schlaue Augen herausschauten, begrüßte zuerst die zwei Viehhändler: »S'Good! Habt's den Stier kaaft vom Spanninger?«

»Ja. Mir san handelsoans worn.«

»Wie habt's 'n kriagt?«

»Sechshundertfufzeh.«

»Da habt's 'n aba billi. Der hot guat siebazeh Zentna.«

»Ja, des hat er scho.«

»Um des hätt'n i net hergeben. Fufzgi hätt i allemol volangt.«

»Freili! Was moanst denn? Bis mir den Stier z' Minka drin ham, is da Profit nimma groß.«

»Epper muaßt gor no d'raufzahl'n, Atzenhofer?«

»Ko leicht sei.«

»Ös Handler seid's alle mitanand Lumpen.«

»Aba d' Wirt net, gel? Do trink amol, vielleicht z'reißt di dei Plempl.«

Der Wirt tat Bescheid und ging dann an den

Tisch hinüber, wo Feichtl saß. »Bist heunt scho auf'n Weg?« fragte er, und bot dem Schäfer eine Prise an; »habt 's G'schäft mitanand?«

»Wer?« gab Feichtl zurück, während er schnupfte.

»Ös zwoa halt.«

»Mir zwoa? Na, mir ham ins grad auf'n Weg troffa, in Sinzing.«

»So? In Sinzing? Is sie von Sinzing?«

»Na, sie is . . . sie is, wo bisch jetzt her?« wandte sich Feichtl an seine Begleiterin.

»Vo Eielsriad«, antwortete Emerenz.

»Ja, vo Eielsriad is. Sie muaß an Vettern aufsuacha in Hebertshausen drent. I hon ihr g'sagt, sie soll eikehren bei dir, weil s' no a guate Stund zu'n Geh' hot.«

»So? Auf Hebertshausen muaß? Und wos tuast 'n nacha du z' Pellham?«

»I?«

»Ja.«

»I muaß oan aufsuacha, der wo mi hol'n hat lassen, weil eahm was feit.«

»Do bei uns? Wer is denn do krank worn? I woas gor neamd.«

»An Reischl san's do über'n Hax'n übri g'fahren.«

»Da Reischl? Der is ja scho wieda g'sund.«

»Ganz g'sund werd er net sei, sinst hätt er mir nix z'wissen g'macht. Vielleicht braucht er a Salb'n zum Eischmieren.«

»Was i woaß, is da Hax'n wieda ganz guat.«

»Des wer i bald wissen«, sagte Feichtl, dem die Fragerei zuwider wurde, »i muaß a so glei umi dazu. Bleib du no a wengl do«, wandte er sich an Emerenz, »i wer it lang ausbleiben. Wann's dir recht is, geh i nacha no a bissel mit auf Hebertshausen zua. I wisset mir no a G'schäft, weil i do scho amol in dera Gegend bi.«

»Is recht. I wart auf di«, antwortete Emerenz, nahm ihren Handkorb auf den Schoß und sah geradeaus. Feichtl verließ die Wirtsstube und ging eilig nach dem Reischlanwesen. Andrä stand im Hofe und hatte einen Wortwechsel mit einem Knecht. Als er den Schäfer herankommen sah, ging er auf ihn zu. »So a Loadschwanz, so a hundshäutener«, schalt er zurück. – »Laßt de ganz Nacht in Stall alle Fensta offen. Do wars a Wunda, bal alle Wocha a Roß de Kchl kriagt. I kunnt'n scho glei z'reißen, so an Herrgottsackerament. Muaß denn all's hi wern bei ins?! – Wos willst denn, Feichtl?« wandte er sich ungnädig an seinen Ehestifter.

»Sie is do, Andrä.«

»So? Jo, wo is denn? I siech's it.«

»Beim Wirt drent hockt s'. I hon mir denkt, i muaß dir's do z'erscht z'wissen macha, daß ma kemman.«

»Des hätt's it braucht. Sie soll halt umakemma. Bal's ihr g'fallt, is recht, und bal's ihr net g'fallt, is mir a gleich.«

»Du bist aba heunt guat aufg'legt.«

»Waar scho a Wunda; laßt mir der Bluatsmensch an Stall d' Fensta offa. Jetzt steht da Fuchs do und hat d' Kehl. Aba des sog i di«, schrie er zu dem Knecht hinüber, »dampfi wern bal mir's Roß tuat, nacha schneid di vo da mitt ausanand, du Siach, du ganz abscheulinga.«

»I schaug nacha dein Fuchs a wengl o, Andrä«, tröstete Feichtl, »wann er d' Kehl hot, werd er no lang it dampfi. Laßt'n halt an etla Täg steh und gibst eahm an wengl Salz.«

»Laß'n in Stall steh. Freili, des is leicht g'redt, jetzt wo i a Holzfuhrwerk hätt.«

»Des dauert net lang, Andrä, balst'n eahm a Ruah loßt. Aba jetzt geh i wieda zu'n Wirt umi und hol' sie.«

»Is scho recht. Hol s' no.«

»Sagst as an Vatern und da Muatta, daß sie si glei auskennan, gel?«

»I sog's eahna scho.«

»Und paß auf, Andrä, von Schmus werd nix g'redt, vastehst?«

»Warum denn it?«

»I mog de Rederei net. Wann der Schneiderbauer des in d' Nasen kriagt, daß i mir dreihundert Markl vodeant hab dabei, nacha plärrt er's in alle Wirtschaften umanand. Is für di aa net guat.«

»Mir waar des ganz wurscht. Aba bals dir liaba is, nacha sag i nix. D' Weiberleut brauchan a so net alles z'wissen.«

›Do host amal recht, Andrä. Also werd nix g'redt. Jetzt pfüat di!«

Feichtl schlenkerte langsam zum Wirtshaus zurück, wo er Emerenz in der Gaststube antraf, wie er sie verlassen hatte, die Arme über dem Handkorb gekreuzt und geradeaus schauend.

»S'Good«, sagte er beim Eintreten, »jetzt kenna mir ins auf'n Weg macha, i bi firti mit mein' G'schäft.«

»Wie geaht's denn an Reischl?« fragte der Wirt.

»Guat geht's. Aba beißen tuat eahm da Hax'n no a wengl. I hob eahm a Salb'n geben zu'n Ei'reiben.«

»So?«

»Ja. Jetzt zahl'n ma, Kellnerin!« Kathi schleifte wieder langsam an den Tisch heran, öffnete ihre Geldtasche und fing das Rechnen an.

»Also, was habt's g'habt? Zwoa Voressen, san zwanzgi, und vier Brot, san zwoaradreißgi, und zwoa Halbi Bier, san zwoarazwanzgi, san vierafufzg Pfennig.«

»Und zwoa Zigarr'n kost mir no bringa«, unterbrach sie Feichtl. »Und zwoa Zigarr'n san zwölfi, san sechsasechzg Pfennig«, sagte Kathi und schnupfte heftig auf.

»Zahlst das derweil du?« fragte Feichtl.

»Ja, zahl'n tua i«, antwortete Emerenz und holte aus ihrem Korb den Geldbeutel hervor. Sie legte eine Mark hin. Kathi gab zunächst dreißig Pfennige zurück und wühlte dann lange in ihrer Geldtasche herum, ohne die vier Pfennige finden zu können. Endlich hatte sie dieselben und schob sie zögernd auf den Tisch. Emerenz nahm auch diese und beachtete nicht die verächtliche Miene der Kellnerin. Sie erhob sich und ging hart hinter Feichtl durch die Gaststube. An der Schenke ließ sich ihr Begleiter die zwei Zigarren geben, welche Kathi aus der billigsten Kiste entnahm, und dann verließen die beiden das Haus.

Der Wirt stellte sich an das Fenster und sah ihnen nach. »Du Sepp«, wandte er sich an den Metzgerburschen, welcher bei den Viehhändlern Platz genommen hatte, »lauf amal außi und schaug, wo de zwoa hingengan. I trau mir z'wetten, daß da Feichtl an Schmus macht. A'g'logen hat er mi, des hon i g'nau kennt.«

Viertes Kapitel

Der Reischl, seine Bäuerin und Andrä hatten sich auf die Botschaft des Watzlinger Schäfers hin in der Stube versammelt. Die zwei Alten saßen auf der mit Leder gepolsterten Bank vor dem Tische; Andrä hatte sich auf seinen Stammplatz hinter den Ofen gemacht. »D' Hauptsach is', daß mir a G'wißheit hamm, daß sie fufzehtausad March hot. An Feichtl alloa glaab i's net«, sagte der Reischlbauer.

»Sie muaß des Geld aufweisen; anders mog i net«, erwiderte Andrä.

Auch die Bäuerin mischte sich in dieses wichtige Gespräch. »Wann sie a Schwester is vo da Schneiderbäurin z' Watzling, nacha is scho a Vermögen do; aba ös hab's ganz recht, mir müaßen's g'nau wissen.«

Man hörte kräftige Tritte im Hausgange, die Türe ging auf, und herein trat Feichtl, hinter ihm mit gesenktem Kopfe Emerentia Salvermoser. »Gelob' sei Jesus Chrischtus!« sagte Feichtl. »In aller Ewigkeit, Amen!« antworteten die zwei Alten, während Andrä einige unverständliche Laute vor sich hin brummte. Es trat eine Pause ein. Feichtl stellte seinen Stecken an die Wand, und Emerenz schielte aus ihrem Kopftuche heraus nach dem Ofen hinüber. –

»Setzt's enk a wengl her«, sagte er alte Reischl, »kemmt's heunt scho vo Watzling.«

»Ja«, antwortete Feichtl und schob der Emerenz einen Stuhl hin, während er selbst Platz nahm.

»Wia lang habt's denn braucht zu'n Umageh?« fragte der Reischlbauer wieder.

»Scharfi anderthalbi Stund«, sagte Feichtl.

»Anderthalbi Stund? Des braucht ma scho. Do seid's it schlecht ganga.«

»Mir ham scho guat auftreten müassen, goraus bei dem schlechten Weg.«

Die Unterhaltung kam wieder ins Stocken. Emerenz rückte an ihrem Kopftüchel und strich mit der Hand den Schurz glatt. Die Reischlbäuerin beobachtete sie genau, und auch Andrä blinzelte von der Ofenbank herüber.

»Jetz is auf oamal aper worn«, sagte Feichtl, dem das Stillschweigen nicht paßte.

»Ja, auf oamal«, gab der Reischl zurück, »da Bergwind raamt mit 'n Schnee auf.«

»Jetzt geaht's dahi mit 'n Dunga?«

»Ja, moring fanga m'r o.«

»Des is grad de recht Zeit; de G'frier is weg, und 's Schneewassa arbet an Boden auf.«

»An Sepp schick i moring auf d' Hergelbroaten außi, und i selm fahr zu'n Gallingerbüchi«, ließ sich jetzt Andrä vernehmen.

»Was nimmst denn für Roß?« fragte der Vater.

»I spann de zwoa Bräundl ei, da Sepp kriagt an Scheck und muaß an Ochsen dazua nehma. Da Fuchs muaß ja an etla Tag steh.«

»Des is a Kreuz, daß allbot was feit.«

»Da Hias gibt koan Obacht auf'n Stall. Der Krüppi tuat g'rad, was er mag.«

»Des is überhaupts a schlechter Roßknecht«, brummte der Reischl, »i ho eahm zuag'schaugt de vori Woch, wia'r a ins Holz außi g'fahrn is. Der ko ja net amol o'fahren. Da Handgaul springt eahm allaweil ins G'schirr und reißt den andern mit. I ho mi gift bei'n Zuaschaugn'n.«

»Ja, mögt's denn nix z'essen?« fragte jetzt die Reischlbäuerin, welche allmählich auftaute. »Mi ham no a Gselchts.«

Emerenz tat hier zum erstenmal den Mund auf. »I mog durchaus gar nix«, sagte sie.

Die Reischlin ließ sich von ihrem freundlichen Vorhaben nicht abbringen. »A paar Nudeln mögt's allaweil«, meinte sie und ging zur Tür.

»A wengl a G'selchts derfst ins scho mitbringa, Bäurin«, rief ihr der Schäfer nach, »sie mog scho was, sie tuat grad a so.«

Die Bäuerin ging hinaus und kam nach kurzer Zeit mit gefüllten Tellern zurück. Die Nudeln waren schmackhaft geraten, und das selbst geräucherte Schweinefleisch bot einen lieblichen Anblick. Feichtl zog hinten aus der Tasche sein Messer hervor und schnitt sich ein ansehnliches Stück ab. Schmatzend und mit den vollen Backen kauend, sprach er seine rückhaltlose Anerkennung aus. »Is it schlecht; g'rod recht is. Wia lang hast d'as in da Sur g'habt?«

»In da Sur hon i's zwoa Wocha g'hatt und drei Wocha in Rauchfang«, erwiderte die Reischlin.

»Kranewitt san dabei, und a Knobla«, erklärte Feichtl befriedigt und säbelte sich einen neuen Flanken ab. Auch Emerenz ließ sich auf mehreres Zureden erweichen und schob in regelmäßigen Zwischenräumen bald ein Stück Nudel, bald etwas von dem Schweinernen in den Mund. »*Sie* is enk it bekannt?« fragte Feichtl und deutete mit dem Messer auf Emerenz.

»Na, mi hamm ins no nia g'sehg'n«, sagte die

Reischlin. »Wia lang bist denn scho z' Watzling?« wandte sie sich an die Salvermoserin.

»In acht Wocha wer i drent sei«, antwortete Emerenz.

»Do glaab i's scho, daß i di no nia g'sehg'n ho. I bi sitter an letzt'n Kirta nimma auf Watzling umi kemma. Du bist a Schwester von da Schneiderbäurin, gel?« – »Ja, mi san Schwestern.«

»D' Schneiderbäurin kenn i scho. Sie hat amol a Mitterdirn eig'stellt, de zerscht bei'n ins war. Do hat's eppas geben, und do san mi z'sammkemma, i und d' Schneiderbäurin. Cenzi hat s' g'hoaßen, de Dirn.«

»D' Cenzi? De is auf Lia'meß aus'n Deanst.«

»So? Hot sie's bei da Schneiderbäurin aa net länger ausg'halten? Bei mir is sie mitten unter'n Johr davo. An Winta hon i s' eig'stellt; do is sie ganz lebfrisch g'wen, voraus wann s' a Mannsbild g'sehg'n hot; aba'r in Summa, wia d' Heuarndt o'ganga is, da hot s' alle Wocha an anderne Kranket g'hot. Sie is so viel blutarm, hat s' g'sagt, und de Bauernkoscht ko s' it a so vatrag'n, sagt s', weil sie amal in da Stodt drin deant hat, hat s' g'sagt. Und nacha is sie mitten bei der Arndt vierzeh Täg a's Krankahaus auf Dachau eini. Des sell is mi aba do scho z'dumm worn. Du lüaderlichs Wei'sbüld, hon i g'sagt, wos moanst denn du? sog i; an ganzen Winta hät'st ins brav herg'fressen, hon i g'sagt, und an Summa tat'st di ins Bett legen? Warum bischt denn it krank, sag' i, bal a

Mannsbild um an Weg is', du Loas, hon i g'sagt. Nacha hat sie mir 's Maul o'g'hängt und sagt, sie braucht si it a so herstellen lass'n, si laßt sie durchaus gar nix g'fall'n und sie geht. Geh zua, hon i g'sagt, is grad guat, balst drauß'd bist, du schelchauget's Weibsbild.«

Die Unterhaltung war bei diesem beliebten Gespräch ordentlich in Fluß gekommen, und Feichtl fand gute Gelegenheit, währenddessen mit dem Geselchten aufzuräumen. Erst als er fertig war, hielt er es für geboten, die Anwesenden wieder auf das eigentliche Ziel hinzulenken. Er reinigte sein Messer an einem Stück Brot, steckte es in die Scheide und fuhr sich dann mit der Hand einige Male über die fettig gewordenen Lippen. »Reischl«, fragte er dann, »bist du no nia z' Eielsriad g'wen?«

»Z' Eielsriad? Jo, do bin a drei- a viermal g'wen. I hon amol an Heißen kaaft drent.«

»Host an Geitner it kennt? Sei Hof is do g'wen, glei wenn ma'r ins Dorf eini kimmt, rechts von da Straßen. A großer Hof.«

»Bei'm Geitner hoaßt ma's? Freili hon i den Hof kennt. Do hob ja i den Heißen kaaft. Vor an acht a zeha Johr is des g'wen.«

»Des trifft si guat auf; sie is ja von Geitnerhof aussa«, sagte Feichtl und deutete mit dem Kopf wieder auf Emerenz hin.

»Von Geitnerhof is sie?« fragte der Reischlbauer zurück und zeigte jetzt lebhafteres Interesse.

»So, so, von Geitnerhof.«

»Salvermoser hat er si g'schrieben«, fuhr der Schäfer fort; »an letzt'n Summa hat'r an Hof vokaaft. Der Jud Wassermann hot'n eahm z'trümmert. An Hirgscht is nacha der alt Salvermoser g'stor'm.«

»So? Der Geitnerhof is z'trümmert; des hon i scho amal vozählen hör'n. Der werd aba kaam billi herganga sei.«

»Ja, g'wiß net. Des ko'st dir leicht ausrechna. Vier Kinda san do g'wen, lauter Madeln, und a jede hot fufzehtausad March kriagt, wia der Alt g'storm is. Baar, weil der Jud beim Kaaf glei auszahlt hot.«

»Vier Kinda, und a jede fufzehtausad March. Des is a Geld.«

»Des is no net all's. De Wittib, de alt Salvermoserin, hot aa'r an Kindsteil kriagt, san no'mal fufzehtausad March.« Die Anwesenden horchten gespannt auf die Ausführungen Feichtls; Emerenz hatte die Hände über ihrem Handkorb verschränkt und sah geradeaus.

»De alt Salvermoserin hat aa fufzehtausad kriagt?« fragte der Reischlbauer.

»Jawohl, an Kindsteil.«

»Ja, do erbt ja sie no'mal, bal de Alt stirbt?«

»Freili, vo Rechts weg'n an vierten Teil.«

»An vierten Teil? Vieri in fufzeh des geaht dreimal, bleib'n drei, san dreißgi und vieri in dreißgi geaht achtmal, na, geaht siebenmal, des san guating dreitausadsieb'nhundert March«, ließ sich jetzt Andrä von der Ofenbank her vernehmen.

»Es werd so eppas sei«, meinte Feichtl, »des hoaßt, es ko' aa sei, daß de Alt demselbigen mehra vermacht, bei dem s' an Austrag lebt.«

»Wo leb' sie denn?« fragte die Reischlin.

»Sie is auf Untabachern vazog'n, zu'n Kloiber, der wo de ältest Tochta hat.«

»Sie muaß aba it dort bleib'n, bal's it mog?«

»Na, na, sie ko' überall'n hi; da Kloiber werd ihr freili zuareden, daß s' bleibt, weil er eahm Hoffnung macht, daß er mehra kriagt.«

»Is des g'schrieben, daß de Alt mit ihran Geld toa ko, was sie mag?« fragte der Reischlbauer, »es kunnt in Testament aa verbriaft sei, wer des Geld zum kriag'n hot, bal sie stirbt.«

»Ja, des gibt's freili«, bestätigte Feichtl, »es kimmt halt d'rauf o, wia's g'schrieben steht. Hast du de Papierer net dabei, Emerenz?«

»Jo, ho's mitg'numma«, antwortete die Salvermoserin und holte aus ihrem Korbe ein zusammengefaltetes, fettig glänzendes Papier hervor. »Do ko'st as lesen«, sagte sie und schob es über den Tisch zum Feichtl hinüber.

»I ho mei Brillen it dabei«, bedauerte der Schäfer, »und ohne Aug'nglas, do geaht's halt gor nimma. Früherszeit hon i a jede Schrift lesen kinna, ganz frei, aba jetz wer i halt aa scho alt.«

»Mi geaht's grad a so«, sagte der Reischl, »geh, Andrä, les du, du ko'st besser umgeh' mit dem Sach.«

Es hätte der Aufforderung nicht bedurft, denn Andrä war schon längst an den Tisch herangetreten und sah über die Schulter des Feichtl weg mit vieler Neugierde in das Schriftstück hinein. »Tua's her«, sagte er, und nahm dem Schäfer das Papier aus der Hand, »des wer'n ma scho no z'sammbringa.«

Er las, wie es schien, nicht ohne Anstrengung, aber doch ziemlich geläufig, indem er mit dem Finger nachfuhr und die Worte halblaut vor sich hin murmelte. »I glaab, jetzt kimmt's«, sagte er, »'s steht do was.«

»Les halt vor«, drängte der Reischlbauer.

»Also ... do steaht ... die Witt ... Wittwe Geno ... Genofeva Salver ... mo ... ser ...«

»Des is d' Muatta«, sagte Emerenz.

»... Genofeva Salvermoser erhält laut der mehr ... mehrgeda ... mehrgedachten letzt ... letztwilligen Verfü ... gung des Erb ... Erblassers einen vollen Kind ... Kindsteil, sohin wie jedes der ... sämtlichen oben ... oben angeführten vier ... Kinder die Summe von ... von fufzehtausad ... mit Worten fünf ... fünfzehntausend Mark.«

»Also do is jetzt schriftli ... g'richtmaßi ...«, sagte Feichtl triumphierend und blinzelte zum Reischlbauer hinüber, »so is ganz richti ... wie jedes der vier Kinder fufzehtausad March, net wahr?«

»Wo steaht dös?« fragte der Alte vorsichtig.

»Do steaht's«, sagte Andrä und wiederholte dem Vater die Stelle, »wie jedes der sämtlichen oben angeführten vier Kinder die Summe von fufzehtausad March.«

»Oben angeführt? Do muaß also ihra Nama dabei steh bei de vier Kinda?« fragte Reischl, den Alter und Erfahrung vorsichtig gemacht hatten.

»Freili muaß sie dabei steh'«, erwiderte Andrä, »des wer'n ma glei hamm. Do steaht's scho ... es sind erschienen: ... viertens Emerentia Salvermoser, Tochter des ... Erb ... Erblassers.«

»Do feit sie durchaus gar nix«, fiel hier Feichtl ein, »bal i amal wos sag, nacha is g'sagt, des is so viel als wia g'schrieb'n. Do gib's gor nix.«

»No, ja!« sagte der Reischl; »und do steht nix, daß de Alt mit ihran Geld net toa ko, was s' mog?«

»Na, do is nix g'schrieben.«

»Wie alt is denn dei Muatta schon?« wandte sich die Reischlbäuerin an Emerenz.

»Mei Muatta? I woaß jetz glei gor it so g'nau. An achtasechzg, a siebaz'g Johr werd s' scho bald sei.«

»Do is s' aa nimmer jung; do is a jeder Tog g'schenkt. Is sie no g'sund beinand?«

»Jo, sie is ganz guat bei'n Zeug. Vor a zwoa Johr is sie it recht sauber g'wen, do is sie vier oder fünf Wocha bettlägerig g'wen. Da Feichtl hat ihr selbigsmal g'holfa.«

»Jo, da habt's Zeit g'habt, daß mi g'holt habt's«,

sagte der Schäfer; »sie hot an kalt'n Trunk g'macht, und do is ihr zerscht 's Bluat g'froren, und nacha is 's ihr hitzi wor'n.«

»Wos is denn, magst de letzte Nudel nimmer essen?« fragte die Reischlbäuerin freundlich und schob Emerenz den Teller zu.

»Na, jetzt mog i gar nix mehr.«

»Wia waar's denn, bal's jetzt an Hof a wengl o'schaug'n tat's?« fragte der Reischlbauer; »i muaß in da Stuben bleib'n, mit mein Hax'n kon i no net umanandalaafen, aba d' Bäurin geht mit und der Andrä.«

»Is recht, schaug'n ma a weng umanand«, erwiderte Feichtl und erhob sich. Die übrigen folgten seinem Beispiel und gingen, eines hinter dem anderen, aus der Stube.

Sie schritten über den Hof zum Stall hinüber. Voran gingen Andrä und Feichtl; die Reischlin und Emerenz folgten etwas langsamer, weil sie ihre Röcke behutsam in die Höhe hoben und nicht so achtlos durch die Pfützen traten wie die Mannsbilder. Der Kuhstall war schön zum Ansehen. Es standen dreiundzwanzig Kühe darin, die meisten braun und weiß gefleckt, Pinzgauer Schlag, dann einige Miesbacher, und der Stolz der Reischlin, zwei große Simmentaler. »Des glaabst gor it, Emerenz«, sagte die Bäuerin, »was des für guate Milchküah sand. Siebazeh Liter an Tog, es is wohr und koa Lug is. No, sie stengan in guat'n Fuatta, Emerenz. I gib eahna lauta schö's Heu, koa sauer's gor it. Und Ruab'n gib eahna aa net gern. Es kriagt de Milli an schlechter'n G'schmach.«

»Siebazeh Liter, des is aba scho a groaß Wort«, meinte Emerenz, »de besser vo da Schneiderbäuerin gib vierzehni. Und des it leicht.«

»I glaab dir's gern. Dös werst aa koan Ort finden, daß wo in an Stall zwoa sellene Küah stengan. Balst as it glaabst, ko'st darnach de Dirn frag'n.«

»I glaab's a so, ho g'rad g'moant«, sagte Emerenz.

»De Bleß muaßt o'schaug'n«, fuhr die Reischlin fort, »werst it leicht a schöner's Vieh seh'gn kinna, aba a Luada is. De laßt sie gor it gern melcha; glei schlagt's hint aus; mi hat's amol so hintrig g'feuert, daß i a halbe Stund ganz damisch g'wen bi. Und goraus, seit de Cenzi do is g'wen, do is gor nix mehr zu'n Richten. Mi wern's an Metzga geb'n und fuattern's no a drei Wocha.«

Emerenz schritt langsam neben der Reischlin her und horchte wohl auf, wenn diese bei den einzelnen Stücken etwas zu berichten wußte; sie sah mit Wohlgefallen auf die breitrückigen, gut gepflegten Tiere, welche auch sie neugierig betrachteten, indem sie das Futter nachdenklich mit den Unterkiefern hin und her schoben.

Feichtl und Andrä standen am hinteren Ende des Stalles, wo sich fünf Schweine grunzend an den Verschlag drängten.

»Was sagst denn jetzt?« fragte Feichtl, »is sie net a richtig's Weibsbild? G'fallt s'dir net?«

»Jo, sie is net uneben«, sagte Andrä ganz kurz.

»Und daß 's mit'n Geld sei Richtigkeit hot, des hast g'seg'n?«

»Es schaugt sie a so her.«

»Ja, do ko'st di drauf verlassen«, rühmte der Schäfer wieder, »bal i eppas net ganz g'wiß woaß, sog i nix. Bei dem G'schäft gib's koa Hinum und Herum, des muaß g'nau geh, sinscht hätt mi nix als wia'r an Vadruß.«

»Ja, ja«, sagte Andrä.

»Du muaßt dei Sach kriag'n wie's recht is, und wia's ausg'macht is. Du laßt dir nix o'ziehag'n, und i laß mir aa nix o'ziehag'n vom Schmuserlohn, is it wohr?«

»Is scho recht, ja.«

»Mi freut's, bal's was werd, Andrä. Weil'st a richtige Frau kriagst, vastehst?«

»I vasteh di scho, Feichtl.«

Das Gespräch wurde durch das Herannahen der Frauenzimmer unterbrochen. Die Reischlin machte Emerenz auf die wohlgemästeten Schweine aufmerksam und wußte auch hier Bemerkenswertes zu erzählen. »De groaße dort hint«, sagte sie, »de hat auf Liameß zeha Fakein g'hot, und de ander aa, de wo rechts davo steht. I ho's alle zwoa auf Micheli zualassen.«

»Des is aa de besser Zeit«, erwiderte Emerenz,

»auf des ham mi dahoam aa'r alleweil aufpaßt, daß de Fakein net an Winta kemma san; do koschten s' g'rad recht viel und bring'st as do it leicht durch.«

»Da hast ganz recht Emerenz, da hast amol ganz recht, des g'freut mi, daß du des sagst. Auf Mariä Geburt oder auf Micheli laß i s' des erstemal zua, und da zwoate Wurf soll um Jakobi rum kemma; do is no bessa, weil ma nacha de Fakein mit der Alt'n aufs Feld außi bringa ko.«

»So moan's i aa«, wiederholte Emerenz.

Die Reischlin wurde sichtlich aufgeräumter und gesprächiger. »De rot Sau, wo's d' siehgst, de do links, mit dere hon i a Kreuz g'habt. De Cenzi hot net aufpaßt, wie s'g'worfen hot, und do hot s' de erst Nacht zwoa Fakein dadruckt, und bal i am andern Tag net dazua kimm, frißt s' die andern sauba z'samm.

»Hamm de Fakein g'wiß recht scharfe Zähn g'habt?« fragte Emerenz.

»Freili. Des hat der Alt'n weh to, wia s' g'säugt hot. Bal ma'r Obacht gibt, ko ma leicht helfa; zwickt ma'r eahna halt der Zahnei ab, na is glei gar. Aba de Cenzi hat ja nix kennt, das Weibsbild, des ganz schlechte.«

Auf Antreiben Feichtls verließen die vier den Kuhstall; Andrä meinte, man solle jetzt die Pferde anschauen, aber am Hühnerstall konnte die Reischlin nicht achtlos vorbeigehen. »I ho vierasiebaz'g Henna, lauter guata Leghenna«, rühmte sie, »an vorigen Johr hon i a schön's Geld auf d' Seiten bracht mit die Oar. Da Bauer schimpft mi a diam, weil eahm d' Henna in Woaz einikemman, aba des g'fallt eahm do, bal der Handler vo Minka 's Geld aufzählt.«

»Jetzt geh no amol zua«, drängte Andrä, »bal du amol mit deine Henna ofangst, nacha werst gor nimma firti.«

»Geht 's no ös daweil in Roßstall«, erwiderte die Reischlin, »mi kemman scho nach. Woaßt, Emerenz«, fuhr sie fort, als die zwei langsam weiterschlenkerten, »mit die Mannsbilder ko'st do nix richten. De moana, grad dös hot an Wert, was eahna selm o'geht, des ander achten s' net. I sag 's oft zun Bauern, wia's d' no grad a so reden ko'st, sog i, den kloan Profit kennt's ös it, hab' i g'sagt. Bei enk muaß's Sach do sei, Oar und Schmalz und a Butta, des is enk recht, sog i, aba was da für an Arbet dro hängt, daß all's richti beinand is, hab i g'sagt, des is ganz gleich. Da Hennastall, sog i allaweil, der braucht Vastand grad a so als wia da Roßstall. Is it wohr, Emerenz?«

Die Salvermoserin schnupfte heftig auf und nickte zustimmend mit dem Kopfe. Währenddem waren sie auch am Roßstall angelangt, wo Andrä die Führung übernahm. »Roß hamm ma vieri«, sagte er, »de zwoa Braun stengan do, mit'n Scheck is da Knecht furtg'fahren, und der Fuchs, der wo do hinten steht, is mi krank wor'n.«

Feichtl war in den Stand hineingegangen und untersuchte das Pferd mit Kennermiene. »Machst a so, wia'r i g'sagt hab«, meinte er, »nacha hat sie de G'schicht bal g'hoben, es is it viel dro.«

Andrä brummte eine Erwiderung, und die Weiberleute verließen nach kurzem Aufenthalt den Stall; sie haben bekanntlich kein Verständnis und kein rechtes Interesse für die Gäule. Auch die Tenne wurde nur flüchtig gemustert; beim Durchschreiten sah man rechts und links die ansehnlichen Vorräte an Heu und Stroh, und Andrä bemerkte kurz angebunden, wie viele Zentner von jedem noch da seien. Man kam jetzt wieder in das Haus, und Andrä sowohl als Feichtl hielten es für angebracht, in die Stube zum alten Reischl zurückzukehren, währenddessen sich die Bäuerin anschickte, die Emerenz in ihr eigentlichstes Gebiet, in die Milchkammer, in die Vorratskammer und in die Küche zu führen. Die beiden Männer fühlten, daß sie hier bloß im Weg umgingen, und bezeigten keine Lust, die in solchen Dingen unvermeidliche Redseligkeit der Weiber auszuhalten. Feichtl setzte sich neben den Reischl hin, und Andrä begab sich wieder auf seinen Stammplatz am Ofen. Der Schäfer unterbrach das Schweigen. »Habt's koan Schnaps?« fragte er. »I ho vo dem Schweinern a bissel z'viel dawischt.«

Der Reischl hinkte zum Wandschrank und holte eine Flasche hervor, die er gegen das Licht hielt. »A wengl a Zwetschgenwassa is no da«, sagte er und brachte dem Schäfer Flasche und Glas. Feichtl schenkte ein, roch an dem Schnaps und machte einen kräftigen Zug. »Ah, des is a scharfa, der richt mi eiwendi z'samm. Sakera Hosenzwickel, des Schweinerne waar mir schier gar z'fett worn. No, wia g'fallt dir de Salvermoserin?« wandte er sich an den Alten.

»Sie passet net schlecht auf'n Hof«, gab der Reischl zurück, und er nahm sich bedächtig eine Prise. Auch Feichtl langte in die Dose und sagte eifrig: »Ja g'wiß it, durchaus gor it, Reischl. Sie is wia g'macht für das Anwesen. Sie scheucht koan Arbet und kennt sie guat aus. Sie hätt a richtig's Regiment über de Ehhalten, weil sie's dohoam g'lernt hot. Dös is überhaupts schon a Vorteil.«

»Ja, ja, des is scho wohr.«

»Ja, g'wiß is wohr, wos bedeut denn dös, bal oane aus an kloan Sach außa kimmt. Dös werd nia nix, dös lernt sie net leicht. So oane ko nia net reigiern.«

»Ja, ja.«

»Und nacha, fufzehtausad March, des is aa koa Dreck. Baar auf d' Hand, braucht koa Künden und koa Betteln, was dös scho wert is!«

»Ja, ja«.

»Net, wia's oft is, wann ma' 's Geld lieg'n lassen muaß auf Hypothek? Aufsagen magst as it gern, weil glei da Vadruß do is, voraus heuntigen Tag's, wo ma si so schwaar tuat mit an Bankgeld. Und balst as net aufkünd'st, muaßt Angst ham, daß der ander schlecht haust und d' Hypothek alle Wocha schlechta werd.«

»Ja, ja, besser is scho, wann ma 's Geld baar auf d' Hand kriagt.«

»So is. Dös sagt a jeda, der wo was vasteht. Geh, schenk ma no mal an Schnaps ein, mit dem Schweinern kimm i gor it z'recht.« Reischl goß das Glas wieder voll, und Feichtl leerte es auf einen Zug. »Ah, ah«, machte er, »des is amal a Zwetschgenwassa, wia sa si g'hört, brenna wia da Teufi. So muaß 's sein.«

Er langte sich eine Zigarre aus der Rocktasche und begann zu rauchen. Da die andern zwei nichts sprachen, wurde es wieder still in der Stube. Dem Feichtl war die Schweigsamkeit zuwider. Er war schlau genug, zu erkennen, warum die zwei sich gar so zurückhaltend benahmen. Nicht, weil ihnen etwa die Partie mit der Salvermoserin nicht gefiel; in dem Punkt war Feichtl seiner Sache ganz sicher; in dem Augenblick, wo Emerenz schriftlich beweisen konnte, daß sie die versprochene Summe besitze, wußte der Schäfer, daß es mit der Hochzeit seine Richtigkeit habe. Aber ein anderes war zu beachten. Jetzt, wo alles seinen geregelten Gang nehmen konnte, rührte sich in Andrä bereits die Reue, daß er den Schmuserlohn so hoch bemessen hatte. Er wollte den Schäfer merken lassen, daß seine Vermittlung recht überflüssig sei; vielleicht ließ sich daraus für später ein Vorteil ziehen, daß man bei der

Zahlung was abzog oder am Ende gar die Berechtigung der Forderung überhaupt abstreiten konnte. Daß der alte Reischl mithalf, schon jetzt die Verdienste des Vermittlers in den Schatten zu stellen, war selbstverständlich.

Feichtl war über dieses Verhalten keineswegs erstaunt. Seine Lebenserfahrung war nicht gering; er hatte schon manche Heirat vermittelt, aber niemals war es ihm geschehen, daß sein Honorar ohne Widerspruch mit freundlicher Miene ausbezahlt wurde. Darum also wußte er recht gut, welche Gefühle in den Herzen seiner beiden Zuhörer herrschten, und da er eine mitteilsame Natur war, rieb er ihnen diese Erkenntnis etwas unter die Nase. »Gel, Reischl«, fragte er, »auf Rettenbach habt's ös net weit umi?«

»Rettenbach? Dös is gor it weit, höchstens a Stund. Willst du heunt no umi geh?«

»Na, i ho grad gmoant. Kennt's ös an Holzinger Jakob vo Rettenbach?«

»An Holzinger?«

»Ja, beim Häuslmichl hoaßt ma's, is enk dös net bekannt?«

»An Häuslmichl? Freili kenn den. Wos is damit?«

»Nix. I ho g'rad g'fragt. I kenn eahm aa.«

»So?«

»Ja; i hon an Prozeß g'habt damit.«

Mit dieser Mitteilung kitzelte der Schäfer den

Reischl doch etwas heraus; er konnte sich noch so gleichgültig stellen, den Feichtl täuschte er damit nicht. »So, an Prozeß hast g'habt mit'n Häuslmichl?« fragte der Alte.

»Ja, vor a zwoa Jahr is g'wen. Z' Dachau.«

»Habt's enk beim Handeln z'kriagt?«

»Na. I hon eahm sei Heirat g'macht, und wia'r i den ausg'machten Schmus valangt hob, hätt er mir's o'streiten mög'n. Er hätt ohne mi aa g'heirat, hat er g'sagt, do hätt er mi gor it braucht dazua, sagt er. No, i hon it lang g'redt mit eahm, bi zu'n Advikaten ganga, nacha hat si de G'schicht glei g'hoben.«

»So?«

»Ja. Den Prozeß hon i schnell g'wunna. Da Holzinger hätt alles mögliche daher bracht, aba do hat's nix geben. Der Oberamtsrichta vo Dachau hat'n glei z'sammpackt. Was, hat er g'sagt, zuerst vereinbaren Sie etwas mit diesem Manne, sagt er, und hinterher wollen Sie ihm den wohlverdienten Lohn streitig machen, hat er g'sagt. Das ist keine Art und Manier, sagt er, für einen Mann, der wo einmal sein Wort gegeben hat. Sie sollen Ihnen schämen, hat er g'sagt, daß Sie mit solchene Ausflüchten vor Gericht kommen, sagt er. Da Holzinger hat anderst g'schaut, wia'r eahm d'Leviten g'lesen wor'n san. Aba grad recht is eahm g'schehg'n. Do hot er an Vadruß g'habt und an Haufa Kösten dazua. I hab's eahm glei g'sagt. Des is net der erscht Prozeß g'wen, den i g'wunna hab. I woaß, wia's G'setz is, und mehra will i net. Do is oana allemal vaspielt, wann er mit mir schtreiten will.«

Feichtl zündete sich die Zigarre wieder an, die ihm beim Erzählen ausgegangen war, und blinzelte zum Andrä hinüber, um die Wirkung seiner Geschichte zu beobachten. Es war kein Zweifel, daß ihn die beiden hatten gehen hören, aber entweder waren sie von der Moral der Geschichte nicht berührt worden, oder sie verstanden es meisterlich, ihre Gemütsbewegung zu verbergen. Andrä schaute so gleichgültig wie vorher, und der Reischl hatte anscheinend jedes Interesse an dem Prozeß verloren. Der Schäfer überlegte sich, ob es nicht gut wäre, noch eine zweite Geschichte darauf zu setzen, doch da öffnete sich die Türe, und die Reischlin kam herein; hinter ihr die Emerenz.

»So, jetzt hamm ma all's o'g'schaugt«, sagte die Bäuerin.

»Hat ihr 's Sach g'fallen?« fragte Andrä aus der Ofenecke heraus.

»I glaab scho, gel Emerenz?«

Die Salvermoserin fühlte, daß nunmehr die Entscheidung nahe, und verzog ihren Mund zu einem geschämigen Lächeln. »Mi hat's it schlecht g'fallen«, antwortete sie und sah dabei auf den Fußboden.

»Jo«, meinte Andrä, »indem, daß mi aa ganz recht waar, kunnten mi ja z'sammheiraten?«

»Mi is scho recht«, sagte Emerenz; und dann

holte sie umständlich aus ihrem Handkorb den Geldbeutel hervor, nahm einen Taler heraus und reichte ihm den Andrä als Handgeld und zum Zeichen, daß der Vertrag in Ordnung sei. Feichtl patschte in die Hände und bezeigte eine Fröhlichkeit, die dem Ereignisse angemessen war und welche außerdem seine Person wieder etwas in den Vordergrund rückte.

»So is recht! Dös lob i«, – schrie er mit erhobener Stimme – »jetzt gib's Hozetleut in Haus, Herrschaftsakera, dös is amal a Paar, wo a jeda a Freud hot.« Von den Anwesenden beteiligte sich niemand an seiner Lustigkeit, die Brautleute sowenig wie die zwei Alten, welche dem Vorgang ruhig zuschauten. Aber Feichtl ließ sich nicht irr machen. »Siehgst, Emerenz«, schrie er, »i ho dir's g'sagt, do genga ma net umasinst her, zu'n Reischlhof. I mach mei Gratulation, de Jungfer Hozeiterin soll leben, vivat hoch, und da Hozeiter daneben!«

»Is scho recht«, wehrte ihm Andrä ab, »gib no amal an Ruah, mi müassen ja no was ausmacha, mi kenna ja net dischkrieren, bal du a so schreist. Wos is denn?« wandte er sich an den Vater, »wann laß ma denn d' Übergab vabriafen?«

»Mi is gleich. Vo mir aus an Mieka* acht Täg.«

»Guat, also mach ma's glei aus. Auf'n Mieka in

* Mittwoch

acht Täg genga ma zu'n Notari, bal's dir recht is, Emerenz?«

»Jo, mi is jeder Tag recht.«

»Freili«, mischte sich Feichtl ein, »da Mieka paßt mi aa guat, b'stellen mi ins bei'n Ziaglerbräu z'samm.«

»Bal'st aba aufg'halten bist, brauchst it z'kemma«, erwiderte ihm Andrä, »mi kennan de Sach alloa macha.«

»Na, na, i bi it aufg'halten, i ho leicht Zeit; i hätt a so a G'schäft z' Dachau drin. I geh wieda mit da Emerenz.«

»No ja, nacha kimmst halt, wennst moanst, du muaßt dabei sein.«

»I kimm scho, Andrä, ko'st di valassen drauf«, versicherte Feichtl sehr freundlich. »Aba jetzt genga ma, Emerenz«, fuhr er fort, »i moa, es waar Zeit.«

Die Salvermoserin rückte ihr Kopftuch zurecht und erklärte, daß sie gehen wolle. »Mogst it no was essen, Emerenz?« fragte die Reischlin.

»Na, ho scho gnua. Pfüat enk Good.«

»Pfüat Good!«

»Und am Mieka in acht Täg kemma ma in Dachau z'samm«, rief ihr Andrä nach, als sie bereits die Stube verlassen hatte. Feichtl verhielt sich noch ein wenig an der Tür. Er tauchte die Finger in den Weihwasserkessel und besprengte sich.

»Der Herr segne unsern Ausgang!« sagte er mit tiefem Ernst, »adies beinand!«

»Geh zu'n Teufi, Haderlump miserabliger«, brummte Andrä vor sich hin. Aber Feichtl hörte ihn nicht. Er ging gehobenen Gemütes neben Emerenz durch das Dorf, am Wirtshaus vorbei, unter dessen Türe Herr Martin Schinkel stand.

Der Schäfer lächelte, als er den Wirt sah und begrüßte ihn freundlich. Dieser hingegen rückte nur ein weniges an seiner Schlegelkappe und sprach vor sich hin: »I ho's ja g'wußt, daß der Bazi bei'm Schmusen war. Mi ko'st net o'lüag'n, Freunderl, do muaßt zeitiger aufsteh.«

Fünftes Kapitel

Es war Mittwoch und Schrannentag in Dachau. Vor dem Rathause standen Leiterwagen, hochgepackt mit Krautköpfen, dic von Kauflustigen gemustert wurden. Da und dort sammelten sich Leute um einen Bauern, der seine Ferkel hereingebracht hatte und jetzt die quiekenden Viecher eines nach dem andern bei den Hinterbeinen faßte und zum Betrachten in die Höhe hob. Auf dem freien Platz vor der Marktwaage waren die Getreidesäcke in Reih und Glied aufgestellt. Hier herrschte das regste Leben. Händler und Bauern stritten sich um die Preise, zwanzig Pfennige hin und her für den Zentner. Die Käufer langten in die Säcke und holte eine Handvoll Gerste oder Weizen heraus, bliesen darauf, ließen sie langsam durch die Hände laufen und fingen dann wieder das Handeln an.

Den Schloßberg hinauf gingen viele Leute. Die einen sprachen im Bezirksamte vor und erkundigten sich nach dem Stande ihrer Angelegenheiten, die nach ihrer Meinung nun schon lange genug bei der königlichen Behörde »schwebten«. Andere besuchten den Herrn Rentenamtmann und zählten in harten blanken Talern den Betrag der Steuern und Bodenzinse auf den Tisch; mancher tat es mit einem tiefen Seufzer und der aufrichtig gemeinten Bemerkung, daß es jammerschade sei um das schöne Geld.

Den größten Zuspruch hatte aber das auf dem Berg zu oberst gelegene Amtsgericht. Im Gerichtssaal drängten sich die Neugierigen, denen eine öffentliche Sitzung so viel Spaß bereitete wie ein Theater. Hie und da kam ein Bekannter aus der Umgegend zum Aufruf, und man hatte das Vergnügen, ab und zu etwas zu erfahren, was einem der Freund gewiß nicht anvertraut hätte. Auch die Advokaten, welche aus München herbeigeeilt waren, ermangelten nicht, die Lustbarkeit zu erhöhen. Sie überboten sich an Zungenfertigkeit und verstandesreicher Kenntnis der Gesetze. Die Zuhörer bewunderten solche Gaben, die ihnen selbst gänzlich fehlten, und schätzten prüfend den Wert jedes einzelnen Redners. Diese Aufmerksamkeit konnte von Nutzen sein, denn niemand weiß heute, ob er nicht morgen einen Prozeß hat und einen scharfen Vertreter braucht. – Der Amtssitz des königlichen Notars, welcher sich am unteren Ende des Marktes befindet, war heute gleichfalls sehr gut besucht. Die Herren Wassermann und Meyer Männlein hatten wieder ein großes Anwesen erobert, und die Nachbarn des Verkäufers kauften nun von ihnen die Grundstücke, welche sie vorher verschmäht hatten. Guter Handel gedeiht nicht ohne Streiten und Lärmen; das wußten Männlein und Wassermann aus ihrer langjährigen Praxis, und sie fühlten sich in ihrem Elemente, wenn recht heftige Reden gegen sie geführt wurden. Den gröblichsten Beleidigungen gewannen sie eine scherzhafte Seite ab, wenn dadurch der Handel vorwärts ging; manchmal freilich mußten sie ihr Ansehen wahren, wenn ein Schimpfwort zugleich die Absage bedeutete oder wenn der Schimpfende als Zahler von minderem Werte war. Wie zum Beispiel der Kleingütler Blasius Hörmann, welcher dreißig Dezimalen Wiesengrund behufs Abrundung erwerben wollte und sich äußerst ungebärdig benahm, als ihm der Preis genannt wurde. Wassermann hörte ihm zuerst mit mildem Lächeln zu, da er vermeinte, daß gerade diese Heftigkeit das beste Zeichen für die starke Kauflust des Gütlers sei. Als aber Blasius Hörmann immer halsstarriger und unfeiner wurde und zuletzt allen Ernstes versicherte, daß er mit so einem lausigen Halsabschneider durchaus gar nichts mehr zu tun haben wolle, da wurde auch Wassermann ungehalten.

»Wer bist du?« fragte er den schreienden Landmann. »Was glaubst du? Du bist mir zuwenig, daß ich mich abgebe mit dir.« Und als Wassermann sah, daß von den Anwesenden sich niemand für Blasius Hörmann erwärmte, fügte er bei. »Du bist mir überhaupt zu gemein.«

»Wos bin i, du Herrgottsakerament? Daß i di fei net glei niederschlag, du Blutsmensch.«

Hier legte sich der königliche Notar ins Mittel und erläuterte dem widerhaarigen Gütler, daß er sich nicht auf dem Lande bei den Saubauern befinde und daß ein Amtszimmer nicht zu verwechseln sei mit einer Bierwirtschaft. Da Hörmann immer noch etwas zu entgegnen wußte und sich nicht einmal der staatlichen Autorität beugte, mußte er den Schauplatz verlassen. Er tat dies, indem er Herrn Wassermann noch einige Proben seiner Wertschätzung vorlegte. Allein dieser zeigte durch verächtliches Achselzucken, daß er den geringen Bildungsgrad des Beleidigers zu würdigen wisse, und sagte nur, als Hörmann bereits im Hausgange plärrte: »Es is gut, daß er draus is. Er is ä Lümmel.«

Die Verhandlungen nahmen ihren lebhaften Fortgang; die Verkäufer sprachen auf die Bauern ein, die Schmuser drängten, der Notar gab seine Meinung dazu. Hie und da nahm Männlein einen Kauflustigen auf die Seite und raunte ihm geheimnisvoll ins Ohr: »Ich will dir was sagen, Wagenbauer, du kriegst das Tagwerk um dreißig Mark billiger – weil du’s bist. Aber es wird nix mehr geredt.« Währenddem klopfte es heftig an der Tür; jemand probierte an der Klinke herum und stieß mit den Knien gegen die Füllung. »Was isch denn des wieder für a ung’hobelter Gascht!« schrie der Notar, den die Verhandlungen in etwas gereizte Stimmung versetzt hatten.

Die Tür gab endlich dem Druck nach, und auf der Schwelle erschien unser Reischl, hinter ihm die Reischlin und Andrä, und über dessen Schulter hinweg sah man das schwarze Kopftüchel der Emerentia Salvermoser neben dem schlauen Gesicht des Schäfers Nepomuk Feichtl von Watzling.

»Wer seid ’r denn?« fragte der Notar den Reischlbauern mit gut vernehmbarer Stimme.

»I? I bi da Reischl vo Pellham.«

»Ja, des mußt scho saga, des ka ’n i it schmecka. Zu was kommscht denn da rei? Willscht an Grundschtück kaufa?«

»Kaafen? Na, kaafen will gar nix.«

»Für was schtehscht denn hernach do? He? Red a mal, muaß ma dir alles rausziaga?«

»An Übergab möcht ma vabriafen, und an Eh’vatrag.«

»Ja, was fallt d’r denn ei? Glaubscht du, i ka alles auf oimal macha? Glaubscht, i laß alles liega und schteah, wega deiner Übergab?«

»Nacha kemma mir halt später, bal S’ jetzt koa Zeit hamm.«

»Sei halt so guat, gel? Und jetzt mach, daß d' raus kommscht, schteh it so oifältig her.«

»Bis wann soll ma kemma?«

»Frag it so saudumm, des ka i do it wissa, wenn i halt fertig bi, oi's nach dem andera.«

»Nacha kemma ma halt in a guaten Stund wieda her und schaug'n nach«, meinte Reischl gutmütig und zog die Türe zu. Die ganze Gesellschaft machte kehrt und trappte durch den Hausgang. Im Freien wurde beraten, was nunmehr zu tun sei.

Feichtl gab den Ausschlag. »Des G'scheidtest is«, sagte er, »mi gengan wieda zum Ziaglerbräu. Vor zwoa Stund werd's mit'n Vabriafen do nix. I kenn an Notari. Bal er so schreit, hat er viel Arbet.«

Das große Gastzimmer in der Zieglerbrauerei war dicht gefüllt. Reischl wurde beim Eintreten von vielen Bekannten begrüßt und mußte fast an jedem Tisch Bescheid tun.

»Bist wieda auf da Höch? Kost do wieda füri mit dein Haxen?« wurde er gefragt; und er trank bei jedem und gab Auskunft über sein Befinden. Unterdes waren ein paar Plätze frei geworden, die Leute rückten zusammen und unsere Gesellschaft konnte eng aufeinander gepreßt an einem Tisch Platz finden. Die Erscheinung der Emerenz erregte Aufsehen; viele drehten die Köpfe nach ihr um, und der Zanklbauer von Siegmertshausen wisperte dem Reischl ins Ohr. »Wos hoscht denn do für oane dabei?«

»Des is an Andrä sei Hochzeiterin.«

»Ah? Do bin i ja gor nix inne wor'n. Is jetzt scho zu'n Übergeb'n bei dir?«

»Ja; es is nimma z' fruah.«

»Do hoscht scho recht. Wo is denn sie her?«

»Vo Eielsriad. An Geitnerbauern a seinige Tochta.«

»Vo dem Geitner, der wo vorig's Johr g'schtorm is?«

»Ja, vo dem.«

»So, von Geitnerbauern is sie?« wiederholte der Zankl und vertraute die Neuigkeit seinem Nachbar an, der sie gleich weitergab. Nach Umlauf von einer Viertelstunde wußten es alle im Gastzimmer, daß der Reischl von Pellham übergebe, und daß der Andrä eine Geitnertochter von Eielsried heirate. Der eine und andere von den Bekannten kam herüber und begrüßte das Brautpaar. »Also Andrä, i ho vanumma, du heirat'st jetzt. Des is recht. Do trink amal.« Andrä machte jedesmal einen kräftigen Zug und schob das Glas der Emerenz hin, die bescheiden nippte und sich dann mit der Hand den Mund abwischte. Manchmal versuchte einer auch die Emerenz in das Gespräch zu ziehen, indem er wohl sagte: »A sauberne Hozeiterin hoscht dir aba g'suacht; dera waar i aa net feind.« Die Salvermoserin wußte, daß man bei solchen Redensarten verschämt sein muß, und sah auf ihren Handkorb nieder, den sie auch heute dabei hatte.

Allmählich ließ die Aufmerksamkeit, die man dem Ereignis im Reischlhause gewidmet hatte, nach, und die Gespräche nahmen eine andere Wendung. Man unterhielt sich über den Gang der heutigen Schranne; daß sie gut gewesen und daß viel verkauft worden sei; man besprach die Preise, welche Weizen und Gerste gefunden hatten, und klagte über die geringe Höhe derselben. Manche berichteten über die Gerichtsverhandlungen, wieder andere begaben sich auf das Gebiet der Politik.

An seinem Tische führte Feichtl das große Wort. Die Aussicht auf die hundert Mark, welche er noch heute von der Salvermoserin erhalten sollte, stimmte ihn froh und gesprächig. Er verbreitete sich mit viel Sachkenntnis über die schlechten Zeiten und die Ursache des allgemeinen Niederganges. »Net wahr«, sagte er, »betracht ma 's no, wia's der Fall is. Zerscht hot ma d' Arbet, daß ma de Kinda groß ziagt, und bal dir oaner in da Wirtschaft helfa kunnt, kimmt er zum Militari. Jetzt kost wieda zahl'n. An Buam muaßt Geld schicka, weil er do net leben ko als Soldat mit dem, was er als Löhnung kriagt; und nacha muaßt für eahm an Knecht eistellen, der an Haufa kost. Da werd 's Geld zwoamal hi. Und net, wia is mit die Steuern? Ollawei wern's mehra, ollawei finden s' wieda was Neu's, daß da Bauer zahl'n muaß. Neue Kanona, neue G'wehr, neue Banganett, grad wergeln tean s', und de Herrn, de wo in Reichstag drin san, dö sag'n zu all'n ja. Do san lauter Studierte drin, de helfan z'samm'; wenn s' mitanand streiten, des is lauta Schwindel, lauta Kumedi, daß de dumma Leut d' Aug'n auswischen. Drum sag i dös, bal net mehra Bauern einikemman an Landtag, werd's nia nix.«

Das Thema war so beliebt, und Feichtl entwikkelte eine so große Mundfertigkeit, daß selbst der Reischl und Andrä trotz ihrer aufkeimenden Abneigung beifällig zuhörten. Das spornte den Schäfer an, und er sprach noch manches treffende Wort über das Wapperlgesetz, über die Handelsverträge und über die einer gründlichen Besserung bedürftige Obrigkeit, bis Andrä sagte, es wäre an der Zeit, wieder zum Notar hinunterzugehen.

Sie brachen auf und trafen es diesmal besser. Wassermann und Männlein hatten ihre Geschäfte abgewickelt, so kamen sie gleich an die Reihe.

Der Herr Notar war besserer Laune als vorhin, und das war gut für beide Teile, denn die Verhandlungen, welche sich nunmehr zwischen den alten Reischlleuten und ihrem Sohne entwickelten, brauchten eine große Geduld. Die Summe, für welche der Hof abgetreten wurde, das Abstandsgeld, war schon vereinbart: zehntausend Mark, die mit vier Prozent verzinst werden mußten und auf Hypothek liegen blieben. Hierin ergaben sich keine Schwierigkeiten. Desto mehr aber bei der Vereinbarung über die jährlichen Austragsreichnisse und über die Inventarstücke, welche den Übergebern noch verbleiben sollten. Der alte Reischl wollte für sich und seine Ehefrau drei Kleiderkästen, und dieses Verlangen erregte bei Andrä sofort lebhafte Entrüstung.

»Zu wos braucht's ös drei Kästen? Mit zwoa g'langt's ös leicht; dös teat's grad mit Fleiß, daß 's mi recht tratzen kinnt's.«

»Bal ma's net braucheten«, erwiderte der Reischl, »nacha taten mir's it valanga; des muaßt da mirka.«

»Ja, für was denn? Du bringst dei G'wand leicht in oan Kasten, und d' Muatta hat do aa koan solchen Aufwand.«

»Wos mi ham, des wissen mi, und wos mi braucha, des wissen mi aa.«

»No, no«, beschwichtigte der Notar, »nur it glei oba naus fahra, des hat koin Wert. Geht's denn gar it mit zwoi Käschta?«

»Na, es geaht it, und bal's gang, nacha möcht i net.«

»So muaßt reden«, fuhr Andrä los, »do siecht ma, wia's ös zwoa seid's. Is dös aa no a Wort, bal's gang, nacha möcht i it!«

»Deswegen brauchscht du it so z' plärra«, mengte sich der Notar wieder ein, »es isch amol der Vat'r. Und was liegt denn dra an oin Kaschta? Es isch do grad für so lang, wie die zwoi Alta leba.«

»Des is scho recht. Aba mi brauchan do aa was für insa G'wand. Nacha müaßen mir's Sach als a neua kaafa.«

»Des isch jetzt gleich. Jetzt isch gar mit dem Dischputira; mir schreiba drei Käschta. Also, was wollt'r no?«

Reischl gab seine Wünsche an. Zwei Truhen, die wo in der oberen Stube stehen, mitsamt dem Inhalt, einen Tisch, eine Bank und zwei Stühle. Diese Forderungen gingen ohne längere Debatte durch. Es kamen weiter: ein kleiner Schlüsselkorb, vier Holzteller und zwei Schüsseln. Auch hierüber wurde nicht gestritten, obzwar Emerentia Salvermoser bemerkte, zwei Holzteller täten den nämlichen Dienst; als ihr aber die Reischlin die Frage vorlegte, ob das Sach schon ihr gehöre, lenkte sie ein und sagte, sie habe bloß gemeint. Beim nächsten Posten erhitzten sich die Gemüter wieder bedenklich. Reischl verlangte vier Bienenstöcke mit den Bienenschwärmen.

»Mehra wia vieri hamm ma ja gor it«, schrie Andrä.

»Des tuat ja nix«, erwiderte sein Vater, »wia'r i an Hof übernomma hab, is aa koaner do g'wen.«

»Dös beweist si gor nix, a jeda kaaft was zuawi zu'n Sach. Des Viech, was jetzt an Stall steht, is vor dreiß'g Jahren aa no net do g'wen. Dös kunnst' grod so guat sag'n.«

»Überhaupt's host du di mit de Impen nia o'geben mögen«, sagte der Alte bockbeinig.

»So? Alssammet hon i ja do scho it toa kinna, und bal i mi drum kümmert hätt, host mi it zuawi lassen.«

Der Notar wurde ärgerlich. »Da hört si aber verschied'nes auf«, sagte er; »warum habt'r denn des it dahoim ausg'macht? Da herin isch do koi Platz zum Schtreita. Wann's so fortmacht, na hocka mir in sechs Schtund au no da.«

»I streit ja net«, erwiderte Andrä, »er soll halt it gar a so unverschämt sei.«

»Wos bin i? Du b'sinn di fei a wengl, hoscht g'hört?«

»Ruhe! Was isch denn des für an Art un Manier? Auf der Schtell halt'r 's Maul, ihr Sakerament! I will euch was saga: Koiner hat recht. Jeder laßt was nach, und jeder gibt was zua. Du« – wandte sich der Notar an den Alten – »nimmscht zwoi Schtöck, und du«, sagte er zum Andrä, »bischt au mit zwoi z'frieda. Halb und halb, so isch recht.«

»Für wos denn?« knurrte der Reischl. »Er hot sie ja nia net mit die Impen o'geben.«

»Des is it wohr«, brüllte Andrä.

»Wos? Hoscht it g'sagt, mit de Malefizviecher is nix aufg'richt. Auf den Profit tat'st huasten? Hoscht des it g'sagt?«

»Maul halta! Ruhe!« schrie der Notar, »entwed'r – od'r! Entweder ihr macht die Sach fertig, od'r ihr geht naus. Na könnt'r im Wirtshaus schtreita. I schtell mi da it her für euch. Wollt'r halb und halb? Sonscht mach i Schluß.«

»Vo mir aus, soll er zwoa hamm«, brummte der

Reischl, »aba des sag i dir glei, i kümmer mi gor nix drum. De verrecka dir g'schwind gnua.«

»Des wer mi nacha scho seh'gn«, meinte Andrä.

»Also fertig; zwoi Bienaschtöck sind g'schrieba. Sonscht wollt'r nix mehr?«

»Na.«

»Dann könna mir fortfahra. Im übrigen« – diktierte der Notar seinem Schreiber –, »im übrigen sind mit übergeben alle Ein- und Zubehörungen, die Gesamtheit des Inventars an Haus- und Baumannsfahrnissen, das vorhandene Vieh, alle Ökonomiegerätschaften, alle Getreide-, Heu-, Stroh-, Futter-, Holz- und sonstigen Vorräte, die übrigen Mobilien, im Hause selbstverständlich auch alles, was wand-, band-, niet- und nagelfest ist. Isch recht so?«

»Ja.«

»Na könna mer also zum Austrag schreita. I sag euch aba glei, daß 'r mir net wieder so wüscht tut und 's Protokolliera aufhaltet. I muaß heut au no zum Essa komma. Isch g'rad guet, daß mer davo reda«, fügte der Notar bei und rief zur Türe hinaus: »Bärbla! Bärbla!«

»Was gibt's?« rief eine weibliche Stimme.

»Bärbla! Sag d'r Frau, sie soll die Knödel it eilega, vor i's it sag. Es ka heut ziemli lang daura.«

Diese Meinung erwies sich als richtig. Die alten Leute hielten sich an den Grundsatz, daß hinterher die schönste Reue nichts hilft, und daß vorgetan und nachbedacht, schon manche in groß Leid gebracht. Sie wollten ihr Gewisses haben, Punkt für Punkt, und dachten, je mehr man verlangt, desto leichter kann man herunterhandeln. Andrä ließ es daran nicht fehlen; er feilschte um jede Kleinigkeit und verteidigte seine Stellung mit einer Geschicklichkeit, die den Eltern innerlich Bewunderung einflößte. Auch Emerenz gewann die tröstliche Überzeugung, daß ihr Zukünftiger sein Sach zusammenhalten werde, und in Feichtl stieg die Ahnung auf, daß er nicht ohne heiße Kämpfe in den Besitz des Schmuserlohnes gelangen werde. Schon gleich beim ersten Punkt gingen die Meinungen auseinander. Die Alten sollten die gleiche Kost wie die Jungen haben. Das sei ihm zu ungenau abgefaßt, sagte der Reischl, denn »ma woaß nia, wi ma mitanand auskimmt, und bal oan de junga Leut tratzen möchten, nacha esseten s' liaba selba a Zeitlang recht schlecht und kunnten dös aa leichta aushalten als wia an alter Mensch.«

Andrä wies diese Verdächtigung zurück. »Du machst mi ja schlecht vor'n Herrn Notari. Bal ma di reden hört, nacha kunnt man scho moan, wia'r abscheuli mir mitanand g'haust hätten. Hab i dir scho amol an unrechts Wort geben?«

»Des sell it, aba mi sagt g'rad. Mi woaß nia, was amal werd. Es san schon de beschten Freund ausanand kemma.«

»Ja, aber Reischl, was welle Sie denn eigetli?« fiel der Notar ein, »des isch do allaweil a Vertrauenssach, was Ihna die Bäurin für a Koscht macha werd. I kann do it an Speiszettel für alle Tag im Jahr protokolliera.«

»Dös braucht's it. Aba dös ko g'schrieben wer'n, daß mir alle Wocha drei Pfund Rindfleisch kriag'n müassen.«

»Du bist ja narrisch! Wo soll'n denn mir so viel Fleisch herbringa?«

»Beim Wirt kriagt ma's de ganz Wocha zum kaafa«, antwortete Reischl.

»Des war g'spassi«, schrie Andrä, »jetzt müaßt mi g'rad siaden und brot'n bei'n ins! Solang du auf'n Hof g'wen bischt, hat's dös it braucht. Mi hamm d' Schmalzkoscht g'habt, wia's da Brauch is, jetzt auf oamal war nix teuer und gut g'nua. Aba da bischt ganz g'stimmt, bal'st moanst, i setz mi an d' Schulden eini. Liaba mach i an Knecht meiner Lebtag.«

Der Notar mußte eingreifen; er brachte die Forderung auf ein Pfund herunter; als er damit fertig war, ging es über Milch und Eier los, über Nudeln und Brot, über die wöchentlich und die jährlich zu machenden Reichnisse, bis man endlich die Viktualien glücklich unter Dach und Fach gebracht hatte.

»Uff!« sagte der Notar, »do möcht m'r au lieber Holz hacka, als mit solche Büffel an Übergab protokolliera. Jetz isch zwölf Uhr vorbei, und d'r Brata verbrennt mer, so g'wiß als wie was. So dicke Bauraschädel mueß it glei wieder wo geba. Also diktiera mir weiter, nächschte Zeil!« wandte er sich an den Schreiber. »Die Übergeber bedingen sich als natürlichen Austrag auf Lebensdauer vom Anwesen aus folgende unentgeltliche Leistungen und Reichnisse: a) Die täglich ihrem Alter und ihren Gesundheitsverhältnissen entsprechende Kost über Tisch gemeinsam mit den Übernehmern, wobei ausdrücklich bedungen wird, daß die Übergeber wöchentlich ein Pfund Rindfleisch erhalten sollen und in Krankheitsfällen nötigenfalls auch eine leichter verdauliche Kost.«

»Isch so recht?« fragte der Notar.

»Ja, so is ganz recht«, antwortete der Reischl.

»Gott sei Dank; da bin aber herzli froh. Also weiter.«

»Außerdem erhalten die Übergeber täglich b) das ganze Jahr hindurch von Georgi bis Michaeli zwei Liter gute Milch, die übrige Zeit einen Liter, c) täglich von Georgi bis Michaeli jeden Jahres ein Ei. Die übrige Zeit des Jahres fällt dieses Reichnis weg, d) jede Woche am Samstag zwei roggene Nudeln, e) zu jeder Backzeit einen weißen Laib Brot, f) an Weihnachten, Ostern, Pfingsten und Kirchweih je zwei Pfund nicht zu fettes Schweinefleisch, g) jährlich vier Hektoliter Korn, zwei Hektoliter Weizen, drei Ster einen Meter langes Scheitholz, drei Ster Prügel, einen Schab gehacktes Wied, zwölf Pfund Schmalz, zehn Pfund Kaffee, zehn Pfund Zucker, und jährlich den dritten Teil des im Anwesen gedeihenden Obstes, h) den Übergebern ist das ganze Jahr ein Schaf in Futter zu halten und gut zu verpflegen.«

»Hamm me jetzt alles?« fragte der Notar wieder, »oder sollen no a paar Fressalien protokolliert werda?«

»Mehra woll'n mir net; dös is gnua«, antwortete Reischl zufrieden.

»No, i glaub's au; wenn 'r alles eßt, was g'schrieba schteht, na habt 'r an guatn Maga, i gratulier. Jetzt kommet die Kleidungsschtück. Da möcht mer aber ausbitten, daß 'r die saudumme Schtreiterei weglaßt. Des isch si an alter Brauch, was da einer zum kriaga hat, daß m'r wirkli nix schwätze braucht.«

Unsere Bekannten ließen das alte Herkommen gelten und waren darum sogleich einig. Hiernach wurden dem Reischl geschrieben: jährlich zwei Hemden, ein Schaber, ein Paar Vorschuhe, ein Paar Pantoffel, alle zwei Jahre ein Paar neue Schaftstiefel. Und der Reischlin jährlich zwei Hemden, ein Paar Pantoffeln, ein Paar Schuhe, zwei Schürzen, drei Kilo Flachs, alle zwei Jahre ein wollener Rock.

»No, seht 'r, es geht ja«, lobte der Notar, »wenn Vernunft und guater Will da isch, braucht's koi G'schichta. Wenn 'r z'erscht so g'scheit g'wesa wärt, könnt m'r jetzt alle Mittag macha. Jetzt woll'n m'r aber auf's End denka.«

Es kamen noch die Schlußbestimmungen, daß

den Übergebern der unverwehrte Aufenthalt in der Wohnstube, die Mitbenützung der Küche und der freie Zugang zum Brunnen zustehen sollte, daß ihnen auf Verlangen die Kost in das Austragsstübel verbracht werden müßte, und endlich, daß den Übergebern alle Reichnisse auf eine halbe Stunde Entfernung nachgebracht werden sollten, wenn sie infolge liebloser Behandlung nicht mehr auf dem Anwesen bleiben wollten. Damit war der Übergabevertrag fertiggestellt, und jedermann wird begreifen, daß der Herr Notar erleichtert aufschnaufte. Der Ehe- und Erbvertrag zwischen Andreas Weidenschlager und Emerentia Salvermoser war schnell gemacht. Die mitanwesende Braut wurde in den ferneren gemeinsamen Besitz des Anwesens eingewiesen und schloß allgemeine Gütergemeinschaft mit ihrem Zukünftigen. Alle Anwesenden setzten ihre Namen unter die Schriftstücke, auch Feichtl als Zeuge dafür, daß Emerentia Salvermoser diese und keine andere sei; dann verließen sie die Kanzlei und gingen in einer Reihe, die ganze Breite der Straße einnehmend, die Marktstraße wieder hinauf. Beim Goldarbeiter machten sie halt, weil Andreas für sich und seine Braut die Eheringe kaufen mußte. Als auch dieses Geschäft abgetan war, tranken unsere Bekannten noch einige Halbe Bier beim Ziegler und vereinbarten, daß das Stuhlfest in vierzehn Tagen, die Hochzeit aber ein paar Wochen nach Ostern stattfinden sollte. Gegen Abend zu fuhren sie mit der Eisenbahn bis Esterhofen. Hier trennten sich Emerenz und Feichtl von den andern und gingen den direkten Weg nach Watzling. Der Schäfer hatte jetzt Gelegenheit, die Salvermoserin daran zu erinnern, daß seine hundert Mark fällig waren. Er machte auch keine längere Einleitung, sondern steuerte gerade auf sein Ziel los. »Host 's Geld dabei, Emerenz?« fragte er.

»Welches Geld?«

»No, du fragst aba g'spaßig. Meine hundert Markl halt.«

»Ja so«, antwortete die Salvermoserin recht zögernd, »ja, hob scho eppas dabei, aba so weit g'langt's it.«

»Net? Du host do g'wißt, wia ma's ausg'macht hamm, hundert Mark host ma g'hoaßen, an dem Tag, wo d' Übergab notarisch g'macht werd.«

»Ja, g'redt hamm ma scho davo«, sagte die Emerenz, »aba i hob it so viel Bargeld g'habt, und koa Papier hab i mir aa net wechseln woll'n, und nacha hob i mir denkt: hundert Mark, des is ja do oamal z'viel.«

»So? Du moanst es is z'viel? Is des vielleicht it auftroffa, was i vasprocha hab? Hab i mi net rechtschaffa plagt? Hab i di net auf an Hof bracht, der wo 's Anschaug'n wert is?«

»No, no, gar a so plag'n hast di net müassen. Du bist halt oamal mit mir auf Pellham ganga, und heunt auf Dachau. Und z' Dachau hätt'n ma di eh net braucht.«

Feichtl beschloß, einen längeren Streit zu vermeiden. Er wußte, daß die Frauenzimmer halsstarriger werden, je länger sie reden. »Wiaviel hast denn überhaupts bei dir?« fragte er kurz.

Emerenz blieb stehen und langte ihren Geldbeutel heraus. »Sechz'g Markl«, sagte sie, »mehra gor it.«

»Na, mei Liabe, so hamma net g'wett. Du tatst di ganz leicht. Des gibt's gor it.«

»Du host di ja it plagen müassen«, wiederholte Emerenz, »du bist g'rad oamal auf Pellham ganga. Und überhaupts hat de alte Reischlin mei Schwesta kennt. Do hätt'n mir gar koan Schmuser it braucht.«

»Aha«, sagte Feichtl und pfiff vor sich hin. »Bist du aa a solchene? Do bist aba z'spaat aufg'standen, mein Liabe. I will dir was sag'n. I mog koan Prozeß it. Wan i di verklag'n tat, nacha müassest du allesammet zahl'n. Aba balst schlau bist, reibst jetzt neunz'g Mark ei, nacha will i z'frieden sei.«

Emerenz verlegte sich aufs Handeln. Endlich ließ sie sich herbei, achtzig Mark zu geben, und der Schäfer war damit einverstanden. Die Salvermoserin zählte ihm zögernd und mit sichtlichem Bedauern den Betrag auf die Hand. »Des is ganz unverschämt«, sagte sie, »du host di net plagt. Du bist g'rad oamal auf Pellham ganga.«

Sechstes Kapitel

Dicht neben der Kirche steht der Pellhamer Pfarrhof. Ein stattliches Gebäude, zwei Stockwerke hoch, mit hellen Fenstern, hinter denen man schneeweiße Vorhänge sieht. Rings um das Haus liegt der Garten, welcher jetzt, im Vorfrühling, ein wohlgepflegtes Aussehen hatte. Schon gleich beim Eintreten erhielt man den Eindruck behäbiger Ruhe und Sauberkeit. Und dieses Gefühl verstärkte sich, wenn man den hochwürdigen Herrn Franziskus Xaverius Staudacher und seine Hausbesorgerin, Fräulein Juliana, erblickte. Der Pfarrer war ein rüstiger Mann in den Fünfzigerjahren; aus dem frischen Gesichte, dessen Bäckchen einen rötlichen Glanz hatten, blickten gutmütige Augen; das stark entwickelte Bäuchlein verriet, daß der geistliche Herr den Genüssen dieser Welt nicht gänzlich abgekehrt war. Fräulein Juliana aber bot vollends das Bild eines gesunden, rundlichen Mädchens. Obwohl sie dem Vierziger nicht mehr ferne stand, war ihr Anblick dennoch ein erfreulicher; an ihren reichlichen Formen war nichts Hartes und Eckiges. Ihre Bewegungen waren ruhig und gemessen, und sie entbehrten nicht einer gewissen Hoheit. Wie sie jetzt in der Küche stand, das Gesicht etwas erhitzt von der Arbeit und dem Herdfeuer, war sie wirklich eine appetitliche Person zu nennen.

Sie befand sich in eifrigem Gespräche mit der

Ehefrau des Krämers Scharl, welche viel im Pfarrhofe verkehrte und stets allerlei über den Lebenswandel der Dorfbewohner zu berichten wußte. »Denken S' Ihnen nur, Fräulein Julian«, sagte sie eben, »die Forchhamer Cenzi ist wieder da.«

»Die Forchhamer Cenzi? Die in der Stadt drin gedient hat?«

»Ja, die. Sie, die wenn S' heut g'sehen hätten, Fräulein Julian, in der Frühmeß. Nein, so was! Am Seitenaltar is s' g'standen. Ich hab g'rad mei Andacht verricht' und schau bloaß amal ganz zufällig hin. Wer is denn jetzt das? hab ich mir denkt. Wissen S', Fräul'n Julian, ich hab s' gleich gar nicht mehr kennt zuerst; ein Moirékleid hat s' ang'habt, in der Mitt an Samtsgürtel, auf'n Hut hat s' eine Straußenfeder g'habt, und an Rock hat s' ein bißerl aufg'hoben, daß ma die Zeugstieferl hat sehen können. Und wie sie sich umdraht, was siech i da? I hab g'meint, i muaß in Ohnmacht fallen – Handschuh – denken S' Ihnen nur g'rad – Glacéhandschuh hat s' ang'habt – i bitt Ihnen um der Gotts willen, Fräulein Julian, ham S' scho amal so was g'hört, ein ganz an ordinärer Dienstbot und Glacéhandschuh? Nein, was man heuntzutag alles erleben muß, das is scho großartig! I sag's oft zu mei'n Mann, d' Welt kann nimmer lang stehn, wenn alles verkehrt is.«

Fräulein Juliana hatte aufmerksam zugehört und durch Kopfschütteln ihre entrüstete Mißbilligung gezeigt. »Wie diese Mädchen sich nur nicht schämen!« sagte sie und stemmte ihren rundlichen Arm in die Seite.

»Ja, schämen!« rief die Scharl mit bitterem Hohn, »da kommeten Sie g'rad recht, Fräulein Julian, wenn Sie bei einer solchenen Person ein Schamg'fühl suchen. Die Zeiten sin vorüber, wo sich ein Dienstbot g'schämt hat; protzen tun s' jetzt, und groß tun. Wenn eine in der Stadt g'wesen is, meint s', es is nix mehr gut g'nug herauß bei den Bauern. A Stadtfräulein möchte jede spiel'n, wenn s' auch noch so a g'scheerte Moll'n is, nehmen S' mir's nicht übel, Fräulein Julian, aber es is ja wahr!«

»Leider, leider, Frau Scharl.«

»Und was sin die Folgen von einer solchenen Aufführung?« fuhr die Krämerin eifrig fort, »in der Stadt drin umeinanderschlampen, mit alle möglichen Mannsbilder rumfahren und z'letzt gar a Kind krieg'n, weiß niemand, woher – unser Hergott verzeih mir die Sünd, aber ma muß's ja sagen!«

Fräulein Juliana sah etwas geschämig auf die Seite und murmelte: »Aber ich bitt' Ihnen, Frau Scharl!«

»No ja, is vielleicht net wahr? Was is denn g'wesen mit der Holzapfel Theres? Hat s' vielleicht nicht zwei Kinder der G'meinde ang'hängt? Das Weibsbild, das schlechte, hätt' i beinah g'sagt.«

»Allerdings, die Holzapfel ist eine verworfene Person.«

»Und so sin s' alle, glauben S' nur mir, Fräulein

Julian, mit dem Hoffartsteufel geht's an, das andere kommt nach. No, zu meiner Zeit hätt amal so ein Schlampen mit Glacéhandschuh rumlaufen sollen! Runter'zogen hätt' man s' ihr von die Pratzen – entschuldigen S', wenn i heftig werd – und hätt s' ihr a paarmal ums Maul g'haut, bloß damit s' gewußt hätt, was sie is. Aber heut muß man sich alles g'fallen lassen, sogar in der Kirchen. Daß einem noch dazu die Andacht g'stört wird!«

»Haben Sie s' nicht ang'sprochen, Frau Scharl?«

»Ang'sprochen? Na! Da bin ich mir z'gut dazu! Aber ang'schaut hab ich s', daß sie sich auskennt hat. Ganz feuerrot is s' worn, und gleich is sie fort. Ich hab no a paar Vaterunser bet', und nachher hab ich mir denkt: gehst zu der Fräul'n Julian rüber und erzählst ihr's g'schwind!«

»Das is recht, Frau Scharl, jetzt bleiben Sie aber noch ein bissel da und trinken ein Gläsel Nußgeist.«

»Ich dank schön, Fräul'n Julian, aber ich sollt eigentli' heim; mein Mann wart' im Laden, und Fleisch muß ich zusetzen.«

»Das pressiert net so; bleiben S' nur.«

»Ja, aber ...«

»Nix, probieren S' einmal den Nußgeist; er is nicht schlecht.«

Frau Scharl ließ sich erweichen; sie trank den Schnaps und pries die Vorzüge desselben mit höchst anerkennenden Worten. »Ausgezeichnet; der kann einem den Magen wieder einrichten, aber gelten's, Fräulein Julian, ich halt Ihnen von der Arbeit auf?«

»Durchaus net. Sie sehen ja, daß ich mich net stören lass'.«

Fräulein Juliana hatte eine Teigmasse auf das Nudelbrett gelegt und knetete eifrig daran herum.

»Machen S' eine Mehlspeis für'n Herrn Pfarrer?« fragte Frau Scharl.

»Ja, an ausgezogenen Rahmstrudel; aber ich weiß net, heut wird mir der Teig net wie sonst. Ich glaub, es fehlt am Mehl.«

»Ham Sie 's vom Lechleitner?«

»Ja, ich bin sonst recht z'frieden damit.«

»So?« Frau Scharl legte einen eigentümlichen Ton in dieses »So« und hustete dann auffallend. Die rundliche Pfarrersköchin hielt mit dem Teigkneten ein und blickte fragend auf die Besucherin. Diese strich mit der rechten Hand ihren Rock glatt, sah zur Decke hinauf und dann zu Boden. »Ich weiß net, ob ich Ihnen was erzählen soll«, sagte sie plötzlich und ließ eine großen Seelenqual merken.

»Aber, Frau Scharl. Sie werden mir's doch net verschweigen, wenn's was Wichtiges is?«

»Eigentli sollt ich's Ihnen sagen, Fräulein Julian, es wär mei Pflicht, aber es tät Ihnen weh, und da laß ich's doch lieber bleiben. Nein, ich sag's net«, wiederholte die Krämerin resolut.

Fräulein Juliana ließ ihre Arbeit liegen und stellte sich vor die Krämerin hin. »Frau Scharl«, sagte sie eindringlich, »Sie haben was auf'm Herzen. Wenn Sie meine Freundin sind, dann müssen S' reden.«

Frau Scharl wurde immer verlegener und blickte hilflos in der Küche herum. Sie seufzte tief auf und dann begann sie stockend zu reden. »Auf'n Herzen? Ja, i hab was auf'n Herz'n, es tut mir förmli weh, daß Sie mit Ihrer Gutheit die Leut gar net kennen und net wissen, wie schlecht daß de Welt is. Sehen S', es hat mir an Stich geben, wie Sie voring g'sagt haben, daß Sie 's Mehl beim Lechleitner holen. Sie unterstützen die Leut, die wo's nicht verdienen um Sie. Ich weiß ja, daß g'schrieben steht: ›Tuet Gutes denen, die euch hassen‹, aber all's, was recht is.«

»Aber ich versteh Ihnen gar net, Frau Scharl, i hab doch ni etwas g'habt mit die Lechleitner, und i kann mi net beklagen. Er is sehr freundli zu mir und sie auch.«

»Ja, des is ja g'rad die Gemeinheit. Ins G'sicht nei schön tun und hinterm Rücken hernach die abscheulichsten Sachen daher reden. Sie meinen halt, Fräul'n Julian, weil Sie selber eine edle Person sind, es müssen alle Leut a so sein. Da sind S' aber in einem großen Irrtum.«

»So reden S' doch, Frau Scharl, Sie spannen mich auf die Folter! Ich hab' den Leuten nie was in Weg g'legt. Und was können denn die über mich sagen?«

»Also gut, Fräul'n Julian, i will's Ihnen erzähl'n. I

hab' zuerst nicht wollen, weil ich mir denkt hab', die Fräul'n Julian is so zartfühlend, daß ihr die Gemeinheit der Menschen einen wirklichen Schmerz bereiten tät. Aber, wenn ich die Sach' recht überleg', is es meine Schuldigkeit, ihnen Aufklärung zu geben. Es is immer besser, ma weiß, wie ma dran is. Net wahr?«

»Freilich, Frau Scharl, glauben S' mir, ich bin Ihnen dankbar dafür.«

»Sie müssen mir aber versprechen, daß Sie Ihnen nicht zu stark kränken d'rüber, Fräul'n Julian.«

»Kränken? O nein, was die bösen Leut' sagen, des geht nei und geht naus, des rührt mich gar net an. Erzählen S' nur!«

»Wissen S', Fräulein Julian, ich hab's von der Pfaffinger Anna, die hat's selber g'hört, wie s' gestern 's Brot g'holt hat. Der Zollbrecht is im Zimmer neben dem Laden d'rin g'standen und hat mit'n Lechleitner dischkriert. Die Pfaffinger hat g'sagt, sie hätt eigentlich gar nicht Obacht geben, wenn s' nicht gar so g'lacht hätten. Des is ihr aber aufg'fallen und noch dazu hat s' auf einmal Ihren Namen gehört.«

»Mein Namen?«

»Ja, Fräul'n Julian. Passen S' nur auf! Sie hab'n von der Fastenzeit g'redt, und daß an Herrn Pfarrer hart ankommen werd, wenn er kein Fleisch kriegt und drei Tag lang Hecht'n und Karpf'n essen muß. Da hab'n sie sich recht spöttisch g'macht d'rüber, was des für eine Entsagung wär.«

»Das ist aber eine Gemeinheit!«

»Des Ärgere kommt no, Fräul'n Julian. Wie s' so g'lacht hamm, hat der Lechleitner g'sagt: ›O jegerl, a bisserl a Fleischspeis hat der Pfarrer trotz de Fasttäg. I glaub‹, hat er g'sagt, ›sei liebste Fleischspeis ist die Fräul'n Julian‹.«

Das Gesicht der Pfarrersköchin wurde von einer brennenden Röte überzogen, ihre gutmütigen Augen nahmen einen finsteren Ausdruck an, und ihre Stimme klang merkwürdig hart, als sie ihrer Entrüstung Worte verlieh. »Nein, so was! Eine solchene Verleumdung muß man sich gefallen lassen von einer solchenen Bagasch! Aber i werd's an Herrn Pfarrer sag'n. Auf der Stell geh i aus 'm Haus, wenn er mir kei Ruh verschafft vor de boshaften Ehrabschneider. Nein, so was!« Und Fräulein Juliana machte es, wie alle Frauenzimmer, wenn sie sich nicht mehr helfen können. Sie setzte sich auf den Küchenschemel und fing gottesjämmerlich zu weinen an. Frau Scharl zeigte sich jetzt als menschenfreundliche Trösterin. »Aber Fräul'n Julian! Is das Ihr Versprechen, daß Sie Ihnen nicht kränken wer'n? Wenn ich das g'wußt hätt', nein, lieber hätt' ich mir die Zung' abbissen, als daß ich ein Wort g'sagt hätt.«

»Warum ärgern S' Ihnen denn so?« fuhr sie fort, als die Pfarrersköchin noch stärker schluchzte. »Sie kennen doch die Leut', wie sie sind. Da muß ma gar net aufpassen. Solchene Menschen sind ja viel zu gemein.«

Fräulein Juliana zog die Schürze von ihrem Gesichte weg und stieß ein paar Worte hervor. »Tag und Nacht ... plag i mi ... Nix is mir zuviel ... keine Arbeit ... und ... nacha muß man ... sich so was sag'n lassen! Hu ... hu ... hu ...«

»Ja, aber Fräul'n Julian, Sie müssen doch denken, wer hat des g'sagt? Der Lechleitner! Des weiß ja das ganze Dorf, was der für eine Goschen hat. Dem is nix heilig. Und glauben tut er auch nix. Im ganzen Jahr geht er einmal zum Beichten, und macht no schlechte Witz d'rüber und möcht anderne Leut spötteln, die wo frömmer sind. Schauen S', was hat er von mir g'sagt? Sei Magd hat mir's wieder verzählt. Weil i alle acht Tag die heilige Beicht verricht', hat er's Maul aufg'rissen. ›De werd scho wissen, warum s' in alle Beichtstühl rumkugelt‹, hat er g'sagt, ›de hat alle Wochen ihre sieben Todsünd'n beinander.‹ Schauen S', das is doch noch viel ärger, aber ich hab mir denkt, der Gerechte muß leiden und unser Herrgott wird schon wissen, warum er das zulaßt, daß ein solcher ausg'schämter Haberfeldtreiber auf der Welt is. Da müssen S' Ihnen gar nix draus machen.«

Fräulein Juliana beruhigte sich langsam und wischte sich die verweinten Augen aus. Sie erklärte, daß sie am liebsten noch heute den hochwürdigen Herrn von der Verleumdung in Kenntnis setzen möchte, aber daß sie es unterlasse, weil er einen zu starken Schmerz empfinden würde. Frau Scharl bestärkte sie hierin und empfahl sich, indem sie noch öfter versicherte, daß sie lieber nichts gesagt hätte, wenn ihr nur das Gewissen eine Ruh' gelassen hätte. Sie verließ den Pfarrhof mit dem freudigen Bewußtsein, daß ihre Worte nicht achtlos verhallt waren.

Fräulein Juliana blieb nicht lange allein mit ihrem Schmerze. Nach einer kurzen Weile trat Franziskus Xaverius Staudacher in die Küche und erkundigte sich teilnehmend nach den bevorstehenden Genüssen des Mittags. »Was hamm S' heut Gut's aufkocht, Juli?« fragte er und tätschelte mit vielem Wohlwollen die Wange seiner wertgeschätzten Hausbesorgerin. Diese berichtete und erntete insbesondere bei Erwähnung des Rahmstrudels lobende Anerkennung. Als Fräulein Julian wieder so recht die freundliche Gesinnung ihres Herrn vor Augen sah, fielen ihr unwillkürlich die rohen Worte des Bäckermeisters Lechleitner ein, und gegen ihren Willen füllten sich die Augen mit Wasser. Es waren aber nicht mehr Tränen des Zornes. Eine wehmütige, weiche Stimmung überkam sie und wurde immer mächtiger, je mehr sich der Pfarrer Mühe gab, zu beschwichtigen. Endlich nach langem, eindringlichem Fragen erfuhr der hochwürdige Herr, wessen ihn der verruchte Lästerer bezichtigt hatte.

Die Wirkung war jedoch keine niederschmetternde, und Fräulein Juliana, welche mit zaghafter Scheue auf den Gebieter blickte, sah mit Staunen, daß ein leichtes Schmunzeln um seine Lippen spielte. Und was sie hörte, war nicht weniger merkwürdig. »No, Juli«, sagte Franziskus Xaverius Staudacher, »daß des net wahr is, wissen wir zwei am besten. Aber«, – fuhr er fort, und dabei ging wieder ein schalkhaftes Lächeln über sein Antlitz –, »aber mei liebe Juli, des größte Unglück wär des noch lang net.«

»Jessas Maria! Aber, Hochwürden!«

»No, was is da dabei? Des darf ma ja sagen. I mein natürli, wenn i net Geistlicher, sondern weltlichen Standes wär', net wahr? Dann könnt man ja die Sach noch überlegen«, sagte der joviale Pfarrer. Dann krümmte er Mittel- und Zeigefinger der rechten Hand und zwickte der errötenden Köchin die Backen.

In diesem nicht ganz unverfänglichen Augenblicke fiel die Haustüre geräuschvoll ins Schloß, und man hörte schwere Tritte auf dem gepflasterten Gange. Der geistliche Herr verließ seine Hausverwalterin, welche nunmehr in gefaßter Stimmung ihre Arbeit wiederaufnahm, und erblickte im Hausflur vier Personen. Es waren unsere Bekannten: Andreas Weidenschlager, seine Braut Emerentia Salvermoser, ferner die Ökonomen Johann Zollbrecht von Pellham und Kaspar Langenecker von ebenda. Der Pfarrer begrüßte sie kurz und hieß sie in sein Studierzimmer eintreten.

»Aha«, sagte er, »des is ja der Reischl Andrä; du kommst zum Stuhlfest. Also das is die Braut?«

Emerenz sagte nichts, sondern hielt die Hand geschämig vor den Mund, was als Bestätigung gelten konnte.

»Und ihr zwei kommt's als Zeugen?« wandte sich der Pfarrer an die andern.

»Ja«, antwortete Zollbrecht, und Langenecker nickte mit dem Kopfe.

»So? No, nachher müssen wir halt die Sach aufnehmen. Wie heißt die Braut mit ihrem vollen Namen?«

Emerenz tat die Hand vom Mund weg und blickte zu Boden. »Emerentia Salvermoser«, sagte sie in singendem Ton, wie sie es in der Schule gelernt hatte. Der Pfarrer setzte sich an den Tisch und schrieb die Angaben nieder.

»Emerentia Sal ... ver ... moser. Schön. No, wie heißen die Eltern: Leben s' oder sind s' tot?«

»Der Vater hat geheißen Simon Salvermoser, und er ist gestorben«, antwortete die Braut.

»Wo is er g'storben?«

»Er ist gestorben zu Eisolzried den 17. Oktober 1899.«

»Mhm! No, und die Mutter?«

»Die Mutter heißt Genovefa Salvermoser, und sie lebet noch.«

»Was is d' Mutter für eine Geborene?«

Diesmal versagte die Antwort. Emerenz sah verständnislos auf ihren Bräutigam.

»I mein, wie d' Mutter g'heißen hat im ledigen Stand?« wiederholte der Pfarrer.

»Im ledigen Stand hat sie geheißen Genovefa Lichtensperger.«

»Und wo lebt sie?«

»Sie lebt in Unterbachern.«

»Also, hamm ma's ja! No, verwandt san die zwei Brautleut net mitanand? Könnt's ihr das bestätigen?« wandte sich der hochwürdige Herr an die Zeugen.

»Na, nix verwandt«, erwiderte Zollbrecht.

»Ledig san s' aa alle zwei. Net, daß oans scho verheirat war?«

»Nix, do feit si nix«, gab Langenecker zurück. »Sie is ledig und er aa.«

»Ja, vom Andrä weiß ich's selber«, sagte der Pfarrer. »Und katholisch seid's auch alle zwei?«

»Scho«, erwiderte Andrä.

»Sonstige Ehehindernisse bestehen nicht; also wär' ma so weit, daß mir das kirchliche Aufgebot erlassen können. I hab g'hört, es pressiert euch ein bissel wegen der Übergab?«

»Ja, es waar ins scho ganz recht, bal ma net lang aufg'halten war'n«, meinte Andrä.

»No, bei uns geht's g'schwind g'nug«, sagte der Pfarrer, »wenn nur die Papier in Ordnung san, daß die weltliche Behörde kein Anstand macht.«

»I bin in Bezirksamt drin g'wen; der Assessa hat g'sagt, in a drei, a vier Wocha is alles beinand.«

»No, von mir aus seid's net aufg'halten; i will euch das erstemal verkünden am Sonntag nach

Ostern und das zweite- und drittemal z'gleich am zweiten Sonntag. Is so recht?«

»Ja, so hamm mir's aa g'moant«, erwiderte Andrä.

»Also, paßt's auf! I les' euch jetzt das Aufgebot vor; wenn was net stimmt, dann sagt's mir's! Halt, da fallt mir grad was ei! Die Eltern vom Andrä weiß ich, aber wie hat denn d'Mutter sich ledig g'schrieben?«

»Barbara Finkenzeller.«

»Bar ... ba ... ra Finken ... zell ... er. So gebt's Obacht!«

Der Pfarrer las vor, langsam und mit guter Betonung:

»Zum heiligen Sakrament der Ehe haben sich versprochen der tugendreiche Jüngling Andreas Weidenschlager, ehelicher Sohn des Bartholomäus Weidenschlager, Bauer in Pellham, und der Barbara Weidenschlager, geborenen Finkenzeller, beide noch lebend, und die tugendsame Jungfrau Emerentia Salvermoser, eheliche Tochter des Simon Salvermoser, Bauer in Eisolzried, seligen Angedenkens, und der Genovefa Salvermoser, geborenen Lichtensperger, diese noch lebend. – War alles in Ordnung?«

Die Brautleute bestätigten, daß nichts gefehlt habe.

»So«, sagte der Pfarrer, »nachher können die Zeugen geh'n; die Brautleut bleiben noch ein bissel da bei mir.«

Zollbrecht und Langenecker entfernten sich, und

nunmehr lud der geistliche Herr den Andrä und die Emerenz ein, auf dem Ledersofa Platz zu nehmen, während er sich ihnen gegenüber auf einem Sessel niederließ. Man merkte es dem hochwürdigen Herrn an, daß er an die Ausübung seiner amtlichen Stellung und Gewalt heranging; sein Gesicht wurde ernst, die Stimme klang bedächtig und salbungsvoll, und seine Rede begleitete er mit abgerundeten Bewegungen der rechten Hand.

»Ihr wollt also das heilige Sakrament der Ehe eingehen«, hub er an; »wisset ihr auch, welch einen wichtigen Schritt ihr tuet?«

Andrä und Emerenz merkten, daß so eine Art Predigt kommen würde, und richteten sich zurecht, wie sie dies in der Kirche zu tun pflegten. Andrä drehte seinen Hut in den Händen und sah in eine Ecke des Zimmers, Emerenz saß etwas gebückt und blickte in ihren Schoß.

»Der Ehestand«, fuhr der Pfarrer fort, »ist unter allen Ständen der erste, älteste und verehrungswürdigste; er ist der Grund und die Quelle der menschlichen Gesellschaft. Wer den Ehestand antreten will, muß zuvor wohl bedenken, ob er imstande ist, ein Hauswesen geschickt zu führen, Kinder gut zu erziehen und sich und den Seinigen das tägliche Brot zu gewinnen. Wer heiraten will, der sehe nicht bloß auf Geld und Reichtum! Keine Heirat ist so gefährlich, als wie die Heirat nach Geld. Da fragt man nicht, ob die Person häuslich, tugendhaft, geschickt und ordentlich ist, sondern die einzige Frage ist: Wie viele Tausende bringt die Person an barem Gelde? Und noch zwei andere Punkte sind bei der Geldheirat recht bedenklich. Erstens, man macht den Reichtum gemeiniglich um viel größer, als er ist, und in dieser Sache wird oft entsetzlich gelogen. Oft macht man eine Person, die man gerne anbringen möchte, tausend Taler reich, da sie kaum die Hälfte aufzählen kann; und manchmal verspricht man eine großmächtige Summe entweder bar oder in Fristen, und wenn es auf die Bezahlung ankommt, so sieht man kaum den sechsten Teil davon.«

Hier zwinkerte Andrä ein weniges mit den Augen, und dachte bei sich, daß einer schön dumm sein müsse, wenn er sich zuerst keine Gewißheit verschaffe.

»Und zweitens«, sagte der hochwürdige Herr, »gesetzt auch, man erhält die Summe ganz, was nützt eine Person, die zwar reich, aber dabei zänkisch, stolz, verschwenderisch oder eine dumme Gans ist? Ein Beispiel: Ein gewisser Bürgerssohn auf dem Lande hatte von seinem Vater viele Güter ererbt, und er war der reichste im Ort. Er wollte eine recht Vornehme heiraten und nahm sich eine Frau aus der Stadt; diese brachte ihm Geld wie Laub. Allein sie hatte von der Hauswirtschaft so wenig Kenntnis wie ein neugeborenes Kind. Die Dienstboten hatten einen Hauptspaß mit ihr und betrogen sie vor ihren eigenen Augen. Einstmals kam sie in die

Küche, und da sah sie, wie eben die Magd von der Milch den Rahm abschöpfte und aß. Die Frau fragte: Was tust du da? Die Magd antwortete: Ich muß ja die Milch abschäumen, und ehe ich den Schaum ins Feuer werfe, will ich ihn lieber essen. Damit ließ sich die junge Frau abspeisen. Man kann leicht denken, was das für eine Wirtschaft war. Bald danach kamen sie in Schulden und von den Schulden in die bitterste Not.«

Als Emerenz von dieser Dummheit einer Hauswirtin hörte, vergaß sie den Ernst der Situation. Zwar versuchte sie zuerst das Lachen zu unterdrükken, allein je mehr sie es hinunterwürgte, desto heftiger überkam es sie wieder, bis sie endlich nachgeben mußte und hinter der vorgehaltenen Hand in ein unbändiges Gelächter ausbrach.

Der Pfarrer hielt eine Weile inne und nahm eine Prise Schnupftabak, bis daß sich die Heiterkeit der Braut etwas legte. Dann fuhr er weiter: »Wer glücklich heiraten will, der heirate auch nicht bloß nach Schönheit. Nichts ist vergänglicher als Schönheit und besonders die weibliche. Durch eine einzige Krankheit, und oft schon bei dem zweiten Kindbett ist sie gänzlich verloren. Die vernünftige Liebe merkt vorzüglich auf die Schönheit der Seele, das heißt auf die Tugend und auf die schönen Eigenschaften, welche die Person besitzt. Ist das Weibsbild gottesfürchtig, sittsam, bescheiden und freundlich, liebt sie die Arbeit und versteht sie sich auf die

Hauswirtschaft, so hat sie schon die allerschönsten Eigenschaften, welche mit keinem Golde zu bezahlen sind.«

Dem Andrä kam die Rede etwas lang vor, sie machte nicht genügenden Eindruck auf ihn. Er hielt den Hut vor sich hin und öffnete den Mund sperrangelweit zu einem Gähnen. Der hochwürdige Herr bemerkte dies wohl, allein er hegte durchaus nicht die Absicht, von dieser Rede, welche er seit mehr denn zwanzig Jahren jedem Brautpaare hielt, auch nur eine Silbe zu opfern. Er verstärkte seine Stimme und erreichte, daß Andrä in die vorige Stellung zurückkehrte.

»Drei Tugenden müssen im Ehestande fleißig beobachtet werden, die *Mäßigkeit*, die *Schamhaftigkeit* und die *Reinlichkeit*. Denn ohne diese wird die eheliche Liebe von keiner langen Dauer sein. Die *Mäßigkeit* macht alle Freuden angenehm. Wer recht gut und delikat essen will, der muß warten, bis er Hunger hat, und er muß zu essen aufhören, sobald der Hunger gestillt ist. So auch da. Die Unmäßigkeit in diesem Stücke hat ganz fürchterliche Folgen, besonders für die Mannspersonen. Die Lebensgeister werden vermindert, die Eingeweide geschwächt, das Gehirn ausgezehrt, die Augen verderbt und entzündet. Alle Ärzte bestätigen dieses. Ebenso fleißig sollen Eheleute auch trachten, unter sich die *Schamhaftigkeit* zu erhalten. Da meinen aber wieder viele Eheleute, diese Tugend habe unter ihnen keinen Nutzen mehr, und nach der Kopulation dürfen sie tun, was sie wollen. Allein, das bringt erstaunlichen Schaden. Sie geben ihren Hausgenossen viel Ärgernis und machen sich bei ihren besten Freunden verächtlich.«

Auch Emerenz zeigte jetzt einige Ungeduld. Sie richtete an ihrem Kopftuche, schnupfte oftmals auf und sah nicht mehr in ihren Schoß, sondern zur Decke hinauf. Dieses veranlaßte den Pfarrer, wieder lauter zu reden, noch dazu, weil es gegen den Schluß ging.

»Die *Reinlichkeit*«, sagte er, »ist eine reizende Tugend; sie steht besonders dem weiblichen Geschlechte wohl an. Nichts ist widerwärtiger als Unsauberkeit, und jede Frau soll sich hüten, daß sie durch keine schmutzige Gestalt sich grauslich macht. Diese Mahnungen beherzigt, bevor ihr in den Ehestand tretet, und nehmet euch vor, nach diesen Grundsätzen zu leben. Dann wird die eheliche Liebe von Tag zu Tag stärker, und ihr werdet einen dauerhaften Frieden und Segen in eurem Hauswesen haben. – So und jetzt könnt's gehn«, fügte der Pfarrer hinzu.

Die Brautleute erhoben sich und trappten nach kurzem Gruße eines hinter dem anderen aus dem Zimmer. Sie schritten durch die Dorfgasse und achteten nicht der Schönheiten um sie herum. Es war ein wunderschöner Märztag. Man konnte meinen, die Erde atme in tiefen Zügen die klare Luft ein und gebe beim Ausströmen den frischen, kräftigen Duft wieder, von dem alles erfüllt war. Wie ein ausgelassener Junge plätscherte der Bach über die Kieselsteine, froh darüber, daß wieder Schneeglöckchen und Schlüsselblumen an seinem Rande wuchsen und in diesem klaren Wasser sich spiegelten. Von dem zarten Grün der Wiesen hoben sich in langgestreckten, wellenförmigen Linien die tiefschwarzen Ackerfurchen ab, und über allem lachte ein blauer Himmel. Andrä und Emerenz schritten schweigend dahin; da und dort sah ihnen ein neugieriges Frauenzimmer nach; aus dem einen und anderen Hof klang ein scharfer Pfiff, und wenn Andrä sich umdrehte, nickte ihm ein Bekannter grüßend zu.

Als sie beim Reischlanwesen angelangt waren, erklärte Emerenz, daß sie ohne Aufenthalt nach Watzling gehe, sie habe keinen Appetit und wolle sich nicht noch länger verhalten. Andrä hatte dagegen nichts einzuwenden und ließ die Braut ihres Weges ziehen.

Er selbst schritt langsam in den Hof und rief einem Knecht zu: »Du, Jakl, bal moring 's Wetta aushalt, nacha fanga mir mit 'da Gersten o.«

Siebentes Kapitel

Wenn man von Pellham nach Prittlbach geht, sieht man links von der Straße, außerhalb des Dorfes, ein kleines, unansehnliches Haus. Das große, weit vorspringende Strohdach könnte einen anheimeln, aber dieser Eindruck wird gestört durch die Unsauberkeit und Unordnung, welche man sonst bemerkt. An dem einen der beiden Fenster hängt windschief ein schmutzig aussehender Fensterladen, die anderen fehlen, an der Mauer hängen dicke Spinnweben, und vor dem Hause liegen in buntem Durcheinander allerlei Feldgeräte, übel gehalten und schadhaft; die Stalltüre hängt schlecht in den Angeln, und man sieht durch den klaffenden Spalt zwei magere Kühe auf unreinlicher Streu liegen. Man heißt es hier beim »oberen Stackl«, und das Häusel gehört dem Johann Angermayer, oder, wie man ihn kurzweg heißt, dem »Stacklhans«. Er hatte einmal in besseren Verhältnissen gelebt. Das war noch zu Lebzeiten seiner Frau, die eine sparsame und fleißige Hauswirtin gewesen war. Damals sah das Anwesen nicht so verlottert aus, und war auch kein Reichtum vorhanden, so fehlte es doch niemals am Notwendigen. Aber die Frau starb bald nach dem ersten Kinde, und der Stacklhans nahm eine ledige Schwester zu sich, die ihm das Hauswesen ohne Freude und ohne richtiges Verständnis führte. Er selbst wurde ein Wirtshaushocker. Zuerst ging er zum Trinken, weil es ihm daheim bei dem alten Zankeisen nicht gefiel, und später, weil er es so gewohnt war und nicht mehr anders konnte. Das Gütel kam herunter, und nachdem der Gerichtsvollzieher das erstemal da war, mußte er seinen Besuch öfter wiederholen. Der Stacklhans frettete sich von einem Termin zum anderen durch und verließ sich darauf, daß seine Gefreundeten hilfreich beisprangen. Der Bauer weiß kein ärgeres Unglück, als von Haus und Hof zu kommen, und deswegen hatte sich der Hans mit seinem gläubigen Vertrauen bis jetzt noch nicht verrechnet. Er blieb bei allen Drangsalen guten Mutes und war so heiteren Gemütes wie einer, dem fünfzig glatte Kühe im Stalle stehen. Von Haus aus war er ein witziger Mensch, und der Wirt sagte oft, daß es erst lustig werde, wenn der Stacklhans bei der Tür hereingehe. Die Späße gingen bei ihm nicht aus; wenn er keinen neuen mehr wußte, fing er wieder mit den alten an, und er fand stets dankbare Zuhörer. An jedem Tisch wurde er zum Sitzen eingeladen, und die Leute fingen das Lachen an, noch vor er den Mund auftat; denn sie wußten, daß etwas Lustiges kommen werde.

Diese Gaben brachten dem Johann Angermayer manche Annehmlichkeiten; nicht selten hielt ihn der Wirt zechfrei, und auch von den Gästen fand der eine und andere, daß anregende Unterhaltung mit einer Maß Bier nicht zu teuer erkauft sei. Außerdem war der Stacklhans wegen seiner Talente Hochzeitlader geworden. Das ist ein Amt, bei dem man vor allem eines guten Mundwerkes bedarf, und es bildet bei richtiger Ausnützung eine gute Einnahmequelle. Solange die Einladungen dauern, hat man beim Wirt freien Tisch; alles, was der Hochzeitlader ißt und trinkt, geht auf die Rechnung der Brautleute; die Eingeladenen lassen etwas springen, und die Hochzeit selber trägt gut fünfzig Mark. Angermayer hatte sohin einigen Grund, sich über die vorhabende Heirat des jungen Reischlbauern zu freuen. Die Anzahl der Verwandten und Gefreundeten war eine große; es mußten weit über zweihundert Personen geladen werden, und manche wohnten drei Stunden und noch weiter weg.

Die Vorbereitungen brauchten reichlich zwei Wochen, und da fast alle Geladenen wohlhabende Bauern waren, mußte ein schönes Trinkgeld zusammenkommen. Dies waren günstige Aussichten, und der Stacklhans konnte mit Fug und Recht schmunzeln, als er seinen langen Bratenrock anzog, um nach Wunsch des Brautpaares mit der Ladung zu beginnen. Er steckte einen Strauß von Rosmarin auf den Hut und eröffnete seine Tätigkeit, indem er sich in das Wirtshaus begab und eine gewaltige Zeche machte. Erst in später Nachmittagsstunde erinnerte er sich, was seines Amtes sei, und ging in das Haus des Ökonomen Peter Weiß, welcher Bürgermeister von Pellham war.

Als diesem die Ankunft des Hochzeitladers gemeldet wurde, holte er seine Bäuerin aus der Milchkammer, und beide erwarteten nun mit würdigem Ernste, was ihnen verkündet würde. Johann Angermayer stellte sich vor sie hin, zog seinen Hut und begann: »Zum heiligen Sakrament der Eh' hat sich versprochen der ehrbare Jüngling Andreas Weidenschlager und die tugendsame Jungfrau Emerentia Salvermoser. Dieweil Gott der Allmächtige das ehrsame Brautvolk hat erfordert, daß sie alsbald das heilige Sakrament der Eh' antreten, so sollte ich anstatt dem ehrbaren Jüngling Hochzeiter, wie auch wegen der ehr- und tugendreichen Jungfrau Hochzeiterin euch freundlich in die Hochzeit laden von Gottesgnaden zum löblichen Pfarrgotteshaus in Pellham, allwo Rast hält der heilige Jakob wie auch Gott und unsere liebe Frau, da werden sie am künftigen Donnerstag vor Kantate ihre priesterliche Einsegnung erhalten mit heiligem Amt, das uns ein hochgeweihter Priester singt vom Anfang bis zum End, bis er uns aufgewandelt das Allerheiligste Altarsakrament. Darnach wird er uns geben den Sankt Johannessegen, den uns Christus der Herr hat selbst hergericht und hergeben, und wenn wir dieses alles haben verrichtet in Ehren, so gehen wir zum Herrn ehrengeachteten Martin Schinkel, Wirt und Gastgeber alldort, in seine Behausung, und da wer'n wir eine hellklingende Musik hören, wie auch zu Ehren ein ehrliches Mahlgeld geben, denn über das Mahl gibt man vier Mark, wie es ist in aller Hochzeiten der Brauch. So seid ihr als Vetter und Base auf das allerfreundlichste geladen ein, zum Hochzeiter am Donnerstag früh zu Bier, Brot und Branntewein.«

Die Weißischen Eheleute hatten aufmerksam zugehört und kein Wort von dem Spruch verloren, obwohl dies nicht leicht war. Denn der Stacklhans sagte ihn schnell herunter und hielt sich nicht lange auf, wenn ein Satz zu Ende war und ein anderer anfing. Er machte bloß eine Pause, wenn ihm der Schnaufer ausging, aber dann tat er es mitten in einem Worte und kümmerte sich nicht darum, daß es auseinandergerissen wurde.

Als Johann Angermayer schwieg, dankte der Bürgermeister und versprach, zu kommen; die Bäuerin machte den Hochzeitlader darauf aufmerksam, daß sie Nudeln gebacken habe, und händigte ihm mehrere ein, nachdem er seine Zusage erteilt hatte. Unter der Tür verhielt sich der Stacklhans noch ein weniges und äußerte sich günstig über die Eigenschaften des Brautpaares. »Es san alle zwoa richtige Leut'«, sagte er; »der Andrä mag arbeten und kennt si aus. Wann ma's richti betracht', hat er scho zwoa Jahr lang an Hof regiert. Der alt Reischl is nix mehr g'wen, des woaß ma ja. O'g'schafft hat der Jung, jetzt g'hört's eahm aa zu, daß er's Sach kriagt.«

»Was is denn d' Hozeiterin für oane?« fragte die Weißin, »i ho vernomma, daß sie a Schwester is von da Schneiderbäurin z' Watzling. Do waar scho Geld dahoam.«

»Ja, Geld g'rad gnua«, antwortete Hans, »do feit sie nix. Der Schäfa, der Feichtl, den kennt's ja, der hot ma g'sagt, daß sie a ganz a Schware is, de hat Geld wia Heu. Und a sunst is sie a richtig's Weibsbild. Fleißi, sparsam und ko mit'n Viech umgeh'. Des letzte halbe Jahr is sie bei ihrer Schwester g'wen, und d' Schneiderbäurin is koa Guate, wia'r i hör.«

»Ja, g'wiß it«, sagte die Weißin.

»No aba mit der Emerenz is sie wohl z'frieden g'wen. Sie lobt sie stark und sagt, daß so oane net glei wieda auf'n Hof kimmt, als wia d' Schwester.«

»Des is recht«, fiel der Bürgermeister ein; »i gunn's an Andrä, daß er a richtige Bäurin kriagt. Des is was wert.«

»I glaab's wohl«, sagte Hans, »des spür i aa; bei mir waars aa anderst, bal de mei no lebet; aba jetzt is scho, wia's is. Also pfüat Good, i geh wieda, ich muaß heunt no viel umanand.« Er reichte dem Bürgermeister die Hand und bemerkte mit Wohlgefallen, daß ein Geldstück dabei hängenblieb. Er sah es nicht an, aber er fühlte an der Größe und an dem kantigen Rand, daß es eine Reichsmark sei. Nach kurzem Gruß entfernte er sich und ging in das nächste Haus, wo er den gleichen Spruch mit dem gleichen Tonfall heruntersagte. Während Johann Angermayer also in den Vorfreuden der Hochzeit schwelgte, ging im Reischlhofe alles im gewohnten Geleise. Die Tage verstrichen ohne Aufregung und ohne bemerkenswertes Ereignis. Sie brachten nichts als rechtschaffene Arbeit. Die Saatzeit war gekommen. Sonne und Wind hatten den Boden getrocknet und die fruchtbare Erde harrte des Samenkorns. In aller Herrgottsfrüh mußte Andrä hinaus zur Arbeit. Mit gewichtigen Schritten ging er über die langgestreckten Schollen und streute den Sommerweizen über das Land. Hinter ihm fuhr der Knecht mit der Egge, und war ein Tagwerk bestellt, dann kam ein anderes an die Reihe, auf dem wohl Hafer oder Gerste angebaut wurde. Jeden Abend setzte sich der Bräutigam steinmüd auf die Ofenbank und dachte nicht an die Emerentia Salvermoser, sondern daran, was am nächsten Tage zu schaffen sei. Die ehr- und tugendreiche Braut mußte sich mehr mit der vorhabenden Hochzeit beschäftigten, denn sie richtete ihre Aussteuer zusammen und sorgte dafür, daß nichts fehle. Als ihr Kammerwagen von Watzling nach Pellham fuhr, bot er einen stattlichen Anblick, und alle Leute sagten, daß die künftige Reischlin ein schönes Sach beieinander habe.

So war der Hochzeitstag erschienen; Donnerstag vor Kantate, als man den 30. April schrieb. Des Morgens um acht Uhr und schon früher fuhr ein Wägerl nach dem andern beim Gastwirte Martin Schinkel vor, und von jedem stieg ein festlich gekleidetes Paar herunter. Auf der Landstraße und über die Waldwege her sah man viele Leute gehen; alle kamen zum Ehrentage des Andreas Weidenschlager und versammelten sich vor seinem Hause. Wir sahen manchen Bekannten darunter. Die zwei Zeugen Zollbrecht und Langenecker, den Bürgermeister Weiß, welcher schon gestern die standesamtliche Trauung vorgenommen hatte, und in aller Mitten: den Schlauberger Nepomuk Feichtl. Er kam nicht als geladener Gast, sondern nur als Zuschauer. Obwohl er verstimmt war, daß man ihn mit Absicht übergangen hatte, wollte er doch nicht verfehlen, diese Hochzeit zu sehen, welche vorzüglich sein Werk war. Vom Wirtshaus her nahte sich jetzt ein kleiner Zug. Voran schritt der Hochzeitlader, hinter ihm kamen die Braut mit der Kranzeljungfrau Notburga Langenecker, dann die alte Mutter der Hochzeiterin mit der Schneiderbäuerin. Als sie am Reischlanwesen anlangten, stand Andrä neben den Eltern und dem Kranzeljungherrn bereits draußen. Der Hochzeitlader trat vor, entblößte das Haupt und sagte den Urlaubsspruch: »Ich bitte euch, ihr wollet sein ein wenig still, aber nicht meinetwegen, sondern weil ich wegen dem ehrbaren Jüngling Hochzeiter etliche Worte vorbringen will. So laßt euch aber meine Worte nicht verdrießen, denn ich werde es machen kurz und auch bald beschließen. Denn das weiß der ehrbare Jüngling Hochzeiter auch gar gut, daß sich das viele Gespräch nicht mehr recht schicken tut, und darum hat mich der ehrbare Jüngling Hochzeiter heute früh schon so freundlich gebeten, ich möchte doch anstatt seiner reden und diese Stell vertreten. Wie er aber heut in der Früh ist gestanden auf, da hat er sich schon gereinigt und mit dem Wasser gewaschen seinen Mund und er hat sich besprengt mit dem heiligen Weihwasser und hat in Andacht gesprochen im Namen Gottes des Vaters und des Sohnes und des Heiligen Geistes. Dann ist er niedergefallen auf seine Knie und hat mit weinenden Augen und aufgereckten Händen gebetet zu seinem heiligen Schutzpatron zwei Vaterunser und Ave Maria. Heute werde ich dem ehrbaren Jüngling Hochzeiter noch etliche traurigen Worte zu Herzen reden, denn er will heut seinen ledigen Stand verlassen. Jetzt ist er noch da; weil er aber heut in anderen Stand tut kommen, so tut er von euch allen freundlichen Urlaub nehmen. Er nimmt Urlaub von den Knechten und von den Dirnen, er nimmt Urlaub von der ganzen Gegend und der hier umliegenden Nachbarschaft. Wenn er einmal, sagt er, in seinem ledigen Stand einen Menschen beleidigt hat, so laßt er euch alle im Namen Jesu von Herzen bitten, ihr sollt es ihm doch verzeihen, denn er tut ja auch das Gleiche. Er nimmt jetzt Urlaub von Wasser und Land, er nimmt auch Urlaub von seinem so schönen ledigen Stand. Und jetzt nimmt er noch einmal Urlaub von diesem Haus und Hof, von seiner eigenen Heimat und Herberg; er nimmt Urlaub von seinen so schönen Jünglingstagen und dem schönen Ehrenkranz, den er auf seinem Hut tut tragen.

Jetzt aber, ehrbarer Jüngling Hochzeiter, ich hab mich gewendet hin und her, ich sehe Vater und Mutter. Das bringt dir große Freud, weil deine herzlieben Eltern sind noch bei Leben und noch keines ist in der Ewigkeit. Tu dich noch einmal zu deinem herzliebsten Vater wenden, empfange ihn bei den Händen und sage aber auch ›Gelt's Gott!‹ daneben für alles, was er dir hat gegeben. Besonders um deine Heimat, welche er im Schweiße seines Angesichtes für dich erworben hat. Wende dich aber auch noch einmal zu deiner herzliebsten Mutter und empfange sie bei den Händen und sage auch ›Gelt's Gott!‹ daneben für alles, was sie dir hat gegeben. Dann denke zurück, daß sie dich hat neun Monate unter ihrem Herzen getragen. Sie hat dich mit den größten Schmerzen geboren und hat dich als ein unmündiges Kind aufgezogen. Denke zurück an jene Stund, wo sie dir das Essen hineingegeben mit dem Finger in den Mund, und versprich ihr fürwahr, daß du sie willst nicht verlassen in aller Not und aller Gefahr, in aller Trübsal, Angst und Not, daß du willst teilen mit ihr jedes Stücklein Brot. Jetzt, ehrbarer Jüngling Hochzeiter, werde ich meine Rede bald beschließen, weil wir in das löbliche Pfarrhaus dahier abreisen müssen. Ja, dorthin werden wir reisen und gehen. Wir wollen deiner längst verstorbenen Freundschaft eingedenk sein und ihnen ein andächtiges Gebet aufopfern. Lasset uns beten zwei andächtige Vaterunser und zwei Ave Maria.«

Johann Angermayer sagte mit großer Geschwindigkeit die Gebete her, und alle Anwesenden murmelten sie nach. Dann fuhr der Hochzeitlader fort: »Jetzt wollen wir das ehrsame Brautpaar begleiten in das löbliche Pfarrgotteshaus. Da wird der geistliche, hochgelehrte Herr Pfarrer machen ein festes Band, das niemand als Gott allein auflösen kann. Nach demselben werden wir uns begeben zu dem ehrengeachteten Herrn Wirt, der wird uns rechtschaffen zu Essen und Trinken hergeben, und jetzt zum letztenmal, wenn noch ein fröhlicher Jüngling ist da in Ehren, so laßt er sich mit einem frischen Juhschrei hören!«

Der Kranzljungherr Kaspar Finkenzeller ehrte den alten Brauch und stieß einen gellenden Juchzer aus. Die hellklingende Musik begann einen lustigen Marsch zu blasen, und der Zug setzte sich in Bewegung zur Kirche. Als das junge Paar in das Gotteshaus eintrat, setzte der Herr Lehrer an der Orgel mit einem mächtigen Choral ein. Die Töne durchbrausten den hellen, freundlichen Raum und erweckten einen feierlichen Eindruck. Durch die hohen Fenster schaute die Frühlingssonne herein und warf einen goldenen Schein auf die Steinfliesen vor dem Altar, als nunmehr Andreas Weidenschlager seine harte, schwielige Hand in die der Emerentia Salvermoser legte und mit einem lauten, vernehmbaren »Ja« bekräftigte, daß er die Emerenz nehme als sein eheliches Weib und nicht von ihr lassen wolle, bis daß der Tod sie scheide. Der hochwürdige Herr Pfarrer zelebrierte nach der Trauung ein Amt, und als dieses beendet war, zogen das junge Paar und alle Hochzeitsgäste zur Wirtschaft des Martin Schinkel.

Im Saale des oberen Stockwerkes war das Mahl bereitet. Der Raum war groß genug, daß die zweihundert geladenen Personen Platz fanden, aber er war niedrig. Die Musiker auf der Tribüne mußten sich in acht nehmen beim Aufstehen, daß sie nicht an die Decke stießen, und wenn sie einen recht lauten Marsch anhuben, bröckelte über ihnen der Kalk ein wenig herunter. Sie achteten nicht darauf und freuten sich wie ihre Zuhörer, daß die Töne beisammen blieben und einen starken Krawall machten. Es bedurfte einiger Zeit, bis alle Gäste an den weiß gedeckten Tischen sich niedergelassen hatten, insbesondere die Weibspersonen standen im Wege herum und ließen sich hin und her schieben, bis sie ihre Plätze gefunden hatten. Der Stacklhans eilte auf und ab, und kommandierte wie ein Feldherr in der Schlacht. Er hatte für jeden ein treffendes Wort, und seine kurzen Ansprachen, welche er insbesondere an die ledigen Frauenzimmer richtete, erregten große Heiterkeit beim männlichen Geschlechte. Endlich saßen alle in guter Ordnung und richtiger Reihenfolge.

Am Ehrentische, zunächst der Musiktribüne, waren das neuvermählte Paar, der Kranzeljungherr und die Kranzeljungfrau, die Eltern des Hochzeiters, die Mutter der Emerenz, und die sonstigen nächsten Verwandten und Angehörigen. Außerdem aber Hochwürden, der Herr Pfarrer Staudacher, und sein Kooperator, der Herr Benediktus Vierthaler, ein junger Mann, welcher noch der geistlichen Behäbigkeit entbehrte.

Während unter den übrigen Gästen sich bald eine lebhafte Stimmung bemerklich machte, kam am Ehrentische keine rechte Unterhaltung in Gang. Andrä saß bolzengerade auf seinem Platz und redete kein Wort; Emerenz sah nicht rechts noch links, und achtete bloß darauf, daß sie beim Essen nichts auf ihr Brautkleid verschüttete. Die Alten waren in der feierlichen Stimmung noch nicht aufgetaut, und keiner konnte den Anfang finden zum Diskurieren; die jüngeren aber hielten sich bescheiden still, wie es sich geziemt.

Einzig der Herr Pfarrer sorgte für die Unterhaltung und machte seine Späßchen, wie er dies bei solchen Anlässen immer zu tun pflegte. »Heute hab' ich wieder was Schönes angestellt«, sagte er, »ich habe einer Jungfrau ihren ledigen Stand genommen, von dem sie gar so ungern geschieden ist. Gemerkt hat man es freilich nicht, so schnell hat sie ›ja‹ gesagt.«

Andrä schmunzelte, und Emerenz lachte geschämig in ihr Sacktuch hinein. »Und die Kranzeljungfrau«, fuhr der Herr Pfarrer fort, »die hat erst ein trauriges Gesicht gemacht. Das weiß ich ganz genau, was sich die denkt hat. ›O mein Gott‹, hat sie still gesagt, ›wenn nur das Unglück auch bald über mich käm'.‹« Alle am Tisch lachten respektvoll über diese Reden und schauten auf Notburga Langenekker, welche rot wurde und ihren Kopf einzog. »Ja, ja, die Madeln!« sagte der hochwürdige Herr wieder, »die sind anders tapfer! Da könnten sich die Mannsbilder ein Beispiel nehmen. Alle fürchten sich heimlich vor dem Heiraten, aber keine laßt sich schrecken, wenn es dazu kommt.«

Durch die Heiterkeit kam gleich mehr Schwung in die Gesellschaft. Nach dem zweiten Gang fing der alte Reischl ein Gespräch mit dem Schneiderbauern an und erzählte ihm, daß er seinem Vater vor zehn oder zwölf Jahren einen Stier abgekauft habe, mit dem er wohl zufrieden gewesen sei. Die Reischlin erbarmte sich über das alte Mutterl, die Genovefa Salvermoser, und forderte sie freundlich auf, recht tüchtig zuzugreifen. »Tua nur g'rad essen, Muatta«, sagte sie, »es is dei Ehrentag, so guat wia der unser. Des waar it recht, bal du hungrig aufstandst.«

Und dabei gab sie ihr ein Stück Rindfleisch und einen Löffel voll Blaukraut auf den Teller. »Na, na«, sagte die alte Salvermoserin, »laß no guat sei, Reischlin. I ko's nimma so vertrag'n als wia früherszeiten. I bi halt scho z'alt.«

»Wia alt bist denn, Muatta?«

»Oanasiebazgi wer i an August.«

»Du bist aba no g'sund beinand.«

»Is nimma so feini mit da G'sundheit. Sehg'n tua i schlecht, der Mag'n is nix mehr, weil i scho lang nix mehr richti beißen ko, und mit die Füaß hon i aa'r a Kreuz. Wia's halt is, bal mi alt werd.«

»Ja, und durchg'macht werst halt aa dein Teil ham? Wiaviel Kinder hast denn bracht?«

»Sechsi hon i g'habt, Reischlin. Vier Deandl'n und zwoa Buab'n. De Buab'n san mir g'storm als a ganz junga. Der ältest is drei Johr alt g'wen, und der zwoate hat grad vier Wocha g'lebt. De Deandl'n hon i durchbracht.«

»Des woaß i«, antwortete die Reischlin, »des hat mi d' Emerenz g'sagt, daß ihrer vier Schwestern san.«

»Ja, vieri san eahna«, bekräftigte die Salvermoserin, »de ältest, de Mariann, is Kloiberbäurin z' Unterbachern. Sie hat it kemma kinna, weil sie im Wochabett liegt. De zwoate, de Apollonia, hot an Ziaglerbauern vo Weichs g'heiret. No siech'st ja, sie sitzt ja hiebei, und d' Schneiderbäurin is de dritt. Jetzt san s' allsamt verheiret.«

»Des is a Glück, bal ma de Madeln richti versorgt hat.«

»Ja, da hast recht, Reischlin. Ma ko it mehra toa, als daß ma s' richti aufziagt und daß ma'r eahna d' Arbet lernt. Wia's sie's nacha derrat'n, des is a Glückssach.«

»No, bei ins, do fehlt nix«, sagte die Reischlin, »du werst seh'gn, d' Emerenz hat's guat troffa. Der Andrä is a sparsamer, nüachterner Mensch, und sie is a guate Hauserin. Des hon i glei kennt, beim erstenmal, wia sie 's Sach o'g'schaut hat.«

So kamen sich die zwei alten Bäuerinnen näher und vertrauten einander an, was ihnen als das Wichtigste erschien.

Auch sonst wurde die Unterhaltung lebhafter. Die schmetternde Musik und das Bier brachten ein richtiges Leben hinein. Kellnerinnen und Metzgerburschen liefen mit den gefüllten Schüsseln und den Maßkrügen eifrig hin und her, die Bekannten riefen sich über die Tische hinweg derbe Scherzworte zu, und überall hörte man lautes Gespräch und fröhliches Lachen. Nur Emerenz und Andrä saßen beim letzten Gange noch gerade so schweigsam da wie beim ersten.

Als das Mahl zu Ende ging, ließ der Stacklhans durch die Musik mehrmals ein Zeichen geben, daß Ruhe eintreten solle. Allmählich legte sich der Lärm, und die Gäste horchten auf den Hochzeitlader, welcher sich in der Nähe des Ehrentisches hingestellt hatte und mit der Abdankung begann. Er rief mit lauter Stimme: »Stille eine kleine Weil! Still! Ich bitt euch anstatt dem ehrbaren Jüngling Hochzeiter, wie auch wegen der ehr- und tugendreichen Jungfrau Hochzeiterin im Namen der allerheiligsten Dreifaltigkeit, Gott der Vater, Gott der Sohn und

Gott der Heilige Geist. Nicht meinetwegen, sondern es ist dem ehrsamen Brautpaare daran gelegen. Jetzt laßt sich das ehrsame Brautpaar gar schön und freundlich bedanken gegen den hochwürdigen, hochgelehrten Herrn Pfarrer und Seelsorger dahier. Dieweil er sich heut hat soviel bewürdigt und hat sich nicht verweilt und hat ihnen das heilige Sakrament der Ehe mitgeteilt. Sie lassen sich aber auch bedanken gegen den ehrengeachteten Herrn Martin Schinkel, Wirt und Gastgeber dahier, dieweil er sich heute hat so viel bemüht und hat uns das Hochzeitsmahl mit Speis und Trank geziert. So wollen wir ihnen beiden miteinander ihre Titel und Namen verehren und lassen ein kräftiges Vivat hören!«

Hier blies die Musik einen Tusch, und der Stacklhans fuhr weiter: »Jetzt laßt sich das ehrsame Brautpaar wiederum gar schön und freundlich bedanken gegen die ehr- und tugendreiche Jungfrau Notburga Langenecker, dieweil sie sich heut hat so viel bemüht und hat uns als Kranzljungfrau die Hochzeit so schön geziert, so wollen wir ihren Titel und Namen verehren und lassen ein kräftiges Vivat hören. Und wiederum laßt sich das ehrsame Brautpaar gar schön und freundlich bedanken gegen den ehrengeachteten Josef Weidenschlager, dem Hochzeiter seinen herzliebsten Vater, dieweil er ist uns so treulich beigestanden und ist aber auch da zugegen in Ehren und hat uns das Hochzeitsmahl helfen in Freuden verzehren, so wünschen wir ihm ein gesundes und langes Leben. Vivat, ihr Herren Musikanten, und laßt euch hören! Jetzt laßt sich das ehrsame Brautpaar wiederum gar schön und freundlich bedanken gegen hohen und niedern Stand, er mag sein arm oder reich, er mag sein Bürger, Bauer oder Handwerksleut, welche uns heut haben geben die Ehr und sind einige gekommen so weit in die Hochzeit daher. Es wird euch aber alle wiederum treulich ersetzt und erstattet werden. Vivat, ihr Herren Musikanten, laßt euch hören!«

Die Musik blies zum vierten Male einen kräftigen Tusch, daß die Fensterscheiben klirrten. Der Stacklhans ließ sich einen Maßkrug geben und erfrischte seine Stimme durch einen tiefen Schluck. Dann begann er wieder zu reden. »Jetzt, meine lieben Vettern und Baseln, will ich euch noch was sagen. Jetzt werde ich auf jeden Tisch eine große Schüssel und einen Teller darauf tragen, denn das tu ich dem Hochzeiter z'wegen. Es soll jeder Vetter und Basel schöne Taler einlegen, oder wenn einige darunter wär'n und einen Fuchsen hertragen, so kunnt halt der Hochzeiter mit die versoffenen Musikanten und dem gefressenen Hochzeitlader auch noch eine Nachhochzeit haben. Und die Hochzeiterin tut mir auch schon alleweil winken, ich soll ihr einen Hafen voll Geld zubringen, und wenn sie gar einen bösen Mann tat kriegen, so tat sie ihm doch dieweil eine Schüssel oder ein Haferl lassen an Kopf ani fliegen, so kunnt sie halt doch wieder zum Hafner laufen, und kunnt ihr wieder andere Schüssel und Haferl kaufen.«

Hier mußte der Stacklhans aussetzen, weil die Gäste so herzhaft lachten. Selbst die ganz alten Männer und Weiber zeigten eine laute Fröhlichkeit, obwohl sie das alles seit vierzig und mehr Jahren auf jeder Hochzeit gehört hatten. Dem Stacklhans seine Vorfahrer hielten alle diese Rede, welche vor vielen Jahrzehnten ein Zimmermann niedergeschrieben hatte; und auch dieser hatte sie nicht frei erfunden, sondern überkam sie von dem Hochzeitlader, in dessen Amt er eintrat. Viele Geschlechter waren gekommen und gegangen, hatten geheiratet und waren gestorben, aber die Rede war geblieben und auch die Freude an den wohlgelungenen Späßen, welche sie enthielt.

Herr Angermayer beobachtete mit Vergnügen die Wirkung, die seine Worte hatten, und fuhr erst fort, als das letzte Frauenzimmer ausgekichert hatte. »Jetzt, meine lieben Vettern und Baseln«, sagte er, »will i enk noch was sagen, was sich heunt in der Hochzeitkirch hat zugetragen. Wie die Jungfrauen sind zum Opfer gangen, da ist der allerschönsten ein Tröpferl hinter der Nasen ro g'hangen, da hab i g'rad nachi guckt, und hinterm Altar, da hab i gseh'n, da hat sie es weggeputzt. Aber jetzt tut s' fuchswild auf mich außer spitzen, und hinter der Nasen fangt's schon wieder an zum schwitzen. Wenn ich da hätt' eine lange Stangen, tät ich's enk schon zeigen, ich tät schnurg'rad darauf eini langen. Von die bösen Weiber darf ich nicht viel sagen, dieweil einer tut eine böse Ziefer haben. Ich mein' doch, ich sollt keine so böse Ziefer nicht kriegen, wo die Männer gleich ganze Nächt müssen in der Strohhütten liegen. Wenn s' nachher heim tun kommen und wollen ein Wort sagen, da nimmt oft eine gleich ein Spanscheitel und tut es ihm um den Bukkel rum schlagen.«

Mit dem Vers hatte der Stacklhans wieder ins Schwarze getroffen. Ein jeder Gast stieß seine Nachbarin an und grölte laut hinaus, wenn sich diese geschämig stellte.

»Ruhe! Pst! Seid's a weng'l staadt!« mahnte der Hochzeitlader. »Von die versoffenen Männer darf ich nicht viel reden, denn da bin ich selber schon oft dabeig'wesen, aber heunt hamm mir ein', der schreibt sich Beim, der geht gleich zwei Tag vor der Hochzeit nicht heim, und ein' hamm mir, der schreibt sich Kern, wo es brav zum Fressen und Saufen gibt, da ist er gern; wenn's aber heißt: zahl' aus, da wird er gleich sein beim Wirtshaus hinaus. Und ist aber eine grete (gerade) Jungfrau da und tut noch nicht hinken, die laßt aber mich schön trinken. Und ist ein fröhlicher Jüngling da in Ehren, der laßt sich mit einem frischen Juhschrei hören.«

Hiemit endete der Stacklhans. Die Kranzeljungfrau erhob sich am Ehrentische und brachte ihm den Krug zum Trinken; Kaspar Finkenzeller aber zeigte sich als fröhlicher Jüngling. Er drückte die Augen zu und juchzte heute zum zweitenmal.

Der Hochzeitlader machte jetzt, wie er es angekündigt hatte, mit einer Schüssel die Runde an allen Tischen. Jeder Gast warf seinen Geldbeitrag hinein, der in Papier eingewickelt war, und Stacklhans sagte jedem einzelnen Vergelt's Gott für das Brautpaar. Als alle gespendet hatten, stellte er die gefüllte Schüssel auf den Ehrentisch gerade vor Andrä und Emerenz hin. Dann eilte er mit wichtiger Miene zur Türe hinaus, denn es kam das Hauptstück der Hochzeit. Die Frau Wirtin hatte nach altem Herkommen dem Brautpaar ein Geschenk bereitet: die Kreuzigungsgruppe, schön geschnitzt und bemalt, unter einem Glassturz, dieses Geschenk wird von jedem Ehepaare hoch in Ehren gehalten. Es wird in der Schlafstube auf ein Postament gestellt, und nebenhin kommt unter Glas und Rahmen der Myrtenkranz, den die Braut am Hochzeitstage getragen hat. Da bleiben sie jahraus, jahrein und sollen die Eheleute erinnern an den Tag, wo sie die Hände zusammenlegten, um einen christlichen Hausstand zu gründen.

Ein so bedeutsames Geschenk muß mit geziemender Feierlichkeit überreicht werden, und der Stacklhans hatte Sorge getragen, daß der alte Brauch befolgt werde. Die Musik gebot Ruhe; alles erhob sich, nur am Ehrentische blieben die Gäste sitzen. Von der Türe her drang ein heller Schein durch den dämmerigen, mit Rauch erfüllten Saal. Der Kranzeljungherr schritt langsam herein; in jeder Hand trug er eine brennende Kerze. Hinter ihm schritt Barbara Weiß, die Tochter des Bürgermeisters, welche Johann Angermayer zu diesem Amte ausersehen hatte. Sie ging ängstlich und zaghaft; vor sich hielt sie mit beiden Händen eine Platte, auf welcher der Glassturz stand. Nach jedem Schritte blieb sie stehen und sang einige Verse mit dünner Stimme, welche aber in der lautlosen Stille gut vernehmlich waren. Die Melodie war eintönig und langgezogen, nur beim letzten Worte einer jeden Strophe ließ die Barbara Weiß den Ton um ein weniges tiefer hinaus. Sie sang:

Jetzt bin i halt herin,
Alle Leut schaug'n auf mi',
Erschrocken bin i,
Und weiß nimmer, wohin.

Aber schö singa ko i net;
Des sag i glei;
Wer mi net gern auflust,
Ko nausgeh dawei.

Aber Leut geht's auf d' Seit,
Und Leut geht's ma weg,
Denn i möcht ja g'rad wissen,
Wo d' Hozeiterin steckt.

Aba jetzt ho 'n is g'sehg'n
Daß s' am anderen Tisch sitzt,
Daß sei wunderschön's Kranzei
Am Kopf so schö blitzt.

Des Kranzerl am Kopf
Is umad'um weiß;
Bis zu der Zeit a Jungfrau bleib'n,
Des kost' an Fleiß.

Hozeiterin, host g'heiret,
Werst as büaßen müssen;
Des wunderschö' Kranzei
Werd' abi müssen.

Hozeiterin, host g'heiret,
Hast Haus und Gart'n;
Was werd' denn auf di
Für an Elend wart'n!

Der Ehstand is a Wehstand,
Ja, wenn ma's betracht.
Er dauert oft länger,
Als an oanzige Nacht.

Der Ehstand is a Wehstand,
Ja, wenn ma's versteht,
Weil's oft hunderttausendmal
Übers Kreuz geht.

Hochzeiter, host g'heiret,
Jetzt bist halt a Mo.
Jetzt steht dir des Madel liab'n
Aa nimmer o.

Hochzeiter, host g'heiret,
Kost am Sessel sitz'n,
Bis in dreiviertel Jahr,
Derfst an Schnuller spitz'n.

Hochzeiter, host g'heiret,
Hast lang uma g'fischt.
Jetzt host halt de schöner,
Vo Watzling dawischt.

Wenn i d' Kranzljungfrau o'schau,
Muß i allawei lacha,
Weil's gar so a spitzinges
Maul ko macha.

Der Brautführer ist dockerlnett,
s' Tanzen kann er net schlecht,
Liaben kann er aa für drei,
Den möcht i glei.

An Hozeitlader hamm mer,
Ja, wia ma si's denkt;
Wia r'er Hozeit hat g'laden,
Is eahm 's Hemmad raus g'hängt.

Barbara Weiß kam immer näher an den Ehrentisch heran. Der Kerzenschein beleuchtete ihr Gesicht, welches auch bei den lustigen Versen ernst blieb. Sie hatte die Augen fest auf den Glassturz geheftet und sah nicht, wie rechts und links von ihr die Zuhörer mit ehrlicher Bewunderung das schöne Schauspiel betrachteten. Am meisten Anerkennung fand sie wohl am Ehrentische. Die alte Salvermoserin und die alte Reischlin verloren sie keine Sekunde aus den Augen, und es wurde ihnen so feierlich zumut wie in der Kirche, als der Lichterglanz immer näher kam. Der helle Schein fiel auf ihre ehrlichen, alten Gesichter, die sich scharf abhoben von dem dunklen Hintergrund und aus denen eine treuherzige Frömmigkeit sprach. Barbara war jetzt auf zwei Schritte an das ehrsame Brautpaar herangekommen, als sie weitersang:

Schaug' i hinum, schaug i herum,
Schaug' i alle Eck aus,
Der Hozeiterin sei liaber Voda
Schaut nirgends mehr raus.

Z' Eiselriad am Friedhof,
Da liegt er begrab'n,
Is a Graserl drüber g'wachsen,
Ko ma'n aa nimmer hamm.

Z' Eiselsriad im Friedhof,

Da steht a Lind'n,
Da ko d' Hozeiterin sein
Liab'n Voda find'n.

Als sie so des Verstorbenen gedachte, der am heutigen Ehrentage sichtbarlich fehlte, da zog die alte Salvermoserin ihr großes Sacktuch heraus und fing bitterlich zum Weinen an. Und auch die Reischlin konnte sich nicht helfen und tat desgleichen. Auch sie wußte ja, wie es ist, wenn man einen Angehörigen zum Friedhof hinausgetragen hat. Die Emerenz, als ein junges Frauenzimmer ohne richtige Erfahrung, zeigte keine so große Rührung; aber sie schnupfte doch etlichemal auf. Die Sängerin ließ sich von der Traurigkeit der Zuhörer sowenig unterbrechen wie von der Lustigkeit und fuhr weiter:

I ko ja leicht singa,
I derf mi scho prahl'n,
D' Kranzljungfrau de tuat ma
D' Musikanten schö zahl'n.

Jetzt wer i mei Singa
Halt bald beschließen,
Es kunnten oa da sei,
De kunnt's verdrießen.

Jetzt ko i mei G'schenk
Halt nimmer heben,

Jetzt muaß mir der Hozeiter
's Weiglas'l geben.

Sie stellte den Glassturz auf den Tisch vor die Brautleute hin und machte einen Schluck aus dem Weinglas, welches ihr Andrä hinschob. Dann sagte sie wieder:

Jetzt b'hüt enk Good, Brautleut,
Reicht's mir die Hand!
Ös reicht's mir's das letztemal
Im ledigen Stand.

Musikanten, ös Lumpen,
Ös Spißbuam, ös krumpen,
Ös liaßt's enk scho hör'n,
Wenn ma Zwanz'ger hätt'n.

Die Musik, welche hinter der Sängerin hergegangen war und bei jeder Schlußzeile die Melodie leise mitgespielt hatte, blies jetzt einen kräftigen Tusch und begab sich dann in den Tanzsaal hinaus, wohin ihr alle jungen Leute folgten. Andrä nahm die Emerenz bei der Hand und tanzte den ersten Landler mit ihr. Dann ging er wieder an den Ehrentisch zurück und hielt verständige Zwiesprache mit allen Bekannten, die ihn anredeten. Und er tat manchen tiefen Schluck dabei. Die Emerenz tanzte währenddem, daß die Röcke flogen; sie mußte einem jeden die Ehre geben, der sie darum ansprach: dem Bürgermeister, dem Kranzlherrn, dem Stacklhans und vielen Burschen aus dem Dorfe. Hie und da ging sie an ihren Platz, um zu verschnaufen und sich die Schweißtropfen aus dem krebsroten Gesichte zu wischen.

Feichtl hatte sich jetzt auch unter die Gäste gemischt. Er wollte eine Gelegenheit finden, mit Andrä über den Schmuserlohn zu reden. Der junge Ehemann tat aber so, als ob er ihn nicht sähe, obwohl Feichtl um den Ehrentisch herumstrich und mit Augen und Händen Zeichen gab. Als der Schäfer sah, daß er augenblicklich nicht ankommen könne, setzte er sich abseits in eine dunkle Ecke und wartete bei einer Maß Bier seine Zeit ab.

Er war durch das Benehmen seines Klienten nicht beleidigt; er wußte schon, daß er nur durch Zähigkeit und festes Auftreten zu seinem Guthaben gelangen könne. Ohne Feindseligkeiten ging das nie ab.

Er unterhielt sich in seiner gesprächigen Weise sehr lebhaft mit den Tischnachbarn, verlor aber den jungen Reischlbauern nicht aus den Augen. Als nun Andrä einmal hinausgehen mußte, folgte ihm Feichtl auf dem Fuße nach und erwischte ihn vor der Haustüre.

»Du, Andrä«, sagte er, »i ho mit dir was zu'n reden.«

»Kimm an andersmol, i ho jetzt koa Zeit«, gab der Hochzeiter zurück.

»I halt di net lang auf. Wos is denn mit mein Geld?«

»Mit dein Geld? Host du mir an Geld g'liecha?«

»Geh, frag it a so. Du woaßt recht guat, was d' ma schuldi bist.«

»I woaß durchaus gar nix.«

»So? Woaßt it, daß d' ma dreihundert Mark Schmuserlohn vasprocha host?«

»Wo steht denn dös?« fragte Andrä. »Host du was Schriftliches? Des muaßt du aufweisen kinna.«

»I brauch nix Schriftlichs«, sagte Feichtl, »dös was mir ausg'macht hamm, gilt a so aa.«

»Do kunnt a jeda komma. Mach daß d' weiter kimmst, und halt mit net auf, du Hanswurscht!«

»Dir gib i no lang koan Hanswurschten ab, hast g'hört. Mei Geld will i.«

Andrä hörte nicht mehr auf den Schäfer; er schob ihn unsanft beiseite und ging in den Saal zurück.

Feichtl überlegte. So grob hatte er sich die Antwort nicht gedacht. Das ließ vermuten, daß der Reischl bereits den festen Entschluß gefaßt hatte, nicht zu bezahlen. Das ging auf einen Prozeß hinaus. Bloß wegleugnen, das tut der Andrä nicht; der muß irgendeine Ausrede gefunden haben, auf die er sein Vertrauen setzte.

Hm. Wart amal, Manndei, des muaß i no rauskriag'n, und bal er mi net zahlt, geh i moring schnurg'rad zum Advikaten.

Feichtl setzte sich wieder auf seinen Beobachtungsposten. Am Ehrentische wurde es leer.

Der hochwürdige Herr Pfarrer ging zuerst, weil ihm gemeldet worden war, daß unten im Herrenzimmer ein gemütlicher Tarock zusammengehe.

Er sagte den jungen Eheleuten, daß er hoffe, sie würden ihm mit Kindstaufen eine gute Kundschaft werden, und brachte noch einige behäbige Scherze an. Dann entfernte er sich. Der Herr Kooperator hatte sich schon früher verabschiedet, weil er als junger Geistlicher sich noch bestrebte, den Ruf eines enthaltsamen und heiligmäßigen Wandels zu erlangen. Die Mutter der Emerenz und die alte Reischlin saßen bei der Frau Wirtin in der Küche, tranken Kaffee und führten kluge Reden über das Hauswesen.

Die Schneiderbäuerin hatte sich zu Bekannten gesetzt, die jüngeren Leute waren im Tanzsaal, und so traf es sich, daß einige Zeit bloß der alte Reischl und sein Sohn am Tische saßen. Dies benutzte Feichtl und ging zu ihnen. »Andrä«, sagte er, »du host mi beleidigt, aber i bi koana, der wo gern streit'. Sieh'gst, i geh no' mal her zu dir und sog d'as in Guaten. Dei Vata is an alter rechtsinniger Mensch, der muaß aa sag'n, daß i recht hab.«

»Laß mir mei Ruah«, erwiderte Andrä, »i ho mit dir nix z'reden. Balst du glaabst, daß d' was zun verlanga hast mit Rechten, nacha klagst.«

»Dessel kö'st schnell gnua hamm«, gab Feichtl zurück, »dös geht g'schwinder, als d' moanst. Und bal i amal mit an Prozeß kimm, nacha bist vaspielt, vor's d' ofangst, dös sag i dir. Aba siehg'st, i bi net a so, weil i dir's guat moan. Und dei Vata muaß mir recht geben, is it a so?«

Jetzt mischte sich der alte Reischl ein. »I woaß gar nix«, sagte er, »i bi net dabei g'wen, wia's ös mitanand g'redt habt's. Aba dessell konn i beeidigen, daß du ins de Salvermoserischen net hast z' verraten braucha. De hon i scho lang vor deiner kennt. Dena hon i scho vor a zeha Johr an Heißen o'kaaft.«

»Und überhaupts bist du ganz unverschämt«, schrie Andrä, »du valangst vo mir dreihundert Mark und von ihr host hundert Mark g'numma. Du host für sie, aba it für mi g'schmust, daß d'as woaßt.«

»So, geaht da Wind daher? Aso redt's ös jetzt. Dös werd sie auswcisen, ob enk de Emerenz bekannt war. Für was is denn nacha der Andrä zu mir kemma? Dös, was mi ausg'macht hamm, gilt, sinscht gor nix.«

»Host du was Schriftlichs?« fragte Andrä, »und host du net von ihr hundert Mark g'numma?«

»Dös geht di nix o«, erwiderte Feichtl, »dös is scho lang g'richtsmaßig, daß dös nix ausmacht. Das befreit den anderen Teil durchaus gar nicht, hat der Amtsrichta z' Dachau g'sagt, Freunderl. Du muaßt it moan, daß i 's G'setz it kenn.«

»Dös wer'n mi scho sehg'n, ob du so unvaschämt

sei derfst«, sagte Andrä, und der alte Reischl fragte: »Zahlst du a G'werbssteuer? Du wirst ja g'straft, balst was valangst.«

»Dös wer'n ma sehg'n, ob i g'straft wer, dös hamm scho mehra daherbracht, und der Amtsrichta hat bloß g'lacht und hat g'sagt, das ist eine dumme Ausrede, hat er g'sagt.«

»Balst gar so g'scheidet bist, werst scho g'winna«, schrie Andrä wieder, »und jetzt machst, daß d' weiterkimmst. Du host an dem Tisch nix z'suacha, du bist it ei'g'laden, vastehst?«

Feichtl sah, daß er in Güte nichts erreichen werde; seine Gegner hatten sich schon ihren Plan gemacht, und er mußte heute damit zufrieden sein, daß er die feindliche Stellung ausgekundschaftet hatte.

Er versicherte den zwei Reischlbauern noch, daß sie blutige Kosten zahlen müßten, und zog sich zurück.

Die zwei ließen sich dadurch nicht stören; sie tranken aus ihren Maßkrügen und taten so, als ob es auf der Welt keinen Nepomuk Feichtl gäbe.

Es war spät geworden. Viele Gäste hatten sich bereits verabschiedet, als Andrä und Emerenz gemeinsam die Wirtschaft verließen. Die Musik folgte ihnen die Stiege hinab, zur Türe hinaus und über den Hof und spielte einen lustigen Marsch nach dem andern, so lange man dem ehrsamen Brautpaare nachschauen konnte. Die zwei schritten nebeneinander her in die schöne Frühlingsnacht hinein. Keines redete ein Wort; als sie am Reischlhof angelangt waren, sperrte Andrä die Haustüre auf, und Emerenz ging hinter ihm drein, als wäre es immer so gewesen.

Das war die Hochzeit des Andreas und der Emerenz Weidenschlager, geborenen Salvermoser.

Der Heilige Hies

Merkwürdige Schicksale des hochwürdigen Herrn Mathias Fottner von Ainhofen, Studiosi, Soldaten und späterhin Pfarrherrn zu Rappertswyl

Wer sechs Roß im Stall stehen hat, ist ein Bauer und sitzt im Wirtshaus beim Bürgermeister und beim Ausschuß. Wenn er das Maul auftut und über die schlechten Zeiten und über die Steuern schimpft, gibt man acht auf ihn, und die kleinen Leute erzählen noch am andern Tag, daß gestern der Harlanger, oder wie er sonst heißt, einmal richtig seine Meinung gesagt hat.

Wer fünf Roß und weniger hat, ist ein Gütler und schimpft auch. Aber es hat nicht das Gewicht und ist nicht wert, daß man es weitergibt. Wer aber kein Roß hat und seinen Pflug von ein paar mageren Ochsen ziehen läßt, der ist ein Häusler und muß das Maul halten. Im Wirtshaus, in der Gemeindeversammlung und überall. Seine Meinung ist für gar nichts, und kein richtiger Bauernmensch paßt auf den Fretter auf.

Der Besitzer vom Schuhwastlanwesen, Haus Nummer acht in Ainhofen, mit Namen Georg Fottner, war ein Häusler. Und ein recht armseliger noch dazu. Ochsen hat er einen gehabt, Kühe recht wenig, aber einen Haufen Kinder. Vier Madeln und drei Buben; macht sieben nach Adam Riese, und wenn das Essen kaum für die zwei Alten langte, brauchte es gut rechnen und dividieren, daß die Jungen auch noch was kriegten.

Aber auf dem Lande ist noch keiner verhungert, und auch beim Schuhwastl brachten sie ihre Kinder durch. War eines nun erst acht oder neun Jahre alt, dann konnte es schon ein wenig was verdienen, und voraus nach der Schulzeit hatte es keine Gefahr mehr.

Die Madeln gingen frühzeitig in Dienst, von den Buben blieb der ältere, der Schorschl, daheim, der zweite, Vitus mit Namen, kam zum Schullerbauern, und der dritte – von dem will ich euch erzählen.

Mathias hat er geheißen, und kam lange nach dem sechsten Kinde auf die Welt, und recht unverhofft.

Der Fottner war damals schon fünfzig Jahre alt, und sein Weib stand in den Vierzigern.

Da hätte es nach der Meinung aller Bekannten recht wohl unterbleiben können, daß sie zu den sechsen noch ein siebentes Kind kriegten.

Dieses war in den ersten Lebensjahren schwächlich und kleber beisammen; seine Eltern meinten oft, es hätte den Anschein, als sei es nicht gesund und würde bald ein Englein im Himmel. Das geschah aber nicht; der Mathias gedieh, wurde späterhin Pfarrer und wog in der Blüte seines Lebens dritthalbe Zentner, und kein Pfund weniger.

Zum geistlichen Beruf kam er unversehens, und durch nichts anderes als die Gewissensbisse des oberen Brücklbauern von Ainhofen. Der hatte viel Geld, keine Kinder, und eine schwere Sünde auf dem Herzen, die ihn bedrückte. Vor Jahren hatte er in einem Prozeß mit seinem Nachbarn falsch geschworen und dadurch gewonnen.

Er machte sich zuerst wenig daraus, denn er hatte vorsichtigerweise beim Schwören die Finger der linken Hand nach unten gehalten. Die ehrwürdige Tradition sagt, daß auf diese Art der Schwur von oben nach unten durch den Körper hindurch in den Boden fährt und als ein kalter Eid keinen Schaden tun kann.

Aber der Brücklbauer war ein zaghafter Mensch, und wie er älter wurde, sinnierte er viel über die Geschichte nach und beschloß, den Schaden gutzumachen. Das heißt, nicht den Schaden, den der Nachbar erlitten hatte, sondern die Nachteile, welche seine eigene unsterbliche Seele nehmen konnte.

Weil man nichts Gewisses weiß und weil vielleicht der allmächtige Richter über den kalten Eid anders dachte und sich nicht an die Ainhofener Tradition hielt.

Also überlegte er, was und wieviel er geben müsse, damit die Rechnung stimme und seine Schlechtigkeit mit seinem Verdienst gleich aufgehe.

Das war nicht einfach und leicht, denn niemand konnte ihm sagen, mit soundsoviel Messen bist du quitt, und es war möglich, daß er sich bloß um eine verzählte und alles verlor. Der Brücklbauer war bei seinen irdischen Geschäften nie dumm gewesen und hatte oft zuwenig, aber nie zuviel hergegeben.

Bei diesem himmlischen Handel aber dachte er, das Mehr sei besser, und da er schon öfter in der Zeitung gelesen hatte, daß nichts eine bessere Anwartschaft auf das Jenseits gäbe als Mithilfe zur Abstellung des Priestermangels, so beschloß er, auf eigene Kosten und ganz allein einen Buben auf das geistliche Fach studieren zu lassen.

Seine Wahl fiel auf Mathias Fottner, und das reute ihn noch oft.

Er hätte es sich besser überlegen sollen, wie es mit den geistigen Gaben des Schuhwastlbuben beschaffen war.

Und er hätte sich viel Verdruß und viel Angst erspart, wenn er sich Zeit gelassen und einen andern ausgesucht hätte.

Es pressierte ihm zu stark, und weil der Lehrer nicht dagegen redete und der alte Fottner gleich mit Freuden einschlug, war es ihm recht.

Er nahm sich wohl ein Beispiel ab am Ainhofer Pfarrer und meinte, was der könne, müßt nicht schwer zum Lernen sein. Nun war der Mathias nicht geradenwegs dumm; aber er hatte keinen guten Kopf zum Lernen, und seine Freude daran war auch nicht unmäßig.

Als man ihm sagte, daß er geistlich werden sollte, war er einverstanden damit, denn er begriff zuallererst, daß er alsdann mehr essen und weniger arbeiten könne.

So kam er also nach Freising in die Lateinschule. Die ersten drei Jahre ging es. Nicht glänzend, aber so, daß er sein Zeugnis im Pfarrhof herzeigen konnte, wenn er in der Vakanz heimkam.

Und wenn der Herr Pfarrer las, daß der Schüler Mathias Fottner bei mäßigem Talente und Fleiße genügende Fortschritte gemacht habe, dann sagte er jedesmal mit seiner fetten Stimme: »magnos progressus fecisti, discipule!«

Der Mathias verstand es nicht; sein Vater, welcher daneben stand, auch nicht, aber danach fragte der Pfarrer nicht.

Er sagte es nur wegen der Reputation, und damit gewisse Zweifler sahen, daß er ein gelehrter Herr sei.

Wenn man in Ainhofen darüber redete und sich erzählte, daß der Fottner Hies schon Lateinisch könne wie ein Alter, dann freute sich niemand stärker wie der Brücklbauer.

Das ist begreiflich. Denn er hatte auf die Gelehrsamkeit des Schuhwastlbuben spekuliert und beobachtete dieselbe mit gespannter Aufmerksamkeit, wie eine andre Sache, in die er sein Geld hineinsteckte.

Er freute sich also im allgemeinen, und ganz besonders, als Hies im dritten Jahre mit einer Brille auf der Nase heimkam und schier ein geistliches Ansehen hatte.

Das gefiel ihm schon ausnehmend, und er fragte den Lehrer, ob in Anbetracht dieses Umstandes, und weil der Hies doch Lateinisch könne – mehr, als man für das Meßlesen braucht – ob es da nicht möglich sei, daß die Zeit abgekürzt werde. Als ihm der Lehrer sagte, solche Ausnahmen könnten nicht gemacht werden, fand er es begreiflich; aber wie der Schulmeister versuchte, ihm die Gründe zu erklären, daß ein Pfarrer nicht bloß das Meßlesen auswendig lernen, sondern noch mehr können müsse, wegen der allgemeinen Bildung und überhaupt, da schüttelte der Brücklbauer den Kopf und lachte ein wenig. So dumm war er nicht, daß er das glaubte. Zu was tät einer mehr lernen müssen, als was er braucht? Ha?

Aber die Sache war halt so, daß die Professer in Freising den Hies recht lang behalten wollten, weil sie Geld damit verdienten.

In diesem Glauben wurde er sehr bestärkt, als der Schüler Mathias Fottner in der vierten Lateinklasse sitzenbleiben mußte. Wegen dem Griechischen. Weil er das Griechische nicht lernen konnte.

Also hat man es deutlich gesehen, denn jetzt fragt der Brücklbauer einen Menschen, zu was braucht ein Pfarrer Griechisch können, wenn Amt und Meß auf lateinisch gehalten werden?

Das mußten schon ganz feine sein, die Herren in Freising, recht abgedrehte Spitzbuben. Er hatte einen mentischen Zorn auf sie, denn dem Schuhwastlbuben konnte er keine Schuld geben.

Der Hies sagte zu ihm, er hätte es nie anders gedacht und gewußt, als daß er auf das studieren müsse, was der Pfarrer von Ainhofen könne. Den habe er aber seiner Lebtag nie was Griechisches sagen hören, und deswegen sei er auf so was nicht gefaßt gewesen.

Dagegen ließ sich nichts einwenden; auf der Seite vom Hies war der Handel richtig und in Ordnung. Die Lumperei steckte bei den andern, in Freising drinnen. Der Brücklbauer ging zum Pfarrer und beschwerte sich.

Aber da hilft einer dem andern, und der Bauer ist allemal der Ausgeschmierte. Der Pfarrer lachte zuerst und sagte, das sei einmal so Gesetz, und er habe es auch lernen müssen; wie aber der Brücklbauer daran zweifelte und meinte, wenn das wahr sei, dann sollte der Pfarrer einmal auf griechisch zelebrieren, er zahle, was es koste, da wurde der Hochwürdige grob und hieß den Brücklbauern einen ausgeschämten Mistlackl. Weil er um eine richtige Antwort verlegen war, verstehst?

Jetzt lag die Sache so, daß der Brücklbauer überlegen mußte, ob er es noch einmal mit dem Hies probieren oder einen andern nach Freising schicken sollte, der sich von vornherein auf das Griechische einließ.

Wenn er das letztere tat, hernach dauerte es wieder um drei Jahre länger, und das Geld für den Schuhwastlbuben war völlig verloren. Und außerdem konnte kein Mensch wissen, ob sie in Freising nicht wieder was andres erfinden würden, wenn sie den neuen Studenten mit dem Griechischen nicht fangen könnten. Deswegen entschloß er sich, den Hies die Sache noch einmal probieren zu lassen, und ermahnte ihn, daß er sich halt recht einspreizen sollte.

Das tat der Fottner zwar nicht, denn er war kein Freund von der mühsamen Kopfarbeit, aber sein Professor war selber ein Geistlicher und wußte, daß die Diener Gottes auch ohne Gelehrsamkeit amtieren können. Deswegen wollte er nicht aus lauter Pflichteifer dem Hies Schaden zufügen und ließ ihn das zweite Jahr mit christlicher Barmherzigkeit vorrücken.

Der Hies kam als Schüler der fünften Lateinklasse heim und sah aus wie ein richtiger Student.

Er zählte bereits siebzehn Jahre und war körperlich sehr entwickelt.

Den Kooperator von Aufhausen überragte er um Haupteslänge, und alle seine Gliedmaßen waren grob und ungeschlacht. Auch verlor er zu der selbigen Zeit seine Knabenstimme und nahm einen rauhen Baß an.

Wenn er mit seinen Studienfreunden, dem Josef Scharl von Pettenbach und dem Martin Zollbrecht von Glonn, zusammenkam, dann zeigte es sich, daß er weitaus am meisten trinken konnte und im Bierkonsum schon gute Kenntnisse hatte.

Er besaß ein lebhaftes Standesgefühl und sang mit seinen Kommilitonen die Studentenlieder, als »Vom hoh'n Olymp herab ward uns die Freude« oder »Drum Brüderchen er-her-go biba-hamus!« so kraftvoll und laut, daß der Brücklbauer am Nebentische über die studentische Bildung des Schuhwastlbuben erstaunte.

Und als der Hies seinen Besuch im Pfarrhofe machte, bat er nicht wie in früheren Jahren die Köchin, sie möchte ihn anmelden, sondern er überreichte ihr eine Visitenkarte, auf welcher mit säuberlichen Buchstaben stand:

Mathias Fottner
stud. litt. et art.

Heißt studiosus litterarum et artium, ein Beflissener der schönen Wissenschaften und Künste.

Der alte Fottner war stolz auf seinen Sohn, auf dem schon jetzt der Abglanz seiner künftigen Würde ruhte, der vom Pfarrer zum Essen eingeladen wurde, der mit dem Kooperator spazieren ging und mit dem Lehrer und dem Stationskommandanten tarockte.

Und der Brücklbauer war es auch zufrieden,

wenn er schon hier und da den Aufwand des Herrn Studenten etwas groß fand. Aber er sagte nichts, denn er fürchtete, daß er zuletzt noch auslassen könnte, wenn er ihm gar zu wenig Hafer vorschütten würde. So verlebte Hies eine lustige Vakanz und zog neugestärkt im Oktober nach Freising.

Leider ging er einer trüben Zeit entgegen. Der Ordinarius der fünften Klasse war ein unangenehmer Mensch: streng und recht bissig und spöttisch dazu.

Wie er das erstemal den himmellangen Bauernmenschen sah, der sich in den Schulbänken wunderlich genug ausnahm, lachte er und fragte ihn, ob er auch am Geiste so hoch über seine Mitschüler hinausrage. Daß dies nicht der Fall war, konnte kein Geheimnis bleiben, und dann nahmen die Spötteleien kein Ende. Anfangs gab sich der Professor noch Mühe, Funken aus dem Stein zu schlagen; wie er es aber nicht fertigbrachte, gab er die Hoffnung bald genug auf.

Dem Mathias Fottner war es ganz recht, als man seine Meinung über den Gallischen Krieg des Gajus Julius Cäsar nicht mehr einholte und die griechischen Zeitwörter ohne seine Mitwirkung konjugierte.

Er lachte gutmütig, wenn in seinen Schulaufgaben jedes Wort rot unterstrichen war, und er wunderte sich über den Ehrgeiz der kleinen Burschen vor und neben ihm, die miteinander stritten, ob etwas falsch oder recht sei.

Aber freilich, bei einer solchen Gesinnung war das Ende leicht zu erraten, und im August stand der Brücklbauer vor der nämlichen Wahl, wie zwei Jahre vorher, ob er sein Vertrauen auf den Schuhwastlbuben aufrechterhalten sollte oder nicht.

Das heißt, er hatte eigentlich die Wahl nicht mehr, denn jetzt, nach sechs Jahren, konnte er nicht mehr gut ein neues Experiment mit einem andern machen.

Also tröstete er sich mit dem Gedanken, daß ein gutes Roß zweimal zieht, und biß in den sauren Apfel.

Das Gesicht hat er dabei wohl verzogen, und seine Freude am Hies war um ein schönes Stück kleiner geworden; es regten sich arge Zweifel in seinem Herzen, ob aus dem langen Goliath ein richtiger Pfarrer werden könnte.

Seine üble Laune war aber nicht ansteckend, wenigstens nicht für den Herrn Mathias Fottner.

Dieser war während der Vakanz ein guter Gast in allen Wirtshäusern auf drei Stunden im Umkreis; und wenn ihm auswärts das Geld ausging, dann bedachte er, daß neben jeder Kirche ein Pfarrhof steht, ging hinein und bat um ein Viatikum, wie es ihm zukam als studiosus litterarum, einem Beflissenen der schönen Künste und Wissenschaften.

Dabei traf er wohl hier und da einen jungen Kooperator, Neomysten oder Alumnus, welcher mit ihm Freisinger Erinnerungen austauschte und nach der zehnten Halben Bier in die schönen Lieder einstimmte: »Vom hoh'n Olymp herab ward uns die Freude« und »Brüderchen, er-her-go bi-ba-hamus!«

Als er im Oktober wiederum in seiner Bildungsstätte eintraf, war sein Kopf um ein gutes dicker, sein Baß erheblich tiefer, aber sonst blieb alles beim alten.

Den Gajus Julius Cäsar hatte er in der Zwischenzeit nicht lieben- und die griechischen Zeitwörter nicht schätzengelernt; sein Professor war so zuwider wie früher, und das Schlußresultat war nach Ablauf des Jahres wiederum, daß der Hies nicht aufsteigen durfte.

Zugleich wurde ihm eröffnet, daß er das zulässige Alter überschritten habe und nicht noch einmal kommen dürfe. Jetzt war Dreck Trumpf.

Jetzt hatten alle das Nachsehen; der alte Fottner, welcher so stolz war, der Wirt, welcher sich schon auf die Primiz gefreut hatte, und die katholische Kirche, der diese stattliche Säule verlorenging.

Aber am meisten der obere Brücklbauer von Ainhofen, dem das ganze Geschäft mit unserm Herrgott verdorben war. Kreuzteufel, da sollst nicht wütig werden und fluchen!

Sieben lange Jahre hatte er brav zahlen müssen, nichts wie zahlen, und nicht wenig; das dürft ihr glauben. Man sah es dem Schuhwastlbuben von weitem an, daß er in keinem schlechten Futter gestanden hatte. Und alles war umsonst; auf dem himmlischen Konto des Brücklbauern stand immer noch der kalte Eid, aber kein bissel was auf der Gegenrechnung.

Denn das war doch nicht denkbar, daß unser Herrgott die studentische Bildung des Hies sich als Bene aufrechnen ließ. So eine miserablige, ausgemachte Lumperei muß noch nie dagewesen sein, solange die Welt steht!

Diesmal ging die Wut des Brücklbauern nicht bloß gegen die Freisinger Professoren; der Pfarrer hatte ihn aufgeklärt, daß es beim Hies überall gefehlt habe, ausgenommen das Tarocken und Biertrinken. Der Haderlump, der nichtsnutzige!

Jetzt lief er in Ainhofen herum, mit der Brillen auf der Nasen, und einem Bauch, der nicht schlecht war. Er sah aus, wie noch mal ein richtiger Kooperator, der schon morgen das Meßlesen anfängt. Derweil war er nichts, absolut gar nichts. Der einzige, der bei diesen Schicksalsschlägen ruhig blieb, war der ehemalige stud. litt. Mathias Fottner.

Hätte er länger und mehr studiert gehabt, dann möchte ich glauben, daß er diese Seelenruhe von den sieben Weisen des Altertums gelernt habe.

So muß ich annehmen, daß sie ihm angeboren war.

Er hatte sich wohl keinen klassischen Bildungsschatz für sein künftiges Leben erworben, aber er rechnete so, daß ihm für alle Fälle sieben fette

Jahre beschieden waren, die ihm keiner mehr wegnehmen konnte. Auch der Brücklbauer nicht mit seiner Wut.

Zu was soll der Mensch sich mit Gedanken an die Zukunft abmartern? Die Vergangenheit ist auch was wert, noch dazu so eine lustige, wie die im heimlichen Kneipzimmer des Sternbräu gewesen war! Wo er mit seinen Kommilitonen beisammen saß und nach und nach die Fertigkeit erlangt hatte, eine Maß Bier ohne Absetzen auszutrinken.

Wo er alle feinen Lieder des Kommersbuches gesungen hatte, das »Crambambuli« und das »Bier la la«, und nicht zu vergessen das ewig schöne »Drum Brüderchen, er-her-go bi-ba-hamus!«

Solche Erinnerungen bilden auch einen Schatz für das Leben; und wenn es die luftgeselchten Bauernrammel in Ainhofen auch nicht verstehen, lustig war es doch!

Und gar so schlecht konnte auch die Zukunft nicht werden. Vorerst entschloß er sich, zum Militär zu gehen; seine drei Jahre mußte er doch abdienen, und da war es besser, wenn er sich gleich jetzt meldete. Auf die Weise ging er dem Brücklbauern aus dem Weg und hatte seine Ruhe. Er stellte sich beim Leibregiment und wurde angenommen.

Und wenn der Brücklbauer wollte, konnte er jetzt in München vom Hofgarten aus den Flügelmann der zweiten Kompagnie mit Stolz betrachten.

Der Kopf, der so dick und rot aus dem Uniformkragen ragte, der war auf seine Kosten herausgefressen, und wenn er auch gut anzusehen gewesen wäre über dem schwarzen Talar mit der Tonsur hinten drauf, so mußte doch jeder gerechte Mensch zugeben, daß er auch so nicht schlecht aussah über den weißen Litzen und der blitzblauen Uniform.

Freilich, gottgefällig war der jetzige Beruf des Schuhwastlbuben nicht; aber ihm selber gefiel er.

Die Kost war nicht schlecht, und die Einjährigen zahlten dem langen Kerl gern eine Maß Bier, wenn er sich als Kommilitone vorstellte und sich rühmte, daß er nicht der Schlechteste gewesen sei, wenn die Herren confratres eine kleine Saufmette hielten.

Und weil er sich auch bei den Leibesübungen anstellig zeigte, errang er die Gunst des Herrn Hauptmanns und wurde schon nach acht Monaten wohlbestallter Unteroffizier.

Das wäre nun alles recht und schön gewesen, und die ganze Menschheit, eingeschlossen die zu Ainhofen, hätte mit dem Lebensschicksale des Mathias Fottner zufrieden sein können. Aber im Herzen des Brücklbauern saß ein Wurm.

Der fraß an ihm und ließ ihm keine Ruhe bei Tag und Nacht.

Wenn andern Menschen alle Aussichten verlorengehen, dann binden sie seufzend einen schweren Stein an ihre Hoffnungen und versenken sie in das Meer der Vergessenheit.

Ein zählebiger Bauer handelt nicht so, der überlegt sich noch immer, ob er nicht einen Teil zu retten vermag, wenn er das Ganze nicht haben kann.

Und wie sich die ärgste Wut des Brücklbauern gelegt hatte, fing er wieder an zu sinnieren und Pläne zu schmieden.

Weil es sich aber um eine Sache der Gelehrsamkeit handelte, war er sich selber nicht gescheit genug; er beschloß deswegen, gleich in die rechte Schmiede zu gehen und bei einem Pfarrer um Rat zu fragen.

Dem Ainhofener traute er nicht; von damals her, wo er ihm wegen dem Griechischen so aufgelegte Lügen erzählt hatte. Aber in Sünzhausen, vier Wegstunden entfernt, saß einer, der hochwürdige Herr Josef Schuhbauer, zu dem man Vertrauen fassen konnte.

Das war ein ganz feiner; ein Abgeordneter im Landtag, dreimal so katholisch wie die andern Seelenhirten und ein hitziger Streithammel, der die Liberalen auf dem Kraut fraß und den Ministern die gröbsten Tänze aufspielte, bis er endlich die einträglichste Pfarrei im ganzen Bistum erhielt. Zu dem ging er, denn der wußte ganz gewiß ein Mittel dafür, daß ein so robuster Lackl, wie Mathias Fottner war, der Kirche nicht verlorenging.

Also fragte er ihn, ob man nicht das Gymnasium in Freising mit einem ordentlich Stück Geld abschmieren könnte, oder den Bischof, oder sonst wen.

»Ein verdienstliches Werk ist es immer«, sagte der hochwürdige Herr Schuhbauer, »wenn man sein Geld für katholische Zwecke anlegt, aber in dem Fall hilft es nicht viel, denn das Reifezeugnis für die Universität kriegt man bloß durch eine Prüfung. Wenigstens solang die weltliche Macht – leider Gottes – in die Schulbildung noch was dreinzureden hat. Aber was anderes geht, Brücklbauer«, sagte er, »wenn du den Fottner Hies durchaus geistlich haben willst. Da ist in Rom ein Collegium Germanicum, in welchem deutsche Jünglinge ausgebildet werden von den Jesuiten. Die nehmen es sehr genau mit dem Glauben, aber wegen der Bildung, da drükken sie ein Aug zu, im Interesse des Glaubens.«

»Hm«, meinte der Brücklbauer, »ob aber die Messen, die wo so einer lest, der wo aus Rom kommt, die nämliche Kraft haben?«

»Ehender noch eine größere, wenn das überhaupts möglich wär«, sagte der Hochwürdige, »denn, Brücklbauer, du darfst nicht vergessen, daß die Schul in Rom ganz in der Näh vom Heiligen Vater ist.«

»Ob sie aber da auch das Griechische und solchene Schwindelsachen verlangen?«

»Nur scheinshalber. Durchfallen tut deswegen keiner, wenn er fest im Glauben ist und seine Sach in Richtigkeit und Ordnung zahlt. Aber, Brücklbauer, bei uns in Deutschland kann der Mathias Fottner nicht Pfarrer werden.«

»Ja, warum nachher net?«

»Weil die Malefizpreußen ein Gesetz dagegen gemacht haben.«

»Dös san aber scho wirkli schlechte Menschen.«

»Da hast recht; noch viel schlechter, als du glaubst. Der Fottner würde halt wahrscheinlich ein Missionar werden müssen. Das müßte dich mit Freude erfüllen, denn das ist schier noch verdienstlicher, als wenn er bei uns Pfarrer wird.«

»Is dös aber aa g'wiß? Net, daß i no mal de großen Ausgaben hätt', und es waar bloß a halbete Sach.«

»Es ist gewiß und unbestreitbar, denn immer waren die Glaubensboten am höchsten geehrt.«

Der Brücklbauer war glücklich und ging kreuzfidel von Sünzhausen heim. Jetzt mußte noch alles recht werden, und sein Plan ging ihm hinaus.

Die sollten schauen in Freising, wenn der Schuhwastlhies trotz alledem noch ein geistlicher Herr wurde oder gleich gar ein Glaubensbote, der die Hindianer bekehrt und dem seine Messen noch mehr gelten.

Und die Ainhofener, die ihn jetzt alleweil im Wirtshaus fragten, was sein lateinischer Unteroffizier mache, die sollten die Augen noch aufreißen.

Gleich am nächsten Tag fuhr er nach München. Keine Freude ist vollkommen, und die Palme des Sieges ist niemalen mit leichter Mühe zu erringen.

Das erfuhr der Brücklbauer, als er dem königlichen Unteroffizier Mathias Fottner seinen Plan mitteilte.

Dieser erklärte rundweg, daß er weder studieren noch zu den Hindianern gehen wolle.

Als ihm der Alte vorstellte, daß er ganz wenig studieren müsse, meinte er, gar nichts sei noch besser, und als der Brücklbauer ihm hoch und teuer versicherte, daß er ein Heiliger würde; genau so wie die gipsernen Männer in der Ainhofener Kirche, gab er zur Antwort, daß ihm das ganz wurscht sei.

Es half alles nichts. Der Brücklbauer mußte abziehen, unverrichteter Dinge und mit seinem alten, beißenden Wurm im Herzen. Trotzdem, er gab die Hoffnung nicht auf, er steckte sich hinter den alten Fottner und versprach ihm die schönsten Sachen für seinen Hies.

Lange war es umsonst, aber nach etwa zwei Jahren griff der Himmel selber ein und schuf eine günstige Wendung.

Der Hauptmann der zweiten Kompagnie des Königlichen Infanterie-Leibregiments wurde Major. An seine Stelle trat ein giftiger Herr, welcher Mannschaft und Unteroffiziere gleichermaßen schuriegelte und dadurch ein Werkzeug der Kirche wurde.

Denn Mathias Fottner entschloß sich, als er zum zweiten Male mit Mittelarrest bestraft wurde, fernerhin nicht länger zu dienen und seine Absichten auf Kapitulation gänzlich aufzugeben. Gerade in dieser Zeit erhielt er einen Brief von seinem Vater, welcher folgendermaßen lautete:

»Lieber Hias!
Nach langem warden will ich Dir entlich Schreiben, das gesting der Brigglbauer wider da Gewest is und indem Du ein Heulicher werden kunzt und doch gar nichts zu lernen brauchsd als wiedasd nach Rom gest. lieber Hias, thus Dir gnau überlegen wanst Du Bfarrer wurzt bei die Hindianer aber die brims, die Brimins is beim Würth und intem der Brigglbauer sagt, er zalt Dir noch egsdra dreitausad March wannst firti bist. Lieber Hias, thus Dir fein gnau überlegen, was fir eine freute es War für Deinen Vater. Düssen Brief habe ich nicht geschriben. Die Zenzi hat es geschrieben. Ich muß mein schreiben schließen, den das Licht hat nicht mehr gebrand. Under viele Grüße verbleibe ich Dein Dich liebender Vater. Gute Nacht! Schlaf wohl und Träume Süß. Auf wiedersehn macht Freude. Schreibe mihr sofort den ich kanz nicht mehr erwarten auf Andwort.«

Der Brief tat seine Wirkung. Der Unteroffizier Fottner bedachte, daß es bei den geistlichen Herren in Rom nicht schlecht zu leben sei, jedenfalls besser als in der Kaserne unter einem Hauptmann, der mit dem Arrest so freigebig war.

Also sagte er zu, und wie nach dem Manöver seine Dienstzeit abgelaufen war, ging er nach Ainhofen und ließ sich vom Brücklbauern das Versprechen wegen der dreitausend Mark schriftlich geben.

Als diese Sache in Ordnung war und er noch dazu ein schönes Reisegeld bekommen hatte, fuhr er nach Rom.

Sieben Jahre sah man ihn nicht wieder, sieben Jahre lebte er als Fottnerus Ainhofenensis im Germanischen Kolleg unter den milden Jesuiten, welche an diesem viereckigen Klotz aus Leibeskräften feilten und schliffen. Eine schöne Politur bekam er nicht, aber die ehrwürdigen Väter dachten, für die Wilden langt es schon, und sagten ihm, daß die Kraft des Glaubens die Wissenschaft recht wohl ersetzen könne.

Mathias Fottnerus dachte auch was und sagte nichts.

Sieben Jahre saß der alte Schuhwastl in seinem Hause Nummer acht zu Ainhofen und freute sich über die künftige Heiligkeit seines Sohnes; sieben Jahre rechnete der Wirt im vorhinein aus, wie viele Hektoliter Bier bei einer schönen Primiz getrunken werden, und sieben Jahre lang ging der Brücklbauer alle Monate zum Expeditor nach Pettenbach und ließ eine Postanweisung abgehen nach *Roma, Collegio Germanico.*

Die Leute wurden alt und grau; bald war eine

Hochzeit und bald ein Begräbnis; der Haberlschneider brannte ab, und der Kloiber kam auf die Gant.

Die kleinen Ereignisse mehrten sich in Ainhofen wie die großen in der Welt.

Bis eines Tages der Pfarrer – der neue Pfarrer, denn der alte war vor drei Jahren gestorben – von der Kanzel verkündete, daß am 25. Juli, am Tage des heiligen Apostel Jacobus, der hochwürdige Primiziant Mathias Fottner seine erste heilige Messe in Ainhofen zelebrieren werde. Das war eine Aufregung und ein Staunen in der ganzen Gegend! In allen Wirtshäusern erzählte man davon, und der alte Brücklbauer, der, seit ihn der Schlag getroffen hatte, nur selten mehr ausging, hockte jetzt alle Tage in der Gaststube und gab die Trümpfe zurück, die er früher hatte einstecken müssen.

Acht Tage vor der Primiz kam Mathias Fottner an. Im geschmückten Wagen wurde er von der Bahnstation abgeholt, dreißig Burschen gaben ihm zu Pferd das Geleit.

Eine halbe Stunde von Ainhofen entfernt stand der erste Triumphbogen, der mit frischen Fichtenzweigen und blauweißen Fähnlein geschmückt war.

Am Eingang des Dorfes stand wieder einer, desgleichen in der Nähe des Wirtshauses. Vom Kirchturme wehte die gelbweiße Fahne, die Böller krachten auf dem Hügel hinterhalb dem Stacklanwesen, und das Aufhausener Musikkorps ließ seine hellklingenden Weisen ertönen.

Da hielt der Wagen vor dem elterlichen Anwesen des Primizianten; Mathias Fottner stieg ab und erteilte seinem Vater, seiner Mutter und seinen Geschwistern den ersten Segen.

Ich muß sagen, er hatte ein geistliches Ansehen und Wesen. Seine Augen hatten einen sanften Blick, sein Kinn war bereits doppelt, und die Bewegungen seiner fetten Hände hatten etwas Abgerundetes, schier gar Zierliches.

Seine Sprache war schriftdeutsch, mit Betonung jeder Silbe; er sagte jetzt, daß er gesättiget sei, und daß man ihm viele Liebe betätiget habe.

Von dem Flügelmanne der zweiten Kompagnie im Königlichen Infanterie-Leibregimente war nichts mehr übrig als die lange Figur und die ungeschlachten Füße und Pratzen.

Seine Gesinnung war milde und liebreich. Er vergab allen, die ihn einstmals zur Sünde verführet hatten, er vergab seinen Eltern und Verwandten und Nachbarn, daß sie an ihm gezweifelt hatten, er vergab dem Brücklbauer, daß er ihm zornige Worte gesaget hatte, und er vergab allen alles. Und er sah erbarmungsvoll und mitleidig auf die Menschen herunter, welche dem Throne Gottes nicht so nahe standen wie er.

Während der Woche, die der Primiz voranging, schritt er von Haus zu Haus und segnete die Leute, auch den Brücklbauer, welcher von Stund an des festen Vertrauens war, daß er wegen dem kalten Eid mit unserm Herrgott quitt sei.

Die Primiz wurde mit seltener Pracht gefeiert; von weit her kamen die Leute, denn der Segen eines neugeweihten Priesters hat eine besondere Kraft, und ein altes Sprichwort sagt, daß man sich gerne darum ein paar Stiefelsohlen durchgehen soll.

Die Festpredigt hielt der hochwürdige Herr Josef Schuhbauer, welcher schon seit Jahren geistlicher Rat und päpstlicher Hausprälat war.

Er erzählte der andächtigen Versammlung, in was für einen hohen, erhabenen, heiligen, allerheiligsten, allerseligsten Stand der junge Priester eintrete, und er rühmte ihn auf die überschwenglichste Weise.

Denn das muß man wissen, daß Jesus Christus niemals so gelobt worden ist auf Erden, wie heute ein viereckiger Primiziant gelobt wird.

Nach dem kirchlichen Feste kam das weltliche im Wirtshaus, und man kann sich keine Vorstellung von der Großartigkeit machen.

Zwei Ochsen, drei Kühe, ein Stier, achtzehn Kälber, zwanzig Schweine hatte der Wirt geschlachtet; dazu mußten unzählige Gänse, Hühner und Enten das Leben lassen. Einundneunzig Hektoliter Bier wurden getrunken, fast vierzig mehr, als der Wirt gerechnet hatte.

Als während des Festmahls die Schüssel zum Einsammeln der Spenden herumgereicht wurde, flossen die Gaben so reichlich, daß für den Primizianten zweitausend Mark blieben.

Es war eine erhebende Feier.

Die Ainhofener glaubten, daß der neugeweihte Priester schon mit dem nächsten Schiff zu den wilden Hindianern fahren werde. Die alte Fottnerin weinte im voraus, und im ganzen Dorfe erzählte man sich von den Gefahren, welche die Glaubensboten erdulden müssen unter den Menschenfressern, die so einen Märtyrer hernehmen, ihm einen Spieß von vorn bis hinten durchziehen und hernach über dem Feuer langsam drehen, bis er schön braun wird.

Aber sie kannten den gefeierten Sohn Ainhofens, mit Namen Mathias Fottner, schlecht, wenn sie glaubten, daß er sich auf solche Sachen einlassen werde.

Der besaß jetzt ein Vermögen von fünftausend Mark; dreitausend vom Brücklbauern und zweitausend von der Primizspende her. Mit diesem Kapital ging er in die Schweiz und wurde Pfarrer im Graubündner Kanton. Da reden die Leute auch deutsch, und am Spieße braten sie bloß Hühner und Gäns, aber keine Glaubensboten.

Dort wirkte Fottner in Ruhe und Frieden und wog bald dritthalbe Zentner, kein Pfund weniger.

Für den Brücklbauern, der den Hies gerne als Heiligen gesehen hätte, war das eine Enttäuschung.

Und für die Hindianer auch.

Denn die Aussicht wird ihnen nie mehr blühen, daß ein Unteroffizier vom Bayrischen Leibregiment als Missionar zu ihnen kommt.

Die Wilderer

Das Dorf Bieberwiehr liegt in Tirol, an der Straße, die über den Fernpaß in das Inntal führt.

Die Einwohner sind kleine Bauern; der reichste hat so ein Dutzend Kühe im Stall.

Von der Viehzucht leben sie, schlecht und recht und in harter Arbeit. Ebenes Land ist nicht viel vorhanden und das meiste Gras müssen sie von den Hängen an der Sonnspitze herunterholen.

Es sind magere, unansehnliche Leute; nicht so, wie man die Tiroler gewöhnlich malt. Auch sind sie nicht so lustig, wie man das öfter liest.

Singen tun sie nicht; tanzen wohl auch nicht viel, und wenn sie eine Unterhaltung führen, geschieht es sonderbar ruhig. Jeder denkt, daß man leicht zu viel redet, und auch, daß keiner so dumm ist, seine wahre Meinung zu sagen. Nebendem sind die Bieberwiehrer fromme Menschen, arg katholisch.

Sie sind es noch heute, aber vor siebenzig Jahren und so herum muß es ganz stark gewesen sein.

Und in der Zeit hat sich diese Geschichte zugetragen.

Also es war Fronleichnam, sagen wir Anno 1834.

Ein schöner Junimorgen, glockenhell. Nichts wie blauer Himmel über den steilen Wänden des Wettersteins und über dem waldigen Rücken des David.

Klare Luft und gelber Sonnenschein; ein Wetter, das einen feierlich stimmt selbst an mühsamen Werktagen.

Wie noch mehr, wenn die Arbeit ruht und alle Dinge einen festlichen Anstrich haben!

Und das hatten sie.

Bunte Altäre waren in den Wiesen aufgebaut, die Wege waren mit Gras bestreut, und im Dorfe standen vor jedem Hause lichtgrüne Birken. Aus den Fenstern hingen rote Tücher, und alle Häuser waren mit frommen Bildern geschmückt.

Die Böller krachten und schickten das Echo in die Berge hinein.

In Leermoos und Ehrwald blieben sie die Antwort nicht schuldig und schossen nicht minder eifrig den heiligen Tag an.

Aus der Kirche zogen nun in langer Prozession die Bieberwiehrer, Männer, Weiber und Kinder.

In der Mitte ging unter dem roten Himmel der hochwürdige Herr Pfarrer, angetan mit einem goldglitzernden Gewande und in Weihrauchwolken eingehüllt.

Den Himmel trugen die vier ehrbarsten Männer des Dorfes, darunter der Schreinermeister Holzweber.

Dann kamen die Behörden: der Herr Posthalter, zwei Grenzaufseher und drei Gendarmen. Sie trugen brennende Kerzen in den Händen und zeigten sich gottergeben und mit Frömmigkeit erfüllt. Denn das war so der Brauch und die Forderung der Zeit. Mit Gottes Hilfe wird es auch wieder so kommen.

Die Prozession zog durch das Dorf, in die Felder hinaus. So war es ein liebliches Bild. Die geputzten Menschen, die flatternden Fahnen; bunte Farben im Grünen.

Wo ein Altar stand, da hielten sie; die Gebete verstummten, und in der tiefen Stille las der hochwürdige Herr das Evangelium. »Do-ho-hominus vo-ho-biscum!«

Seine fette Stimme klang über die Menge hin.

Die bekreuzte sich andächtig zu den frommen Worten und fiel auf die Knie, als der Geistliche die Monstranz zum Himmel hob. Der Jakob Holzweber hielt ehrfürchtig den Hut vor das Gesicht und wisperte seinem Nachbar zu:

»Peter, da spür ich woltern ein starken Hirsch. Der hat Tritt. Schaug sell hin!«

Die Himmelträger knieten zunächst dem Altar am Straßenrand, und da sah man auf dem feuchten Boden einige Hirschfährten. Das heißt, wenn man die guten Augen vom Holzweber hatte, oder vom Peter Hosp, der sie gleichfalls bemerkte und dem Jakl zublinzelte.

»A-ha-ha-men!« sang der Schullehrer, und das letzte Evangelium war vorüber.

Die vier ehrbarsten Männer des Dorfes hoben den schwankenden Baldachin auf, der Pfarrer schritt darunter hin.

Heimwärts zu, denn jetzt war die heilige Handlung zu Ende gekommen.

Zwei Wirtshäuser waren in Bieberwiehr, und in jedem schenkte man einen guten Landwein; zehn Kreuzer das Viertele. Aber in keines ging der Jakob Holzweber. Obwohl ihn der Posthalter darum anredete und ihn freundlich einlud.

»Ich kann nit«, sagte der Jakl, »du weißt selm, daß mei Frau nit ganz guet ischt; an anderes Mal, Posthalter.«

Damit ging er vorbei und bog beim Schmied in den Feldweg ein.

Mittenwegs holte ihn der Hosp ein, und weil ein paar Weiber in Rufnähe waren, redeten sie über das schöne Wetter und den guten Verlauf der heutigen Frömmigkeit.

»Es war heilig schön«, meinte der Jakob, »und so viel andächtig.«

»Und so viel andächtig, ja, ja!«

»Was isch, Peter?« fragte er, wie jetzt die Frauenzimmer weit genug weg waren.

»Von die Jäger war nit ein einziger da«, sagte der Hosp.

»Ich weiß wohl.«

»Der Kasper hat sie g'wahrt, wie sie in aller Früh über die Kapellen hinaus sind.«

»Die sein am Seeben, und der Reif paßt am Koppen. Mei Bueb isch im Leitnerstadel drein g'sessen und hat acht auf ihn 'geben.«

»Peter, mir geh'n ins Bayrische 'nüber.«

»Es isch woltern g'fährlich, Jakl.«

»Nit, wann man's richtig angeht.«

»Jakl, das letztemal is auf ein Haar krumm gangen.«

»Sell woll, und es is so g'wesen, wie i g'sagt hab'. Wann der Kasper mir g'folgt hätt, wär' alles besser gangen. So hamm mir den Gamsbock hintenlassen müssen.«

»Ja, ja«, brummte der Peter, »der Mensch is so viel hitzig; schiaßt er nit am helliachten Tage no a mol! Zuviel g'wagt, is leicht verspielt.«

»Heut geh'n mir's anderst an, Peter. Auf den Abend sein mir in der Schanz; der Seppel und der Kasper gehn voraus und warten am Lehner bei der einschichtigen Lerchen. Der Mond kummt um elf Uhr, da kriag'n mir das schönste Liacht.«

»Der Weg is weit, Jakl, und länger wie zwei Tag kann i nit bleiben.«

»Sell isch lang g'nua. Zwei und drei Hirsch hamm mir schnell. I wart bei der Schanz.«

»Also i komm«, sagte der Peter und ging rechts ab, gegen sein Haus. Bei der Türe drehte er sich um und rief: »Jakele, um zwei isch der Rosenkranz.«

Der Holzweber blieb stehen und gab recht freundlich zurück:

»I weiß woll, Peter. Guet Morge!«

So lange man's denkt, waren die Hohenreiner bayrische Forstleute. Eine gute Jagdrasse, von einem Geschlecht zum anderen rein gezüchtet.

Kam einer zu Jahren, dann heiratete er ein frisches Bauernmädel und kriegte gesunde Buben.

Die wuchsen in den einsamen Forsthäusern heran wie junge Schweißhunde. Alle Sinne geschärft für das Weidwerk, dem sie vom ersten Tage an zugehörten; vom Vater in guter Lehre gehalten, scharf und eifrig im Beruf, sonst umgängliche Menschen, die gern einmal lustig waren.

In Griesen saß ein Max Hohenreiner; der hatte wieder zwei Buben. Der älteste, auch Max mit Namen, war in Garmisch als Forstgehilfe stationiert, der zweite, der Anderl, saß daheim und wartete auf die Anstellung.

Der Vater konnte ihn wohl verwenden, denn das Revier war groß, und Lumpen gab es genug.

Der Anderl war wie alle Hohenreiner. Ein langbeiniger Kerl, scharfäugig und flink. Rotbraune Haare, die keinen Strich annahmen, die Nase leicht gebogen und mit Sommersprossen bedeckt, wie auch das bartfreie Gesicht.

Also kein bildsauberer Bursch, aber doch einer, dem die Mädeln gut sein konnten, wenn er Zeit für sie hatte.

Und das war nicht viel, denn der Herr Vater rauchte keinen Guten im Dienst.

Am Fronleichnamstag, von dem ich erzähle, war der Anderl auf der Frühpirsch gewesen und machte sich jetzt auf den Heimweg.

Der feine Tag gefiel ihm, er setzte sich auf einen Stock und schaute das waldige Tal hinunter, welches sich von Griesen gegen Garmisch erstreckte.

Ein leichter Frühnebel lag über dem Loisachufer und kroch in halber Baumhöhe die Wälder entlang.

Volles Sonnenlicht lag auf den Felsen der Zugspitze, die heute merkwürdig klar in den Himmel ragte.

Den Anderl überkam ein rechtes Behagen an dieser Schönheit, und er schaute freudig ringsherum. Dabei ließ er die stete Vorsicht des Jägers nicht außer acht und vermied alles Geräusch und jede hastige Bewegung.

Auf einmal tauchte so hundert Schritte unter ihm ein roter Fleck auf.

Ein Reh, das sich zwischen den Tannenbüschen langsam bewegte und hier und dort an den frischgrünen Trieben äste. Gespannt schaute der Anderl hinunter. Da zog das Reh weiter nach links; der Grind wurde frei.

Herrgottsaggerament! Ein Bock! Und was für

einer! Gut Ding handbreit über die Luser reckte sich das Gewicht, dunkel, die Spitzen aber blitzten hellicht herauf. Der Anderl zog auf, lautlos, den Daumen am Hahn, den Zeigefinger am Drücker.

Der Wind war nicht gut, er ging von oben herunter, wie allemal an schönen Tagen.

Und weiß der Teufel, da hatte ihn der Bock schon gewindet und äugte herauf. Dann sprang er weg.

Nicht in voller Flucht, aber doch so, daß man die Unruhe merkte. Ein paar Sprünge, und er wäre im Dickicht verschwunden.

Da wußte sich der Anderl noch ein Mittel. Er stieß einen leisen Pfiff aus.

Der Bock den Pfiff hören und verhoffen war eins.

Diesmal äugte er schärfer herauf, schnurgerade auf den Anderl hin. Nur einen Augenblick, aber lange genug.

Der Schuß krachte, der Bock schlug mit den hintern Läufen aus und sprang abwärts in das Dikkicht hinein, daß die Steine flogen. Dann war es still.

»Saggera«, sagte der Anderl, »den hab i woadwund g'schossen. Nachgeh' derf i eahm gar net; jetzt muaß i's scho lassen, wia's is.« Er rückte den Hut aus der Stirne und schaute nachdenklich auf die Stelle hinunter, wo der Bock gestanden hatte.

Dann legte er die Büchse wieder an und zielte.

»Grad um a Ruckerl war's z'toa g'wen. A bissel weiter, wenn i vorn' ablass', lieget der da. Jetzt gibt's a lange Suach, und der Alt werd' aa net schlecht schimpfa.«

Er stand auf und pürschte leise weg.

Schritt für Schritt, und mit großer Achtsamkeit, stieg er bergab, damit ihn der kranke Bock nicht vernehme und noch einmal hoch würde.

Wie er so eine Viertelstunde lang gegangen war, trat plötzlich rechts neben ihm ein baumlanger Mensch aus dem Hochholz auf ihn zu.

Ein alter Kerl, verwittert wie ein Tannenbaum. In dem braunroten Gesichte, noch mehr aber an dem lederfarbenen Halse waren scharfe Furchen, als hätte man sie mit dem Messer hineingeschnitten.

Ein Raubvogelgesicht; die scharfgebogene Nase hing über dem buschigen weißen Schnurrbart, dessen Haare sich wie Federn sträubten.

Kalte, graue Augen mit kleinen Pupillen, die sich ruhig, aber scharf auf einen Gegenstand richteten, nicht hin und her fuhren und Gedanken verrieten. Wer den alten Burschen sah, mußte erkennen, daß er schon lange in des Herrgotts grünem Walde herumrevierte. Und das war auch nicht daneben geraten.

Denn der Jagdgehilfe Lorenz Sprengelsperger tat schon über vierzig Jahre Dienst, und er hatte wahrhaftig nicht alle Nächte im Bett geschlafen.

»Ah, der Lenzei!« rief Anderl und nickte dem Alten freundlich zu.

Der erwiderte den Gruß und fragte:

»Hast auf an Bock g'schossen, Anderl?«

»Ja.«

»Auf der Roaner Leiten, gel?«

»Ja, auf der Roaner Leiten.«

»Aufklaubt hast'n net?«

»Na, woadwund hab i 'n g'schossen, den Herrgottsaggerament«, sagte der Anderl eifrig, »a Mordstrumm Sechserbock is. Aba woaßt scho, wia's oft geht; er is ma z'schnell uma. Grad halt no, daß i z'schiaßen kemma bi. Da hab i's um a Handbroat zweit hint' schnallen lassen.«

»Hat's 'n a bissel z'sammg'rissen?«

»Ja, und mit de hinteren Läuf hat a 's Zoacha geben.«

»Do, da kriag'n ma'n scho, Anderl. Der is net weit g'sprunga. Mir ganga jetzt mitanand hoam und hol'n mein Pürschei*. Der führt ins am Schwoaß, daß 's nix Schöneres net gibt.«

»Vom Alten wer i an Schnaps** kriag'n'«, meinte Anderl. Der Sprengelsperger schmunzelte ein wenig und sagte:

»Ah was! Dös is eahm aa scho passiert; aba jetzt geh ma, i ho Zeit, daß i hoam kimm.«

Sie erreichten bald die Garmischer Straße und schritten rüstig gegen Griesen zu.

»Wo bist denn du herkemma?« fragte Anderl.

* Pürschmann, ein Hundename

** Schelte

»Über d' Laaber G'schwend bin i einag'stiegen, und waar schö staad hoam. Da hon i dein Schuß g'hört und bi eahm nachganga.«

»Hast eppa gar glaabt, es waar a Lump um an Weg?«

»No, ma woaß net.«

»Jetzt da herin traut si ja do koaner z'schiaßen! So nah bei der Straßen!«

»Moana sollt'st das! Aba de Luada san jetzt so frech wor'n, daß all'ssamt mögli waar.«

»Hast wieder oa g'spürt?«

»G'spürt? Ja, g'spürt! Auf drei Büchsenschuß bin i dro g'wen. Und wenn nit da Teufi sei G'spiel dabei g'habt hätt', nacha hätt' oana mei g'hört.«

»In da G'schwend hinten?«

»Ja, de vorig Woch'. Beim helliachten Tag, in da Fruah um simmi. I steh obern Holzer Schlag; da fallt hinter meiner a Schuß. Du woaßt ja, wo de Graßlerwand an Eck einamacht? Hinter dera is g'wen. Ich glei umi, wia da Teufi, über d' Reißen; aba da hat mi scho oana g'spannt. I hör an Pfiff, und wia'r i übers Wandl umikimm, siach i grad no, a vierhundert Schritt unter meiner, wia'r oana in d' Latschen einispringt. Aufziag'n und schiaßen is oans g'wen, aber treffa hon i'n net kinna. Es is ja oamal z'weit g'wen. Jetzt schau di o, a solchene Frechheit!«

»Herrgott, do wenn i dabei g'wen waar!« sagte der Anderl.

»Hättst 'n aa nimmer dawischt. Der Lump hat

z'viel Vorsprung g'habt. Und es san aa mehra beinand g'wen, so Tiroler Spitzbuam.«

»De Lumpen, de vadächtigen«, stimmte Anderl bei.

»Woaßt, wia'r i abikimm«, fuhr der Sprengelsperger fort, »liegt a Gamsgoaß da. 's Kreuz hamm 's ihr a'gschossen. Aba mir kemma scho no amol z'samm, und nacha geht's anderst. Mi soll da Teufi lotweis holen, wenn i net oan 'naufschiaß, daß er flacken bleibt auf da Votzen. Den leg i um oder i ho's no nia to!« So zornig war der Sprengelsperger geworden, daß ihm die Pfeife ausging. Er blieb stehen und zündete sie wieder an und blies den Rauch links und rechts durch den Schnurrbart hinaus.

Und dazwischen kamen wieder ehrende Namen für die glaubenstreuen Tiroler, »de Hund, de miserabligen, de ganz schlechten.«

Der Anderl nickte beistimmend mit dem Kopfe und hörte dem Alten zu.

Aber doch nur mit geteilter Aufmerksamkeit, denn er sah weiter vorne ein Frauenzimmer des Weges kommen und dachte, wer es wohl sein könnte.

»De Lumpenbande, de ausg'schamte!« sagte der Sprengelsperger und setzte sich wieder in Gang.

Und achtete in seinem Eifer nicht auf das Weibsbild, welches jetzt nahe herankam.

Desto besser spitzte der Anderl hinüber, was ihm nicht zu verübeln war. Das Mädel hätte sich jeder angeschaut.

Kein Gesicht wie Milch und Blut, ziemlich grobe Züge, aber Brust und Hüften im besten Stand.

Und wie sie den sinnlichen Mund zu einem Lachen verzog, sah man die weißen Zähne, einen am andern.

»Di sollt' i kenna, Deandl«, sagte der Anderl und blieb stehen.

»A wengei kennst mi scho«, sagte das Mädel und lachte wieder.

»Hamm mir net am Garmischer Markt beim Husarenwirt tanzt?«

»Ja.«

»Gel, i ho mir's do glei denkt. So was Saubers vergißt ma net.«

»Geh, hör' auf! Hast lang gnua braucht, bis dir ei'g'fallen is.«

»Na, na, Deandl«, versicherte der Anderl eifrig, »mi hat's grad 'blend, wia'st a so resch dahergemma bist. Wia kimmst denn du da eina?«

»Auf de Buachwieser Alm kimm i. Da bin i z'erscht zu enk eini, auf Griesen.«

»Gehst grad a so auf d' Alm?«

»Na, ich mach' heuer d' Sennerin droben.«

»Was? Ja, Herrgott! Du, do kimm i fei aufi zu dir.«

»Vo mir aus.«

»Laßt mi eini, bal i klopf' bei der Nacht?«

»Bei der Nacht schlaf i«, sagte das Mädel und

streifte den strammen Burschen mit einem Blick, der ihm alles Gute versprach.

Der Anderl blinzelte lustig mit den Augen.

»I weck' di schon auf«, sagte er, »aba jetzt pfüat di Good, i muaß geh.«

»I hon aa koa Zeit mehr«, gab sie zurück, »pfüat di!«

Sie drehte um und ging.

Und was sie von rückwärts zeigte, war auch nicht schlecht.

Die Röcke flogen, einmal rechts, einmal links, und der Anderl rief ihr nach:

»Laß mi net z'lang warten bei der Nacht! Es is no kalt.«

Und sie antwortete mit einem fröhlichen Lachen.

Jetzt machte der Anderl kehrt und eilte dem Sprengelsperger nach. Den hatte die Begegnung nicht gestört in seinen Gedanken; er zog noch grimmig an seiner Pfeife und sagte nach einiger Zeit: »Oan leg' i um von dena Herrgottsaggerament. Dös woaß i g'wiß.«

Der Anderl hörte es nicht; er dachte an etwas anderes:

Schön hoch is am Berg, und eb'n is am Land,
Und a almerisch Deandl hat Holz bei der Wand.

›Dös hot s' aber aa‹, wiederholte er in Gedanken und griff mit seinen langen Beinen aus.

Da schimmerte rechts vom Wege etwas Weißes

aus dem Walde heraus. Es war das Forsthaus Griesen, welches außen so freundlich und sauber erschien wie innen.

Hier grüßte von allen Wänden das edle Weidwerk. Im Hausflur der Gewehrrahmen mit einer stattlichen Reihe von Büchsen; daneben Schneeriefen, Tellereisen und Entenfallen; in den Zimmern hing ein Hirschgeweih neben dem andern; dazwischen Rehgewichtel und Gamskrickeln, die meisten gut; nur selten ein geringes darunter.

Ausnehmend behaglich war die Wohnstube. Der gescheuerte Tisch, die kleinen, schneeweißen Vorhänge gaben der Frau Förster kein schlechteres Zeugnis als die wohlgepflegten Blumenstöcke an den Fenstern.

Doch wer ihr Schaffen recht würdigen wollte, mußte in die Küche gehen und das blinkende Geschirr sehen.

Da hing alles am rechten Platze, Kessel und Pfannen, und vor dem reinlichen Herde stand eine kleine Frau, aus deren Gesichte ein Paar blanke, ehrliche Augen sahen.

Die Haare waren schon grau, aber die flinken Hände ließen nicht an Alter und Gebrechlichkeit denken.

Es war ihr gut zusehen beim Arbeiten; und das mochte auch der Herr Förster denken, welcher breitbeinig unter der Türe stand und die Hände hinter dem Rücken zusammenlegte.

Er hatte eine behagliche Müdigkeit und einen scharfen Hunger heimgebracht.

»So is recht, Muatta«, sagte er aufmunternd, »koch ma no an großen Teller voll Voressen; i wer scho firti damit.«

»Kimmt der Anderl net hoam?« fragte seine Frau entgegen.

»I denk wohl. An Schuß hab i aa g'hört. Dös muaß er g'wesen sei. Ach, do is er scho.«

»No, was is?« wandte er sich an den Anderl, der eben eintrat und Hut und Büchse an den Rahmen hing.

»Grüaß Gott, Vata! A Bock is, aba z'erscht müaß'n ma'n suacha. Grüaß die Gott, Muatta! Was kochst denn auf?«

»Dös is bei dir allaweil 's erst«, erwiderte die Alte und gab dem Burschen lachend die Hand.

»No, und warum hast den Bock net kriagt?« mischte sich der Vater wieder ein. »Wo hast'n denn hi'g'schossen?«

Der Anderl kratzte sich verlegen hinter dem Ohre.

»I glaab schier gar, a bissel woadwund.«

»Bist halt a Patzer, solang'st warm bist. Hast da halt wieder amal net Zeit lassen?«

»I hab scho koa Zeit g'habt. Dös hat g'schwind geh' müassen. Aber da Sprengelsperger moant aa, mir hamm an schnell mit'n Hund.«

»Is denn da Sprengelsperger bei dir g'wen?«

»Na, aba 'r an Schuß is er nachganga.«

»So, is er jetzt dahoam?«

»Ja, drent in sein Stübl. Er wird glei umakemma.«

Der Anderl winkte seinem Vater verstohlen mit den Augen. Er durfte vor der Mutter nichts erzählen von den Wilderern.

Die Frauenzimmer sind immer gleich ängstlich, und dann können sie ein Geheimnis erst recht nicht halten.

»Ja, geh ma'r in d' Stuab'n«, sagte der Förster, »d' Muatta bringt uns nacha 's Essen eini.«

Er ging voran und gab acht, daß Anderl die Türe hinter sich schloß.

»Was gibt's?« fragte er dann kurz.

»Der Sprengelsperger hat auf an Lumpen g'schossen.«

»Hat er'n umg'legt?«

»Na; es is viel z'weit g'wen.«

»Wo hat er'n auftroffa?«

»Beim Holzer Schlag. Es san eahna mehra g'wen.«

»Beim Holzer Schlag? Mitten im Revier hierin? Ja, da soll ja do scho glei ...«

»Sei staad, Vata! D' Muatta kimmt.«

Die Frau Förster brachte das Essen herein und stellte es auf den Tisch. Es entging ihr nicht, daß mit dem Alten eine Veränderung vorgegangen war.

»Was machst denn auf oamal für a G'sicht?« fragte sie.

»Ah was? Wenn der Kamerad an Bock wieder woadwund schießt! Konn mi scho ärgern!«

»So, wegen dem Bock?« Sie sah ihren Mann mißtrauisch an. Der zog den Teller näher zu sich und fing recht unbefangen das Löffeln an.

Die Frau Förster wußte, daß sie mit Fragen zu nichts komme, und ging zur Türe.

»Der Sprengelsperger is draußen«, sagte sie.

»Soll a no glei einakemma!« rief der Förster eifrig.

»Aha! Jetzt woaß i, daß wieder was los is«, meinte die Alte.

»Ah, was da du allaweil ei'bildst! Nix is los. He, Lenzei, kimm eina!«

Der Sprengelsperger erschien unter der Türe, und als ihn der Förster so auffällig vor seiner Frau fragte, was er zu melden habe, da wußte er gleich Bescheid.

Und auf eine Lüge hatte er sich nie besinnen müssen, solange er reden konnte. Er stellte sich hin und sagte mit einem recht überzeugenden Pflichteifer:

»Herr Förster, einen recht schönen Gruß soll ich ausrichten vom Herrn Oberförster. Und ob der Herr Förster nit mit'n Herrn Oberförster morgen z'sammkomma will am Oachlköpfi hint', weil der Herr Oberförster einen Bock schießen möcht, hat er g'sagt.«

»Dös is aba fad!« meinte der Förster, »grad morg'n is ma z'wida. Wo hat denn di der Teufi mit'n Oberförster z'sammbracht?«

Er durfte die Frage riskieren, denn er kannte seinen Sprengelsperger und wußte, daß den kein Beichtvater in Verlegenheit bringen konnte.

»Beim Buachwiaser Eck hab' i 'n troffa. Er is vo Grainau kemma. ›Dös is g'scheit‹, hat er g'sagt, wia 'r a mi g'sehg'n hat, ›daß ich Ihnen treff', Sprengelsperger‹, sagt er, ›jetzt können glei Sie die Botschaft übernehmen. Sunst hätt' ich ein von meine Leut nach Griesen schicken müssen‹, hat er g'sagt.«

»So, so!« brummte der Förster, »wenn's eahm an andersmal ei'g'fallen waar, hätt' i 's liaba g'habt.«

»Hast für'n Sprengelsperger net aa 'r an Teller voll?« fragte er seine Frau.

»I glaub, es is no was da«, antwortete sie und ging zögernd hinaus. So ganz traute sie der Geschichte nicht, aber zu machen war da nichts. Das sah sie wohl ein.

Als sie draußen war, sagte der Förster: »I kimm nacha zu dir umi, Lenz.«

Der Sprengelsperger nickte zustimmend, setzte sich neben den Anderl hin und nahm mit Dank das Voressen in Empfang, welches ihm die Försterin brachte.

Er aß mit vielem Appetit und rief einen schönen Gruß und nochmal ein Vergelt's Gott in die Küche hinein, als er ging.

Eine gute Stunde später kam der Förster zu ihm und ließ sich den Vorgang haarklein erzählen.

»Tiroler san's g'wen, dös is g'wiß«, meinte er,

»aba wia sie de Lumpen so weit eina traun, des sell vasteh i net. An Tag ehnder, wenn s' rüber waaren, hätten s' ma in d' Händ einalaffen müassen an der brennten Wand droben. Aba grad gestern bin i auf der drentern Seit' g'wen. Und der Anderl hat nach Partenkirchen eini müassen.«

Der Sprengelsperger pfiff leise durch die Zähne und fragte: »So, der Anderl war z' Partenkircha? Dös hat a ma no net g'sagt. Herr Förschter, is über dös g'redt wor'n, daß er eini muaß?«

»Net, daß i 's woaß. Warum fragst, Lenz?«

»I moa grad.«

»Halt!« sagte plötzlich der Förster, »oana hat's do g'wißt. Der Oberaufseher hat eahm an Brief mitgeben. Aba vo dem hört's do koa Lump!«

»Von eahm net, aba vielleicht von an andern.«

»Lenz, du hast an Vadacht. Ruck außa damit!«

»Herr Förschter, zu 'r an Vadacht g'langt's no net, aba 'r im Wind hab a bissei was.«

»Red halt!«

Der Sprengelsperger sah nachdenklich auf den Boden, und dann sagte er bedächtig:

»Vor a Wochen a fünf is bei die Österreicher a neuer Grenzer ei'g'stellt wor'n, net wahr?«

»Ja. Der Redenbacher oder wia 'r a hoaßt.«

»Der is a Tiroler. Vo Leermoos is a, hamm s' mir g'sagt.«

»Und nacha?«

»Dem sellen trau i net, Herr Förschter, daß i 's

glei schnurgrad sag! Dem trau i net weiter, als i 'n siech.«

»Da muaßt do an Grund dafür hamm?«

»Dös ko ma net allweil so sag'n. Wenn i an ganz an g'wissen Grund hätt', nacha hätt' i scho lang mit Eahna g'redt. Aba zu dem hat's net g'langt.

Der Sprengelsperger machte eine kleine Pause. Dann fuhr er fort:

»Seg'n S', Herr Förschter, wia 'r i den schelchaugeten Kerl zum erschtenmal g'seg'n hab, do hon i mir glei denkt: Manndei, du g'fallst ma net. Und dös is blieben. No, nacha is ma 'r aufg'fallen, daß der Mensch an Aug auf ins hat. I ko bei 'n Tag und auf 'n Abend net kumma und net furtgeh', daß der Kamerad net beim Zollhäusl heraus steht oder sunst um an Weg is. Und nacha grüaßt a so freundli, und is ma 'r aa schon vorkemma, daß er mi g'fragt hat: ›Wo gehen S' heut no hi, Herr Sprengelsperger?‹«

»Lenz«, sagte der Förster nachdenklich, »jetzt fallt's ma selber auf, daß ma den so oft siecht; viel öfter wia 'r an jeden von de andern.«

»Ja, passen S' no auf; der Ostler Hans is de vorig Woch in da Schanz drin g'wen. Wia 'r a in d' Stuben nei kimmt, siecht er den Kerl da, den Redenbacher, bei a paar Tiroler am Tisch hocken. Es waar eahm weiter net aufg'fallen, wann de Kameraden net auf oamal so mäuserlstaad g'wen waaren. Der Grenzer hat si glei drauf am Weg g'macht, und d' Wirtin fragt 'n, ob's eahm denn gar a so pressiert. ›Heut scho‹, sagt er und is außi. Wia ’r aba der Ostler Hans a guate Viertelstund spater amal außigeht, siecht er’n hinterm Haus stehn und mit oan von dena Tiroler reden. Und grad notwendi hat er’s g’habt. Des sell is an Hans so g’spaßi fürkemma, daß er ma’s glei am nächsten Tag vazählt hat.«

»Da schau her, a so a Schlaucher is dös!« brummte der Förster vor sich hin.

»Ja, schlauch!« sagte der Sprengelsperger, »der kimmt mir net schlauch vor. A recht a dumma Teufi is, sinscht waar er net nach fünf Wocha vadächti. Den kriag i leicht g’nua dro, den Tiroler Spitzbuam, den ganz miserabligen.«

»Hm, ja. Vielleicht is was dro, Lenz.«

»I moa scho. Und hat uns der Bazi oamal auf’n Weg paßt, nacha tuat as öfta.«

Der Förster stand auf und schaute nachdenklich zum offenen Fenster hinaus. Nach einiger Zeit drehte er sich um und sagte in seiner ruhigen, bedächtigen Weise:

»So weit rei ins Revier trau’n si de Lumpen de erst Zeit nimma, weil’st g’schossen hast, aba um d’ Grenz rum is koan Tag net sauba. Du und der Anderl, ös zwoa geht’s heut nach ’n Essen in d’ Roaner Leiten hintri und schaugt’s, daß den Bock kriagt’s. Bal’s ’n habt’s, brecht’s ’n auf und versteckt’s ’n guat. Auf ’n Abend kemmt’s uma ins Buachwieser G’steig. Da halt’s enk heut amol, und bal nix B’sonders net is, morgen in der Fruah aa no. I kimm um a zehni auf d' Buachwieser Alm. Notabene, koana schießt, außer es geht auf an Lumpen. Hast mi guat vastanden?«

»Jawohl, Herr Förschter.«

»Nacha is recht. I wer jetzt a bissel zum Oberaufseher in Hoamgarten nüber geh'. Vielleicht is der Herr Redenbacher wieder um an Weg. Mit 'm Anderl red i no. Du holst 'n um zwoa ab; ös geht's aba net hint' außi, sondern auf da Straßen, daß enk a jeder sehg'n ko.«

»Jawohl, Herr Förschter.

»So, nacha pfüat di! Und no was. Bal'st an Anderl abholst, gehst z'erscht zu uns nei, und wann grad mei Alte da waar, nach verzählst ihr, daß ös zwoa den Rehbock suacht's.«

Damit ging der Förster. Eine halbe Stunde später schlenderte er gemächlich zum österreichischen Zollhaus hinüber. Das lag friedlich da im warmen Sonnenschein und zeigte die behagliche Ruhe, welche allen k. k. Amtsgebäuden eigentümlich ist.

Auf der Bank, die neben der kleinen Freitreppe stand, lag eine Katze und blinzelte in die Sonne hinein; drei oder vier Hühner gruben sich in den heißen Sand.

Sonst war weit und breit nichts zu sehen.

Im kühlen Amtszimmer saß ein Grenzer und blies nachdenklich den Tabakrauch vor sich hin.

Von Zeit zu Zeit nahm er die Pfeife aus den Zähnen und spuckte im weiten Bogen vor sich hin.

Dieser beschauliche Mensch war Josef Redenbacher, und als der Förster ihn sah, war er angenehm überrascht.

Er grüßte ihn freundlich und fragte nach dem Oberaufseher.

»Der wird wohl oben sein«, antwortete Redenbacher. »Warten S' ein wenig, ich hol'n gleich herunter.«

Nach einiger Zeit erschien der Stationsvorsteher Praxenthaler, ein kleiner, dicker Mann, mit einer sehr fetten Stimme. Jedes Wort klang, als wäre es in Schmalz gebacken.

»Ah, der Hohenreiner! Mit was kann ich dienen?«

»I hab' di grad frag'n wollen, ob ma net zum Kaffee a kloans Taröckerl machen? Mei Alte spielt aa mit.«

»Warum denn nicht? Da bin ich allemal dabei.«

»Aba recht lang konn i net spieln; um a vieri muaß i ins Revier.«

»Da fang'n mir halt ein bissel früher an; glei nach 'm Essen.«

»Gilt scho«, sagte der Förster und trat mit seinem Freunde vor das Haus. Er bemerkte, daß die Fenster offenstanden, und war überzeugt, daß Herr Redenbacher sich in ihrer Nähe aufhielt. Er redete nun in gedämpftem Ton, daß es den Anschein hatte, als wollte er etwas Geheimes verhandeln.

»Praxenthaler«, sagte er, »mir hamm wieda Lumpen im Revier.«

»Ah!«

»Der Sprengelsperger hat a Gambsgoaß g'funden, erscht vor a paar Tag.«

»Hat er s' nit derwischt?«

»Na, dösmal san s' auskemma. Aber woaßt, allemal geht's net so.«

»Wo is denn das passiert? An der Grenz?«

»Na, beim Holzer Schlag. Aber, Praxenthaler«, sagte der Förster leise, »vielleicht probieren's de Tropfen und holen de Gambsgoaß.«

Dabei binzelte er seinen Freund an.

Der Herr Oberaufseher machte ein pfiffiges Gesicht und lachte herzhaft.

»Das mag leicht sein«, schrie er mit seiner Trompetenstimme, »das mag leicht sein, und wenn s' kommen, finden s' vielleicht auch was? Mußt wahrscheinli deswegen schon fort um vier Uhr?«

»Pst!« machte der Förster, »du muaßt über dös net reden. Aber sei kunnt's, daß de Lumpen kemma, weil Feiertag is.«

Ein Fensterflügel rührte sich, fast unmerklich, aber Hohenreiner hatte es blitzschnell gesehen.

Er wußte, daß der Lauscher genug gehört hatte, wenn der Verdacht Sprengelspergers begründet war, und dachte, daß ein längeres Reden ihn stutzig machen konnte. Deswegen nahm er Abschied von dem ehrlichen Praxenthaler, der sich in das Amtszimmer begab und gemeinschaftlich mit Herrn Redenbacher k. k. Kommißtabak verbrannte.

Es war ein paar Stunden später, gegen zwei Uhr mittags.

Der alte Sprengelsperger holte seine Büchse vom Nagel herunter und prüfte das Schloß. Er stach mit einer Nadel durch die beiden Zündlöcher, um sich zu vergewissern, daß sie nicht durch Staub oder sonstwie verstopft seien; dann setzte er neue Zündhütchen auf und sicherte die Hähne.

Als er damit fertig war, pfiff er dem Hunde, der freudig an ihm hinaufsprang, und ging.

Vor dem Forsthause wartete er auf den Anderl und grüßte die Frau Förster, welche sich im Garten an den Blumenbeeten zu schaffen machte.

Sie winkte ihm und trat selbst an den Zaun heran.

»Sprengelsperger«, sagte sie, »ich hab's schon kennt, daß was los is. Mei Mann will mir's ausreden, aber i kenn euch alle gut g'nug.«

»Aba, Frau Förschtcrin, wia S' noch solchene Ängsten hamm mögen. Der Anderl hat halt an Bock ang'schossen, und den derf'n ma do net verfaul'n lassen.«

»Ja, ja; is scho recht. Du redst halt, was dir ang'schafft is. Aba glaubst denn, i hab's net g'merkt, daß du wegen was B'sondern 'rüberkommen bist, und daß mei Mann bei dir drent war? Und daß i heut nach 'm Essen mit 'n Oberaufseher hätt' tarokken sollen, des hat do aa sein Grund g'habt.«

»Ja, aba wenn i Eahna sag . . .«

»Geh, sei staad! Sag'n tuast ma's ja do net; aba

des muaßt ma wenigstens versprechen, gib mir acht auf'n Buab'n.«

»Jetzt, Sie san g'spaßig, Frau Förschterin. I woaß net, was i da sagen soll.«

»Nix, weil'st mi ja do bloß o'lüagst. Aba gib acht auf'n Anderl. I bin in der größt'n Angst dahoam.«

Sie reichte ihm die Hand über den Zaun, und Sprengelsperger drückte sie mit einer verlegenen Gebärde. Er war froh, daß Anderl endlich aus der Türe trat und dem Gespräch ein Ende machte. Dieser grüßte die Mutter flüchtig, wie er es sonst gewohnt war, und trieb zur Eile an. Die alte Frau wollte nicht zeigen, daß sie eine schwere Sorge bewegte. Sie trat darum in das Haus, mit einer Hast, die dem Anderl auffiel.

»Was hat denn d' Muatta?« fragte er.

»De hat's guat g'spannt, daß heut was net sauber is«, gab der Sprengelsperger zur Antwort. »Mi hat's anderst in d' Eng trieben, mei Liaba! Dei Muatta waar guat zum Beichtsitzen. Sappera no amol!«

»Ja no«, sagte der Anderl gleichmütig, »mir könnan ihr net helfa, wann's as aa g'neißt hat. Aba jetzt mach, daß ma weita kemman!«

Sie setzten sich frisch in Gang. Nach ein paar Schritten blieb der Sprengelsperger stehen und bückte sich zu seinem Hunde nieder. Er tat so, als richtete er etwas am Halsbande; dabei warf er einen forschenden Blick zum Zollhause zurück und bemerkte Herrn Redenbacher, der zufällig seinen Kopf zum Fenster herausstreckte.

Der Alte richtete sich auf und schritt mit einem heimlichen Lachen um die Mundwinkel dem Anderl nach.

»Den Fuchs kriag'n ma«, sagte er zu sich selber. »I wett an Kaisergulden, daß er in a paar Stund bei de Lumpen is und was ausplaniert.«

Er ging schweigend neben seinem Begleiter her, in langen, zügigen Schritten, und überdachte sorgfältig, wie die Lumpen ihren Pürschgang anstellen könnten, und wo sie am ehesten zu fangen wären.

Anderls Gedanken waren nicht so strenge auf einen Gegenstand gerichtet. Der Vater hatte ihm den Plan mitgeteilt, und er war als richtiger Jäger mit Eifer bei der Sache. Daneben hatte er doch herausgehört, daß die Zusammenkunft auf der Buchwieser Alm sein sollte. Er mußte an das Weibsbild denken, dem er heute begegnet war, und er dachte gern daran. Bei der brauchte es keine langen Reden; und ein schlechter Brocken wäre sie auch nicht. Teuflisch gut gestellt; wie ihr die Röcke um die Beine schlugen, war es zu sehen. Vielleicht konnte er in der Nacht auf die Alm; das wäre nicht zuwider.

So schritten die zwei auf der schattenlosen Landstraße dahin, und keiner redete ein Wort.

Nach einer halben Stunde bogen sie links ein und stiegen bergauf, bis sie zur Anschußstelle kamen.

»Anderl«, sagte Sprengelsperger, »halt du an Hund und laß mi suacha.«

Er blickte scharf auf den Boden und sah bald genug die Rehfährte.

»Da is da Bock uma; wo hast'n g'schossen, Anderl?«

»Geh no an Schritt a zwoa weita füri, Lenz; halt! Jetzt bleib steh'! Da muaß g'wen sei.«

Sprengelsperger kniete nieder und breitete mit der Hand das Gras auseinander.

Plötzlich stieß er einen leichten Pfiff aus und rief:

»Hat 'n scho! Ah, do schau her! Du hast eahm durch d' Leber g'schossen.«

Anderl trat heran und betrachtete die dunklen Schweißtropfen, welche an den Grashalmen hingen.

Sprengelsperger ging einige Schritte weiter.

»Da geht scho wieda a Lack'n Schwoaß her«, rief er, »der hat ja damisch g'schwoaßt, Anderl. I moan, den hamm ma schnell. Gib ma'r amal an Pürschei her!«

Er führte den Hund, welcher schon unruhig an der Leine zog, zur Anschußstelle.

Pürschei schnupperte gierig am Boden, und als ihn Sprengelsperger losließ, verschwand er rasch im Dickicht.

»Der hat'n bald, Anderl, werst es sehg'n«, sagte der Alte.

»Moanst net, mir sollen eahm nachgeh?«

»Ah, g'wiß net. Der verbellt 'n so schö, daß 's nix

Zwoat's gibt. Der Bock liegt koane hundert Schritt weit drin, paß amol auf.«

Er zündete bedächtig seine Pfeife an, während Anderl gespannt horchte.

Plötzlich tönte helles, scharfes Bellen aus dem Hochwalde herüber; der Hund gab Laut; wenn er in gleichmäßigen Pausen absetzte, gab das Echo deutlich die Töne zurück.

Sprengelsperger verzog sein Gesicht zu einem freundlichen Lachen.

»Hörst'n? Ja, da Pürschei! I kenn' an ja!«

»Laß da no Zeit, Anderl; dös pressiert gar net; und an Hund müassen ma 'r an Bock no a bissel verbellen lassen. I hör's oamal z'gern.«

Seine Augen schauten vergnügt darein, und er nickte jedesmal zustimmend mit dem Kopfe, wenn der Hund in gleichmäßigen Abständen anschlug, kräftig und voll.

»So, jetzt geh ma umi!« sagte er nach einer Weile und schritt dem Anderl voran über die Lichtung.

Sie umgingen das Dickicht und näherten sich von oben der Stelle, an der Pürschei Laut gab.

Sprengelsperger blieb stehen und deutete mit dem Bergstocke nach unten.

Da lag unter einer mächtigen Tanne der Bock verendet, und vor ihm stand der Hund; ein erfreuliches Bild für einen Jägersmann. Sie stiegen rasch hinunter. Sprengelsperger lockte den Hund herein und lobte ihn für sein braves Verhalten. Inzwischen musterte Anderl vergnügt den stattlichen Bock.

»Der hat sauber auf; wia 'r a ma 's denkt hab'. Handbroat über d' Luser; schau her, Lenz!«

»A schön's G'wichtel«, sagte der Alte, »da ko'st dei Freud dro hamm. Und a guata Bock; achtadreiß'g Pfund hat a g'wiß.«

Sie suchten nach dem Schusse.

»Stimmt scho«, meinte Anderl, »i hab' eahm durch d' Leber g'schossen. Is no besser ausg'fallen, als i g'moant hab'.«

Dann brach er den Bock auf, weidgerecht, ohne die Ärmel aufzustülpen oder die Joppe auszuziehen. In der damaligen Zeit hielt man darauf, daß ein Jäger nicht wie ein Metzger hantierte.

Als er fertig war, zog er den Bock in das Dikkicht und bedeckte ihn mit Fichtenzweigen.

Steig' i aufi auf d'Alm,
Ja, da werd ma 's Herz weit – und
Siech i d' Senndrin geh',
Tuat s' mi grüaß'n schö',
Ko's nit sag'n, wie's mi' freut.
(Altes Lied)

Die Nacht kam heran; eine helle, warme Sommernacht. Blaue Schatten kamen die Felsen herunter und senkten sich in das Tal; an den steilen Wänden verglühte langsam das Licht der scheidenden Sonne, und über ihnen wölbte sich der dunkle Himmel. Da und dort blitzte unruhig flimmernd ein Stern auf und sah dann mit ruhigem Scheine herab. Der Bergwind fuhr in die Gipfel der Tannen, und sie rauschten so feierlich, daß es klang wie voller Orgelton.

Alle Dinge, in der Ferne und Nähe, nahmen große, seltsame Formen an; drohend streckten die Bäume ihre riesigen Äste aus; Gesträuche und Stockwurzeln zeigten verzerrte Gestalten. Der Wald war lebendig geworden.

Ein Schatten löste sich von seinem Rande los; nun stand er im hohen Grase. Eine Hirschkuh, die erschrocken den Grind emporhielt und nach einer mächtigen Fichte äugte.

Unter der saß Anderl und zog unruhig die Füße an sich. Seit vier Stunden war er auf dem Posten; nichts Verdächtiges hatte sich geregt, und nun kam die Dunkelheit.

Was wollte jetzt noch ein Wilderer tun? Auf fünf Schritte hätte man nicht schießen können. Er visierte gegen das Stück hin; das Korn war nicht mehr zu sehen. Da wurde er ungeduldig, und so leise auch das Geräusch war, im Augenblicke hatte das Tier es vernommen, warf den Grind auf und setzte in den Wald zurück.

»Geh zu'n Teufi!« brummte der Anderl mißmutig.

Himmelseiten, war das langweilig! Gibt's ja gar nicht, daß Lumpen kommen. Und der Sprengelsperger wollte auf das Mondlicht warten, also noch zwei Stunden. Zu was denn da heraußen?

Das könnte man doch leichter auf der Hütte. In einer Viertelstunde wäre man drüben, und wenn ein Schuß fiel, den hörte man dort auch. Und von der Hütte wären es nicht mehr wie tausend Schritte zur Buchwieser Alm. Und wie das Mensch sauber gestellt war! Und das Lachen. Die hielt die Türe nicht zu, wenn er klopfte. Der Anderl zog wieder die Uhr heraus.

Ah was! Vor zwei, drei Stunden rührt sich nichts. Und derweil war er lang zurück; eine Viertelstund hin, eine Viertelstund her. Und dann war es mondlicht und viel besser zum Passen als jetzt.

Er stand auf und rückte den Hut von einem Ohr auf das andere. Dann blickte er gegen die Stelle hin, wo der Sprengelsperger paßte; achthundert Schritt weiter oben.

Der bleibt hocken, und wenn es drei Tage dauert. Eigentlich sollte er auch ... Aber was liegt daran!

Und rasch, damit ihn der Entschluß nicht reute, machte sich der Anderl auf den Weg.

Mit langen Schritten ging es bergauf, viel schneller als sonst; durch das Hochholz und über die Almwiese.

Da lag die Hütte im Dunkeln.

Die Läden waren geschlossen, und nichts war zu hören.

Der Anderl stolperte über ein Holzscheit und trat in eine Pfütze. Er hatte es eilig.

Ein leiser Pfiff.

»Deanei!«

Nichts rührte sich.

»Deanei, mach auf! I bin's!«

Und wieder ein Pfiff.

Dann wartete der Anderl und horchte gespannt hinauf. Nichts.

Jetzt nahm er den Bergstock, langte in die Höhe und klopfte an den Laden.

Es dauerte eine Weile, dann hörte man ein Geräusch.

Der Laden kreischte in den Angeln, und eine weibliche Stimme fragte:

»Was is?«

»I bin's, der Anderl.«

»Ja, was willst denn du no um de Zeit?«

»Geh, frag net lang! Hoamgarten möcht i.«

»Hoamgarten? Jetzt no? Zu was denn?«

»A so halt!«

»I hon aba Schlaf, schaug! Und morgen muaß i beizeiten außa.«

»Dös macht ja nix. I halt di net lang auf. Grad a bissei dischkrier'n möcht i mit dir.«

»Dös könna ma ja so aa.«

»So is nix, Deandl. Da muaß ma beinand hocka.«

»Ja freili!«

»Herrgottsakrament! Geh, tua net so lang umanand und laß mi eini! Du hast ma's ja vasprocha.«

»Dös hab' i dir net vasprocha.«

»No, balst net willst, nacha konn i aa nix macha. I ho ma denkt, du bist a Madl, de wo ihr Wort halt. Balst du a solchene bist und 's Wort brichst, dös hätt' i net glaabt vo dir. Dös is net schö.«

»I hab' dir gar nix vasprocha.«

»Jo! G'wiß is wahr. Deandl, i tat's net sag'n, bal's net a so waar. Lüag'n, dös gibt's net bei mir. Durchaus net. Da kennst mi schlecht.«

»Ja, und wann i di einalaß, nacha woaß i's scho.«

»I tua dir nix; g'wiß net. I rühr di net o.«

»Is dös wahr?«

»No, wann i's amol sag.«

»Nacha wart a bissei, i kimm glei oba.«

»Is scho recht. Tummel di a wengl, Deanei.«

Die Sennerin trat vom Fenster zurück, und der Anderl schob den Hut in den Nacken und pfiff leise vor sich hin.

»I hab' mir's do glei denkt.«

Jetzt wurde die Türe zögernd geöffnet; Anderl half nach und schlang eine Minute später seinen Arm um das vollbusige Frauenzimmer.

»O'schaug'n derfst mi net, Anderl! I ha grad an Unterkittel o.«

»Na, na! I schaug di net o. Geh' ma'r aufi; da herunten kunt's da z'kalt sei, und droben, da könna ma leichter dischkrier'n.«

Sie stiegen die hölzerne Stiege hinauf, und es war oben leichter zu diskurieren.

Die Stunden vergingen.

Volles Mondlicht lag auf den Bergwiesen; auch in die Kammer der Sennerin stahlen sich die hellen Strahlen.

Aber die zwei achteten nicht darauf.

»Magst mei Schatz bleib'n, Anderl?«

»Freili mag i.«

»Ja, dös sagst jetzt, und morgen denkst nimma dro.«

»Wia ko'st dös glaab'n, Deandl?«

»Ös Jaga seid's alle so.«

»De andern vielleicht; aba i net.«

»Kimmst nacha oft zu mir aufa?«

»So oft als 's geht. Am liabsten jeden Tag.«

Sie schwiegen wieder.

Draußen rauschte der Brunnen; sonst tiefe Stille.

Auch der Bergwind hatte ausgesetzt, und schweigend stand der Wald wie eine dunkle Mauer hinter den hell beleuchteten Matten.

Da!

Ein scharfer Knall und rollender Donner die Berge entlang. »Herrgottsakerament! A Schuß! Dös war a Schuß!«

Im Nu stand Anderl auf den Füßen.

»Wo is mei Büchs? Wo hab' i's denn?«

Das Mädel richtete sich erschrocken auf.

»Was hast denn?«

»Hast as net g'hört, g'schossen hat's. Und bin do herin! Mei Büchs will i.«

»De hast ja drunt lassen.«

»Nacha muaß abi! Wo is denn d' Stiag'n? G'schwind, sag' i!«

»Oho! Pressiert's denn gar a so? Sagst ma net amal Pfüat Good?«

»I ho koa Zeit. An andersmal.«

Rasch war er unten, riß die Türe auf und faßte nach dem Gewehr. Dann eilte er in mächtigen Sprüngen über die Wiese, so schnell es ging, in das Hochholz.

Im Dunkeln ging es weiter; immer bergab.

Dort stand die Fichte, unter der er gesessen war.

Aber es war nicht ratsam, über die freie Wiese zu laufen. In dem Lichte konnte er weithin gesehen werden. Von den Lumpen oder auch vom alten Sprengelsperger.

Und der sollte es doch nicht wissen, daß er vom Posten gegangen war, wegen dem Weibsbild.

Er umging den Platz und pürschte von unten im Schatten herauf. Da rührte sich etwas neben dem Baume. Der Anderl stutzte einen Augenblick und schlich näher.

Das war ja der Pürschei! Und der Sprengelsperger stand unter der Fichte.

Der Alte sagte mit leiser Stimme: »Jetzt kimmst daher? Wo warst denn du?«

»I bin a bissei da abi pürscht«, antwortete Anderl.

»Pst! Staad sei! Hast den Schuß net g'hört?«

»Freili, desweg'n bin i glei wieder aufa.«

Der Alte sah den Anderl prüfend an; er glaubte ihm die Ausrede nicht, aber es war nicht Zeit, darüber zu reden.

»Der Schuß is am Buachwieser Eck g'fallen. Mir müassen umi. Wenn'st net weggl'affen warst, kunnt'n ma scho bald drent sei.«

Hälftewegs zwischen Ehrwald und Griesen liegt die Schanz, ein gutes Wirtshaus, bei dem alle Fuhrleute anhalten. Es war daher nichts Auffallendes, daß der Schreinermeister Holzweber den Feiertag benützte, um dort einen Schoppen Landwein zu trinken. Er saß im Freien mit anderen Honoratioren aus Ehrwald, redete anständig und gesetzt von allerlei Dingen und lobte auch den schönen Abend.

Zwischenhinein fragte er seinen Nachbar: »Du, Seppel, wer isch der selle Grenzaufseher, der dort sitzt?«

»Der? Des ischt ein neuer; Redenbacher oder so heißt 'r. Er ischt no nit lang in Griesen.«

»So? I han mir's denkt, daß er neu ischt, weil i 'n no gar nie g'wahrt hab'.« Er sagte es recht gleichgültig und redete wieder von etwas anderem.

Nach kurzer Zeit meinte er, es sei nun spät geworden, und er wolle sich auf den Heimweg machen. Er bezahlte seine Zeche und ging gegen Ehrwald zu. Aber nur so lange, bis ihn eine Biegung des Weges den Blicken der Wirtshausgäste entzog. Da blieb er stehen und sah sich vorsichtig um. Als er weit und breit niemand sah, ging er von der Straße ab in den Wald hinein. Hinter einem Gebüsche machte er wieder halt und hielt Ausschau.

Jetzt war er überzeugt, daß ihm niemand nachgegangen war; er schritt rüstig bergauf und kam bald an eine Waldlichtung, in deren Mitte eine alte Lärche stand.

Er hielt die Hand an den Mund und ahmte den Taubenruf nach. Von drüben kam Antwort, dreimal in langgezogenen Tönen, und Holzweber nickte befriedigt mit dem Kopfe.

Er trat in die Lichtung hinaus und stand gleich darauf bei seinen Kameraden Josef und Kaspar Gfeiler.

»So isch recht«, sagte er, »ihr seid's pünktlich g'west. Jetzt wart'n mir no auf'n Peter; der hat no mit dem Redenbacher z' reden.«

Es dauerte nicht lange, dann kam auch Peter Hosp und brachte Nachricht von dem Grenzaufseher.

»Also, die Jäger sein heut am Sunkerberg oder am Schell-Eck; alle drei.«

»Woher weiß das der Redenbacher?« fragte der Holzweber.

»Er hat's mit eigene Ohren g'hört, wie der Förschter mit'm Praxenthaler g'redt hat. Er hat woltern g'flucht über die Lumpen, weil s' ihm unter der roten Wand a Gambs g'schossen haben, und er vermeint, daß mir wiederkommen.«

»Vielleicht hat er's bloß g'sagt; kann's nit recht glauben, daß alle drei dort sein.«

»Es isch a so, Jakele. Der Redenbacher hat guat achtgeben und hat g'wahrt, wie der Sprengelsperger und der junge Hohenreiner hinter sein. Er hat no a zwei Schtund g'wartet, bis der Förschter selber fort isch. Und er isch links 'nüber am Nudelwald; genau wie er's an Praxenthaler ang'sagt hat.«

Der Holzweber zweifelte noch immer. »Der Förschter hat do nix g'merkt, daß ihm der Redenbacher abpaßt?« fragte er.

»Sell isch do gar nit menschenmöglich«, versicherte der Jakele eifrig, »der Redenbacher sagt, daß der Förschter ganz vertraut ischt mit ihm. Und nachher, er hat ja gar nit g'wußt, daß der Redenbacher alles hört; sell war grad unterm Fenschter, und er hat no recht heimli g'redt mit'n Praxenthaler.«

»Und die zwei andere hat 'r auch g'sehen?«

»Ja; sie sein schnurgrad am Sunkenberg hinter; sie können nirgends anderscht hin sein.«

»Also guet!« sagte der Holzweber, »nachher probieren mir's heut am Miesing; i weiß an gueten Platz und find an Weg bei der Nacht. Mir müessen zwei Schtund gehen; es isch jetzt acht; bis zehn sein mir g'wiß dort. I schtell euch an und geh hernach von hint aufer; da komm i mit'n schlechten Wind runter und mach di Hirsch geh'n. Ihr habt a leicht's Schiaßen; es isch a freie Wies da, und 's Mondlicht wird hell.«

»So isch guet, Jakele«, sagte Hosp.

»Und es werd uns scho wieder recht 'nausgeh«, fügte Kaspar hinzu. »I hab a Wallfahrt zur Muatter Gottes von Hinter-Riß versprochen, und der Pater Benno hat mir a g'weihts Bild mitgeben; das hilft gegen Pulver und Blei. I trag's alleweil bei mir, wenn grad wirkli amal a Jager kemmen tät.«

So machten sie sich auf den Weg über den Scharberg gegen den Miesing zu.

Holzweber führte, denn er kannte alle Steige von Jugend auf und fand sich im Dunkeln zurecht.

Er ging schnurgerade auf die Stelle zu, wo er in einem hohlen Baume sein Gewehr versteckt hatte, und mit derselben Sicherheit fand er die Schießwaffen seiner Gefährten.

Er hatte die Schuhe ausgezogen und schlich wie eine Wildkatze durch den Bergwald; kaum einmal knackte ein dürrer Ast unter seinen Füßen.

Als sie nach ermüdender Wanderung ankamen, wiederholte er flüsternd seinen Plan und stellte jeden an seinen Platz.

»Schieß nit zu früh, Kaschpar«, sagte er, »und tu g'nau, was i dir sag'. Wann du nit folgst, kannst uns no alle ins Unglück bringen.«

Als die drei auf ihren Posten standen, pürschte er zurück.

Es war spät geworden.

Über dem Zimmerskopfe lag schon ein heller Schein, und bald schob sich in majestätischer Ruhe die Scheibe des Mondes über die Felsen herauf.

Silbernes Licht fiel auf die Almwiese und schob die Dunkelheit zurück, immer weiter, bis sie an den hochragenden Fichten hängenblieb.

Und so still war es wie in der Kirche; so still, daß der Gfeiler Kaspar schon von weitem den Hirsch trappen hörte und sich zum Schusse bereitmachen konnte.

Auf zwei Zimmerlängen kam er ihm, blieb stehen und sicherte nach rückwärts.

Kaspar hatte das Gewehr an der Backe und zielte.

Es schießt sich verdammt schwer im Mondlicht. Einmal sieht man das Korn, einmal nicht.

Neben dem Hirsche glitzerte ein heller Fleck. Ein Wassertümpel. Auf den zielte er und schaute sich das Visier zusammen; jetzt ein wenig höher und rechts fahren.

Das muß woltern das Wildbret sein.

Pum!

Dem Schützen gab es eine Ohrfeige, und der Hirsch brach zusammen.

Da zeigte es sich, daß Kaspar ein dummer Kerl war, der im Eifer allemal die Lehren des Herrn Schreinermeisters Holzweber vergaß. In seiner

Freude über den Schuß trat er auf die Wiese heraus und ging auf das verwundete Stück zu.

Er meinte wohl, das bleibe so liegen und er könnte es recht mit Vergnügen betrachten.

Aber wie ihn der Hirsch sah, nahm er die letzte Kraft zusammen, raffte sich auf und sprang in wilden Sätzen den Hang hinunter.

Im Augenblicke nahm ihn der Wald in seinen Schutz auf; man hörte Äste krachen, Steine poltern; dann war es ruhig.

Da stand jetzt der Kaspar Gfeiler und schaute. Und wäre er nicht ein gottesfürchtiger Tiroler gewesen, hätte er wohl abscheulich geflucht. Sein Bruder und der Peter waren schnell bei ihm und sagten ihre Meinung ohne Ehrfurcht.

Was war jetzt zu machen?

Auf alle Fälle warten, bis der Jakele kam.

»Sell hascht wieder amol sauber angangen; a so a Malefizpatzerei! Der Hirsch hat unser g'hört, wenn d' no grad a Vierstelstund auf'm Schtand blieben wärscht!«

Der Holzweber hatte sich leise herangepürscht.

»Was isch?«

»Der Kaschpar hat . . .«

»Nit so laut! Und geht von der Wies weg! Ihr schtellt euch grad ins Licht.«

Sie traten in den Schatten zurück, und Peter erzählte leise den Hergang.

»I kenn di ja, Kaschper«, sagte Holzweber, »i

weiß, wie d' as alleweil machscht! Sell weiß i ja schon lang. Nit achtgeben, nit Zeit lassen!«

»Was tun mir jetzt, Jakele?« fragte Hosp.

»Ja, was tun mir jetzt? Des Allerbescht wär', mir geh'n heim.«

»Aber mir lassen do den Hirsch nit hint!« sagte Kaspar.

»Wärscht ihm halt völlig nachg'laufen; vielleicht hätt'scht ihn derwischt. Bei der Nacht können mir ihn doch nit suchen!«

»Weit kann er nit sein.«

»Weit oder nah, sell isch gleich. Mir können nix machen.«

Der Gfeiler Josef kam seinem Bruder zu Hilfe.

»I mein«, sagte er, »mir warten, bis es hell wird. In aller Früh können mir den Hirsch noch suachen.«

»Sell isch ganz g'fährlich«, erwiderte Holzweber, »wenn die Jäger den Schuß g'hört haben, gehen s' ihm nach, und mir laufen ihnen grad in d' Händ'.«

»Den Schuß haben sie nit g'hört; sie sein zu weit weg.«

»Sell weiß man nit.«

»Jakele, ganz leer sollen mir nit heim«, riet jetzt auch Hosp, »mir können noch bei der Dämmerung den Hirsch suchen. I sag, mir haben ihn schnell; aft brechen mir ihn auf und verschtecken ihn und holen ihn morgen bei der Nacht.«

Holzweber gab nach, wenn auch mit Widerstreben. Er sagte immer wieder, daß solche Wagnisse zur Entdeckung führten und daß ihn sein Vater oft und oft davor gewarnt habe, anders als bei Nacht zu wildern.

Seine Kameraden blieben fest, und er wußte, daß sie ohne seinen Beistand wenig ausrichten würden. Zuletzt reizte ihn auch der erhoffte Gewinn, und er blieb bei den anderen.

Sie gingen tiefer in das Holz hinein und warteten unter einer mächtigen Rottanne auf das Tagesgrauen.

Allmählich lichtete sich das dunkle Blau des Himmels, und die flimmernden Lichter erloschen. Ein Flüstern ging durch die Baumkronen, das stärker und stärker wurde und bald in volles Rauschen überging.

Ober den Höhen tauchte der Morgenstern auf und zitterte heftig, als machte ihn der frische Bergwind frösteln.

Eine Amsel pfiff.

Da stand der Holzweber auf und sagte, es wäre soweit, daß man aufbrechen dürfte. Er schlich vorsichtig an den Waldrand vor und spähte über die Wiese hinaus.

Nichts regte sich.

Er wandte den Kopf und schaute die Felsen hinauf.

Ein Stein polterte herunter und fiel mit dumpfem Schlage auf. Der Holzweber blickte schärfer hin und gewahrte unter den Latschen einen hellgelben Fleck.

Eine Gambs.

Und er sah auch, wie sich hoch oben auf die Wände des Wettersteins ein lichter Schimmer legte, und wie sich der Schleier von den Felszakken löste und langsam heruntersenkte.

Es war Zeit!

Also auf!

Seine Kameraden waren gerne bereit, zu gehen. Der Kaspar hauchte in die Hände und steckte sie in die Hosentaschen; der Peter hob einen Fuß um den andern in die Höhe, und der Seppel machte es ihm nach.

Es war ein frischer Morgen, und aus dem feuchten Waldmoos stieg es kalt herauf.

»Mir bleiben beinander, und i geh voran«, sagte der Holzweber, »wo is der Hirsch nei?«

»Sell unten, wo der Wald das Eck macht«, erwiderte Kaspar.

»Aft ist er eh'nder wie nit in Scharer Graben rei«, entschied Holzweber und ging rüstig voraus.

Nach einiger Zeit blieb er stehen und deutete auf den Boden. Richtig, da war eine Hirschfährte; und dort wieder.

Plötzlich kniete Holzweber nieder und bog mit der Hand einen Büschel Farnkraut zurück.

Schwerer Tau lag auf den zierlichen Blättern, aber dazwischen tauchten rote Flecken auf, erst spärlich, dann reichlicher, und zuletzt zeigte Holzweber den andern schmunzelnd ein Blatt, das über und über mit Blut bespritzt war. »Er hat woltern stark g'schweißt«, sagte er, »und muaß bald hergeh'n.«

Sie gingen weiter und kamen an einen langgestreckten Graben, der eine Tiefe von etwa hundert Schuh hatte.

Die ziemlich abschüssigen Wände waren mit Steinen bedeckt, zwischen denen der Huflattich seine Blätter ausbreitete.

Sie stiegen hinunter; Holzweber voran, die Blicke aufmerksam auf den Boden gerichtet.

Mit einemmal fuhr er auf, blieb kerzengerade stehen und lauschte. »Was hoscht denn?« fragte Kaspar, der ihm zunächst folgte.

»Pst!« machte Jakele und sah ängstlich auf die andere Seite des Grabens hinüber.

Was war das für ein Geräusch gewesen?

Ein klingender Ton; wie Eisen auf Stein. Als wenn einer mit dem Bergstocke aufstößt.

Es rührte sich nichts.

»Geh do amol zua!« drängte Kaspar, »es isch ja nix!«

Holzweber wollte es glauben; er warf noch einen scharfen Blick hinüber, dann stieg er weiter abwärts, fünf, sechs Schritte.

Aber er war unruhig geworden und schaute wieder zurück. Rührte sich nicht ein Tannenboschen?

Dort, wo das Jungholz an den Rand des Grabens heranging?

Und wohl rührte es sich; recht heftig mit einemmal.

Ein alter Kerl stand drüben, mit blitzenden Augen, das Gewehr im Anschlag; und daneben stand noch einer.

Eine wütende Stimme.

»Halt! oder i schiaß!«

Das ging ans Leben.

In mächtigen Sätzen sprang Holzweber abwärts; die andern hinterdrein.

Jetzt waren sie unten.

Zwanzig Schritte entfernt stand eine Fichte; die erste Deckung. Ohne Besinnen eilte Jakele darauf zu; dicht neben ihm Kaspar. Die anderen zwei flüchteten aufwärts.

Ein Schuß krachte.

Der Gfeiler Sepp hörte ihn nicht mehr. Er fiel vornüber auf das Gesicht, schlug mit den Armen ein paarmal um sich und blieb regungslos liegen.

Sprengelsperger und Anderl waren so schnell, als es die Vorsicht erlaubte, an das Buchwieser Eck geeilt und standen bald an der Waldwiese, auf welcher Kaspar den Hirsch geschossen hatte. Wären sie eine Viertelstunde früher angelangt, so hätten sie mit den Tirolern zusammentreffen müssen; jetzt war es zu spät.

»Am End' is da Schuß gar net da g'fallen«, sagte Anderl; »mir is a so fürkemma, als ob's weita weg g'wen waar. Es ko' di halt täuscht hamm, Lenz.«

»Na, na, mei Liaba«, erwiderte Sprengelsperger, »do gibt's koa Täuschung. Der Schuß is do g'wen, und es is aa gar net anderst mögli. De Lumpen könna beim Mondliacht bloß auf an freien Platz schiaßen; im Holz drin geht's net. Und von do bis zu da Kohlhütten hintri is koa Wiesen mehr. Also hamm s' do g'schossen. I ho's aa so deutli g'hört, daß koan Zweifi net gibt.«

»Nacha san ma z'spat kemma, Lenz.«

»Des sell woaß ma no net.«

»I moa do scho, wann d' Lumpen nimma da san.«

»Laß da no Zeit, und red staader. De Spitzbuam könna vielleicht z'nachst do sei.«

»Oder aa net.«

»Oder aa net, des is richti. Jetzt laß mi aba a wengl b'sinna, was ma am g'scheitesten tean.«

Beide schwiegen und sahen auf die mondbeglänzte Wiese hinaus.

Nach einer Weile sagte Sprengelsperger:

»Anderl, jetzt woaß i's. Mir gengan in Scharer Graben hintri.«

»Für was denn? Wann ma passen, nacha is do g'scheiter, mir bleib'n do, wo ma'r alles seh'gn könna, wenn si was rührt.«

»Na, sag i, dös hat gar koan Wert net«, erwiderte

der Alte entschlossen. »De G'schicht is so. I glaab net, daß de Lumpen auf a Reh g'schossen hamm; da is eahna da Platz z'guat, weil s' an Hirsch aa leicht kriag'n. Bal's aba an Hirsch hamm, nachha san s' no net weit. Als a ganzer bringa s' 'n net hoam, den müassen s' allaweil z'legen, und dös geht net so schnell; do könna ma'r eahne no leicht d' Reib o'laffen, und übern Scharer Graben müassen s' kemma. De gengan do mit dem schwaren Wildbret an nächsten Weg und steig'n net z'erscht no a Stunden weit auf'n Berg aufi. Und z' fürchten hamm s' eahna herunt aa net mehra als wia drob'n. Bal's aba wirkli so waar, daß s' a Reh g'schossen hamm, nach san s' no net hoam. Dös g'langt eahne net; do san 's no weita ins Revier eina. Und grad so is, wann s' vielleicht g'feit hamm; dös kunnt ja aa sei. Also i sag, über'n Scharer Graben kemman s' uns allawei oder i müaßt scho gar nix vasteh.«

Der Anderl mußte ihm recht geben.

Sie gingen eine Strecke zurück, denn Sprengelsperger war der Ansicht, daß sie Zeit genug hätten und daß sie einen größeren Umweg machen müßten, um ja nicht gehört zu werden.

Im weiten Bogen umgingen sie das Buchwieser Eck und kamen an den Scharer Graben. Schritt für Schritt stiegen sie abwärts und gaben wohl acht, daß sie nicht in das Mondlicht hinaustraten.

Als sie auf der gegenüberliegenden Seite die Höhe wieder erreicht hatten und den Graben entlangschlichen, rumpelte unter ihnen ein Wild auf und sprang weg.

Die Jäger blieben stehen und horchten.

Sie hörten die dumpfen Tritte; kurze Zeit, dann war es still.

»Es is net aufwärts«, flüsterte Sprengelsperger, »und muaß si scho wieder niederto hamm. Jetza moan i, kemma ma de Lumpen auf d' Spur.«

Sie pürschten vorwärts, so zweihundert Schritte.

Und wieder hörten sie deutlich, wie unten im Graben das Wild wegsprang.

»Jetzt is de G'schicht oafacher wor'n«, sagte Sprengelsperger, »des hamm de Lumpen o'gflickt. Jetzt wissen ma's g'wiß.«

Er hatte recht. Es war der Hirsch, den Kaspar angeschossen hatte.

»Soll ma glei dobleiben?« fragte Anderl.

»Na, mir gengan an Büchsenschuß weiter z'ruck, bis zu'n Jungholz. Da hamm ma'r a guate Dekkung.«

»Moanst, daß s' ins kemman?«

»G'wiß aa no. De Tropfen suachen des Stückl, und bal s' auf der Spur nachgengan, laffen s' ins schnurgrad ani.«

Sie versteckten sich im Dickicht und saßen hart am Rande des Grabens auf Baumstöcken. Von ihrem Platz aus hatten sie einen guten Ausblick nach links und rechts; sie selbst waren durch ein paar junge Fichten gedeckt.

Sie horchten schweigend in die Nacht hinaus; hie und da ertönte der klagende Ruf einer Eule; sonst war nichts zu hören als der tiefe Atemzug des Waldes.

Anderl kämpfte mit dem Schlafe; er war am frühen Morgen zur Pürsche hinaus, war den ganzen Tag herumgelaufen und hatte obendrein seinen Besuch auf der Buchwieser Alm gemacht.

Jetzt packte ihn die Müdigkeit, und sooft er sich auch zusammenriß, der Kopf sank immer tiefer herunter, und die Augen fielen ihm zu.

Und dann sah er freundliche Bilder.

Den Sechserbock im Frühlicht, der stattlich über die Schneise herüberwechselte; ein kapitaler Kerl.

Und das Weibsbild mit den lustigen Augen. Wie sie den Riegel zurückschob und gleich so vertraut war.

»Jetzt muaßt aba mei Schatz wer'n, Anderl, gelt?«

Und eine Hand faßte nach der seinen; er wollte sie zärtlich drücken. Aber das waren harte, knochige Finger. Er fuhr auf und sah den Sprengelsperger neben sich, der ihn geweckt hatte.

Der Morgen brach an.

Anderl setzte sich gerade und rieb sich die Augen. Er wollte in seiner Verlegenheit etwas sagen, aber bei der ersten Silbe warf ihm der Alte einen grimmigen Blick zu und legte den Finger auf den Mund.

Dann beugte er sich vor und horchte.

Kam jemand?

Nein.

Und doch!

Da krachte wieder ein dürrer Ast; eine Krähe flatterte auf und flog kreischend davon.

Und drüben trat ein Mensch aus dem Hochholze heraus, ein Gewehr in der linken Hand, vorsichtig nach allen Seiten hinspähend.

Hinter ihm – einer – zwei – drei.

Herrgottsackerament!

Vier Lumpen, und nicht weiter weg wie achtzig Schritt!

Der vorderste stieg jetzt in den Graben herein.

Sprengelsperger spannte ruhig den Hahn und fuhr langsam auf.

Anderl griff hastiger nach seinem Gewehr; der Bergstock rutschte aus und stieß mit der eisernen Spitze an einen Stein. Wie vom Blitz getroffen blieb der vorderste Wilderer stehen und sah herüber: die zwei Jäger rührten sich nicht. Da ging er weiter, und die anderen folgten.

Sprengelsperger und Anderl standen auf, jeder die Büchse im Anschlag.

Und der Alte schrie:

»Halt oder i schiaß!«

Teufel! Wie es die Tiroler zusammenriß! Wie sie hinuntersprangen! Und drunten erst eine wilde Jagd! Die einen geradeaus, die andern den Graben hinauf.

Anderl ließ die Büchse sinken. Sollte er schießen?

Er schaute den Sprengelsperger an. Der stand im Anschlag und zielte. Da blitzte es auf, und einer von dem Lumpen stürzte im Feuer zusammen.

Sprengelsperger setzte ruhig ab und sagte: »Den hat's g'wiß. Grad am Rucksackbutzen is ma da Schuß brochen. Warum hast denn du net g'schossen?«

»Ja, i ho ma denkt... i woaß net, weil s' davog'loffen san.«

»Waar net schad' g'wen, bal no oaner hi g'wen waar. Aber jetzt is a so aa recht«, sagte der Alte, und keine Miene an ihm verriet Erregung.

»Soll'n ma net abi zu dem Kerl?« fragte Anderl.

»Freili! Daß oaner aus'n Dickat rausschiaßt auf ins! Na, mei Liaba, den laß ma flacken; weh tuat eahm aa so nix mehr. Miar gengan z'ruck. I muaß auf d' Buachwieser Alm, wia's dei Vata o'gschafft hat, und du muaßt glei hoam und auf Garmisch einischicken, daß a Kommissar kimmt.«

»Ja, i kunnt aa 'r auf d' Buachwieser Alm, balst du vielleicht liaba hoamgangst«, erwiderte Anderl.

»I dank dir recht schö, aba so is g'scheiter; dei Muatta werd a so a bissel Angst hamm und is froh, bal s' di siecht. Und i möcht dein Vata die Meldung glei selm macha«, sagte der Alte.

Sie kehrten um und gingen in guter Deckung zurück.

Nach einiger Zeit trennten sie sich; Anderl ging bergab gegen Griesen zu.

Der Sprengelsperger sah ihm nach und stopfte sich eine Pfeife.

»Auf da Buachwieser Alm muaß er was hamm«, brummte er, »heut nacht, moan i, is er aa drent g'wen.«

Er stieg langsam bergauf, und seine Gedanken wandten sich dem letzten Vorfalle zu.

Aber es waren nicht etwa Gewissensbisse, die sich in ihm regten. Er war durchaus zufrieden damit, daß einer von den dreimal verdammten Spitzbuben ins Gras gebissen hatte; er hätte es jetzt nicht anders gemacht.

Es überlegte nur, ob nicht etwa die Herren vom Gericht sich über den Schuß Gedanken machen würden, weil der Lump von hinten geschossen war.

Aber es konnte nicht schiefgehen.

Wenn vier beinander sind, kann man nicht warten, bis sie in Sicherheit sind und dann vielleicht den Stiel umkehren.

Und nicht einer hatte das Gewehr weggeworfen.

»Feit si nix«, sagte der Sprengelsperger und ging auf die Buchwieser Alm zu.

Es war noch früh, aber die Sennerin war schon auf.

Als der Alte sie sah, stieß er einen leisen Pfiff aus und drückte das linke Auge zu.

»Dös is ja de, wo ma gestern g'sehg'n hamm. Aha! Jetzt woaß i, wo der Schlauberger g'wen is.«

»Grüaß di Good, Sennerin!« sagte er laut.

»Grüaß di Good, Jaga! Wo kimmst denn du scho so zeiti her?«

»Vo da Pürsch halt. Magst ma koa Milisuppen kocha?«

»Jo. Hock di eina!«

Sprengelsperger trat ein und sah zu, wie das rüstige Frauenzimmer am Herd hantierte.

›Saggera Hosenzwickel‹, dachte er, ›der Anderl is no lang net der Dümmst'. De hat Holz bei da Hütten!‹

Die Sennerin drehte sich um und fragte:

»Gel, du bist vo Griesen?«

»Ja.«

»Habt's ös mit de Schützen was z'toa g'habt?«

»Wer ›ös‹?«

»No, du halt, und . . . der Anderl.«

»Der Anderl? Der is ja gar net do. Der is, glaab i, am Sunkenberg hint.«

»Na, der is da heroben!«

»So? Da woaß i gar nix. Hast'n denn du g'sehg'n, Madel?«

»Ja«, gab sie zögernd zur Antwort, »vo weiten hon i 'n geh sehg'n.«

»Vo weiten host 'n g'sehg'n?« fragte er und verzog keine Miene dabei, »no, wenn a herob'n is, wer' i 'n vielleicht treffa. Soll i eahm was ausrichten?«

»Na. I hab bloß g'moant, ös seid's mit Schützen z'sammkemma.«

»Mit die Schützen hamm mir 's ganze Jahr nix

z'toa«, erwiderte Sprengelsperger treuherzig. »De Lumpen kemma Gott sei Dank net zu uns eina.«

»I hab aber bei der Nacht schiaßn hören.«

»Dös hat di höchstens täuscht. Oder es san Leut g'wen, de an Feiertag no a wengl o'g'schossen hamm. Aba koane Lumpen hamm mir net do herin.«

Die Sennerin fragte nicht weiter und stellte einen Weidling warme Milch auf den Tisch.

Sprengelsperger schnitt sich Brot hinein und aß.

Hie und da blinzelte er vergnügt auf das Weibsbild hinüber, welches am Herde arbeitete.

›Mei liaba Anderl‹, dachte er, ›auf de Spur bin dir schnell kemma. Dös muaß i dir amol unter d' Nasen reib'n.‹

Er blieb noch eine Weile, bis er den Förster über die Wiese herüberkommen sah. Da stand er auf und nahm kurzen Abschied. Unter der Türe blieb er stehen und sagte: »Du, Madel, balst an Anderl wieder amol vo weiten siechst, nacha kochst eahm an Schmarren auf. Den ißt er oamal z'gern.«

Draußen ging er auf Hohenreiner zu und grüßte ihn. Dabei blinzelte er mit den Augen; der Förster kehrte um, und sie schritten ruhig und unauffällig nebeneinander her.

»Was is, Lenz?«

»Oan hat's scho g'rissen.«

»Wo is der Anderl?«

»Hoam, daß er d' Kommission in Garmisch b'stellt.«

»Hast du g'schossen?«

»Ja.«

»Hast 'n g'scheit aufibrennt?«

»Sell wohl. Im Scharer Graben flackt a.«

Er erzählte den Hergang.

Hohenreiner hörte mit gespannter Aufmerksamkeit zu und sparte nicht mit seinem Beifall.

Als Sprengelsperger fertig war, fragte er ihn: »Woaßt g'wiß, daß der Kerl hin is?«

»Ja freili woaß i's. I hab's gnau gnua g'sehg'n.«

»Na laß' ma'n liegen und gengan abi. I bin aa de ganz Nacht aufg'wen, und morg'n hamm ma de Lauferei mit der Kommission. Da is g'rad recht, wenn ma a wengl schlafen könna.«

Den andern Tag kam die Kommission nach Griesen; der Herr Oberförster Hofer, der Herr Landrichter Weiß, der Herr Bezirksarzt Steiger und ein Gerichtsschreiber.

Sprengelsperger und Anderl wurden sogleich in der Wohnstube des Forsthauses vernommen. Beide sagten, daß sie überzeugt seien, die vier Wilderer hätten nur Deckung gesucht, um dann auf sie zu schießen. Keiner hätte das Gewehr weggeworfen oder sei auf den Anruf stehengeblieben.

Der Landrichter nahm ihre Aussagen mit Wohlwollen auf und sagte, daß er ihre Befürchtungen ganz begründet fände. Außerdem sei ihm vom Herrn Oberförster der Sprengelsperger als sehr ruhiger und pflichttreuer Mann geschildert worden, der gewiß seine Befugnisse niemals überschreiten würde.

Soweit war es gutgegangen, und der alte Lenz rauchte nach der Vernehmung seine Pfeife mit größerem Behagen als den Abend vorher.

Die Herren von der Kommission frühstückten und machten sich dann unter Führung des Hohenreiner sowie des Anderl und Sprengelsperger auf den Weg zum Tatorte. Außerdem nahm man zwei Holzknechte zur Bergung der Leiche mit.

Auf Ersuchen des Herrn Landrichters, welcher an einer Herzverfettung litt, wurde der Aufstieg zum Scharer Graben langsam gemacht; endlich kam man an, und Sprengelsperger bezeichnete zuerst die Stelle, an welcher er geschossen hatte.

Man sah die Leiche unten im Graben liegen.

Der Landrichter erklärte, daß er die Stellung des Toten auch von oben mit genügender Sicherheit konstatiert habe und daß er es für überflüssig halte, selbst hinunterzusteigen.

Dies sollte der Herr Bezirksarzt in Begleitung Sprengelspergers tun.

Die beiden schritten abwärts und näherten sich dem Toten.

Aber was war das?

Da lag der Wilderer, just so, wie er hingefallen war, doch der Kopf fehlte.

Der Kopf war kurzweg abgeschnitten.

Ein grausiger Anblick.

Der Bezirksarzt untersuchte die Leiche; er fand keine Wunde. Die Kugel mußte durch den Kopf gedrungen sein, wenn sie den Toten überhaupt getroffen hatte.

Auf die sonderbare Meldung hin erklärte der Herr Landrichter, daß die Untersuchung damit beendigt sei; man könne nur feststellen, daß der Rumpf einer männlichen Leiche gefunden worden sei. Trotz genauester Visitation desselben habe sich über die Herkunft nicht das geringste ergeben; ebensowenig könnte die Todesursache festgestellt werden. Die Holzknechte erhielten den Auftrag, den verstümmelten Rumpf einzuscharren, und die Kommission begab sich mit den Forstleuten nach Griesen.

Man machte in der damaligen Zeit nicht viel Umstände.

Nun will ich allen gläubigen Christen sagen, daß sie nicht Angst haben sollen um das Seelenheil des Josef Gfeiler, weil sein Körper in ungeweihter Erde begraben liegt.

Ein jeder Tiroler weiß, und die anderen Leute sollen es erfahren, daß die Seele des Menschen im Kopfe wohnt.

Darum ging der fromme Jakob Holzweber zur Nachtzeit mit Peter Hosp in den Graben zurück und darum trennten sie dem toten Kameraden das Haupt vom Leibe und brachten es heim nach Bieberwiehr.

Hier legten sie eine schwarzgekleidete Strohpuppe in den Sarg und setzten den Kopf darüber.

Alle teilnehmenden Freunde und Verwandten glaubten, daß sie die sterbliche Hülle des so plötzlich verunglückten Josef Gfeiler vor sich hätten, und verrichteten die gebräuchliche Andacht vor der Leiche.

Am Sonntage nach Fronleichnam war das Begräbnis.

Und als der Pfarrer die Trauerversammlung aufforderte, ein Vaterunser für den Abgestorbenen zu beten, da tat es der Herr Schreinermeister Holzweber mit einer solchen Inbrunst, daß es allen Gläubigen zum erhebenden Beispiele gereichte.

Die Halsenbuben

»Beim Halsen« heißt ein schöner Hof in Lenggries. In den sechziger Jahren hauste darauf der Quirinus Gerold mit seinem Weibe und zwei Söhnen. Er war ein wohlhabender Mann, dem bares Geld im Kasten lag und der wohl an vierzig Stück Jungvieh zu den Almen trieb. Seine Söhne, der Halsen-Toni und der Blasi, waren im ganzen Isartale bekannt wegen ihrer Kraft und Verwegenheit. Sie waren von gutem Schlage, hochgewachsene und breitbrüstige Burschen. Und flink und lustig dazu. Es hätte ihnen jeder eine vergnügliche Zukunft voraussagen mögen; sie ist ihnen aber nicht geworden.

Denn alle zwei sind in jungen Jahren gefallen von Jägershand, und sie starben im grünen Walde.

Zuerst der Blasi.

Das war im Jahre 1869 gegen den Herbst zu.

Da ist den Jägern in der Vorder-Riß eine Botschaft zugekommen, daß zur Nachtzeit ein Floß mit Wilderern und ihrer Beute die Isar herunterkommen werde.

Wie es auf den Abend zuging, sind die Jagdgehilfen von ihren Reviergängen heimgekommen und haben sich recht auffällig in der Wirtsstube des Forsthauses bei Essen und Trinken gütlich getan.

Denn es waren, wie immer, Flößer und Holzknechte als Gäste da, und vielleicht die meisten von ihnen waren Spießgesellen der Wilddiebe.

Darum haben sich die Jäger nichts merken lassen.

Nach ein paar Stunden sind sie einzeln aufgebrochen und haben sich freundlich gute Nacht gewunschen, als wolle sich jeder friedlich aufs Ohr legen.

Auch die Flößer und Holzknechte haben sich entfernt; sie gingen in die Sägemühle, wo sie auf dem Heu übernachten wollten. Die Lichter in der Wirtsstube sind ausgelöscht worden, und das Forsthaus lag still und verschlafen in der finsteren Nacht. Hinter einem Fenster des oberen Stockes brannte noch ein kleines Licht.

Denn die Frau Oberförster lag gerade um dieselbige Zeit in den Wehen, und die Tölzer Hebamme wachte bei ihr.

Hie und da steckte der lange Oberförster seinen Kopf zur Türe herein und fragte mit leiser Stimme, wie es um die Frau stünde. Er machte ein ernstes Gesicht, denn diese Nacht quälten ihn manche Sorgen.

Wenn ihn die Hebamme beruhigte, ging er mit langen Schritten an das Gangfenster und lugte scharf in die Nacht hinaus.

Er sah etwas Dunkles auf der abschüssigen Wiese, die gegen die Isar hinunterführt. Das bewegte sich rasch und verschwand. Einer von den Jagdgehilfen, die sich vorsichtig an den Fluß pürschten.

Eine Stunde und mehr verstrich.

Es war eine feierliche Stille, wie immer in dieser Einsamkeit. Man hörte nichts als das Rauschen des Wassers.

Da blitzte auf einmal in der Sägemühle ein Licht auf und verschwand wieder, kam noch zweimal und erlosch.

Das war ein Zeichen, und alle scharfen Jägeraugen, die an der Isar wachten, erkannten es.

Einen Büchsenschuß oder zwei flußaufwärts liegt ein einsamer Bauernhof.

Man heißt es beim Ochsensitzer.

Da wurde jetzt auch ein Fenster hell, dreimal in gleichen Abständen.

»Bande, verfluchte!« brummte der Jagdgehilfe Glasl, der keine hundert Schritte davon entfernt hinter einer Fichte stand.

»I hab's wohl g'wißt, daß de wieder dabei san.« Und er horchte angestrengt in die Nacht hinaus.

Es war nichts zu hören, und lange war auch nichts zu sehen. Da kam der Mond über die Berge herüber. Sein flimmerndes Licht fiel auf den Fluß, und immer länger dehnte sich der glitzernde Streifen aus, und er ging in die Breite, bis zuletzt das ganze Tal angefüllt war von seinem Glanze.

Und jetzt konnte man einen Schatten sehen, der in der Mitte des Flusses mit Schnelligkeit dahinglitt.

Das waren sie.

Glasl faßte sein Gewehr fester und zog den Hahn über. Das Floß kam näher.

Man hörte das Eintauchen des großen Steuerruders, und eine verhaltene Stimme rief:

»Besser rechts halt'n, Dammerl! Besser rechts! Mir treib'n z' nah zuawi.«

Glasl ließ das Floß vorbeigleiten und stellte sich so, daß er gegen den Mond sah.

Die Umrisse der an den Rudern Stehenden hoben sich vom lichten Hintergrunde ab, und der Jagdgehilfe konnte mit einiger Genauigkeit das Visier nehmen.

Er zielte kurz und feuerte.

Knapp und scharf antwortete das Echo auf den Schuß, dann brach sich der Hall und grollte das Tal entlang. Und weckte den schlafenden Wald.

Wildtauben flogen auf und Krähen schimpften.

Vom Wasser her kam ein unterdrückter Schrei und ein kräftiger Fluch.

»'s werd eppa 'r oan g'rissen hamm«, brummte der Glasl und schaute dem Floß nach.

Das fuhr mit unverminderter Schnelligkeit weiter.

Aber jetzt, ein, zwei, vier Schüsse; und wieder einer, und wieder ein paar.

Da blitzte es auf, dort brach ein Feuerstrahl aus dem Walde. Ein paar Kugeln schlugen klatschend ins Wasser, aber andere trafen das Ziel.

»Wart's, Lumpen!« lachte der Glasl, »heunt habt's a schlecht's Wetter dawischt.« Und er schoß den zweiten Lauf ab.

Die Wilderer antworteten auch mit Pulver und Blei.

Aber sie schossen nur aufs Geratewohl, während sie selber ein gutes Ziel boten. Dazu mußten sie achthaben auf die starke Strömung und die Felsblöcke, welche hier zahlreich aus dem Wasser ragen. Sie hielten stark an das rechte Ufer hin und glitten unter der Brücke durch.

Wie das Floß nun in einer Linie mit der Sägemühle war, stellten die Jäger das Feuern ein.

Der Glasl Thomas hatte sein Gewehr wieder geladen und schlich von Baum zu Baum das Ufer abwärts.

Er gab wohl acht, daß er nicht in das Mondlicht hinaustrat, damit ihn kein spähendes Auge erblikken konnte.

Nach einiger Zeit machte er halt und ahmte den Ruf der Eule nach.

Ein ähnlicher Laut antwortete ihm, und bald stand er in guter Deckung neben dem Jagdgehilfen Florian Heiß.

»Kreuz Teufi!« sagte Glasl und lachte still in sich hinein.

»Flori, dösmal is was ganga.«

»Net z'weni«, erwiderte Heiß. »Bei dein' erst'n Schuß hat's oan g'numma.«

»I hätt's aa g'moant.«

»Ganz g'wiß. I hab's g'sehg'n. Den Lackl am Ruader hint' hast nauf belzt.«

»Auf den hon i aa g'schossen«, sagte Glasl; »aber es wer'n no mehra troffen sei'.«

»Was laßt si sag'n? De Lump'n ham viel Wildprat am Floß g'habt, und da wer'n sie si fleißi dahinter eini duckt hamm.«

»Mein zwoatn Schuß hab' i eahna da Längs nach eini pfiffa. Vielleicht hat der aa no a bissei was to.«

»Recht waar's scho«, gab Heiß zurück.

»Was tean mir jetzt?«

»Steh' bleib'n a Zeitlang, nacha pürsch'n mir uns hinterm Ochsensitzer umi, und gengan übern Steg. An der Bruck'n ob'n derf'n mir uns net sehg'n lassen.«

Sie blieben schweigend stehen.

Nach einer Weile stieß Glasl seinen Kameraden an.

»Da schaug abi!«

In der Sägemühle flammte ein Licht auf und erschien bald an dem einen, bald an dem anderen Fenster.

»In der Sag' sans wach wor'n«, flüsterte Heiß.

»De hamm heut no net g'schlafa, de Tropf'n«, erwiderte Glasl.

»Jetzt gengan mir.«

Sie pürschten leise weg in den Hochwald.

Im Forsthause war große Aufregung.

Die Schüsse hatten das Haus geweckt; die

Dienstboten waren aufgestanden und hinausgeeilt. Im Krankenzimmer stellte sich die Hebamme erschrocken ans Fenster und horchte furchtsam auf den Lärm.

Die Frau Oberförster richtete sich unruhig im Bette auf.

»Was is? Was gibt's?« – »Nix, nix.«

»Hat's net geschossen?«

»Na, Frau Oberförster, da hamm S' Ihnen täuscht.«

Die Kranke ließ sich beschwichtigen; die müden Augen fielen ihr zu.

Da tönte wieder vom Flusse herauf ein scharfer Knall, und Schuß auf Schuß.

»Um Gottes willen!«

Die Kranke fuhr auf.

»Wo is mein Mann?«

»Regen S' Ihnen net auf, Frau Oberförster! Er is daheim. Er is halt im Bett.

»Er is drunten!«

»Wo?«

»An der Isar. Ganz g'wiß, er is drunten!«

»Geh, geh! Was is denn?« sagte eine tiefe Stimme, und der Oberförster trat in das Zimmer.

»Bist da, Max? Gott sei Lob und Dank!«

Die Kranke streckte ihm ihre kleine, abgemagerte Hand entgegen, und ihre Augen leuchteten.

»Weil du nur da bist!«

»Aber was hast denn, Mamale?«

»Ich hab' so Angst g'habt. So Angst. Gelt, du gehst net weg?«

»I bleib scho bei dir.«

»Wer schießt denn da?«

»Ah, desweg'n brauchst dich net kümmern. Der Ochsensitzer hat si beschwert, daß die Hirsch'n alle Nacht in seiner Wiesen sind. Jetzt hab i's heut vertreib'n lassen.«

»Max!« – »Was?«

»Warum bist du heut noch ganz anzog'n?«

»Der Kontrolleur von der Hinter-Riß war da. Mir sin a bissel länger sitzen blieb'n.«

»Jetzt gehst aber ins Bett? Gelt?«

»Ja, ich hab' Schlaf. Aber hast du kein' Angst mehr?«

»Nein.«

»Weg'n dem dummen Schießen?«

»Nein!«

»Ich hab' g'meint, sie vertreib'n de Hirsch a so. Ich hab' net denkt, daß g'schossen wer'n soll.«

»Das macht nix. Ich bin schon wieder ruhig.«

»Dann gut' Nacht, Mamale!«

»Gut' Nacht, Max!«

Der Oberförster zog die Tür leise hinter sich zu und blieb horchend stehen.

Er schlich auf den Fußspitzen die Stiege hinunter und gab acht, daß keine Stufe knarrte.

An der Haustüre kam ihm ein Bursche entgegen.

»Herr Oberförster!«

»Red staad, Kerl!«

»Sie möcht'n in d' Sag abi kemma. Es is an Unglück g'schehg'n.«

»Wem?«

»A so halt.«

»Dös erzählst mir im 'nuntergehn. Komm no glei mit!«

»I möcht gern . . .«

»Nix. Du gehst mit mir! Mit meine Dienstbot'n hast du net z'reden!«

Sie schritten in die Nacht hinaus und gingen zur Säge hinunter. Der Bursche voran.

»Also was is?« fragte der Oberförster.

»I hab' mir denkt, Sie wissen's scho.«

»Was soll ich wissen?«

»No ja. A so halt.«

»Wenn's d' net red'n magst, laß bleib'n. Hat di der Müller g'schickt?«

»Ja.«

Sie waren vor der Säge angekommen.

Die Haustüre stand offen, und aus einem Zimmer drang matter Lichtschein in den Gang hinaus. Man hörte flüstern, dann setzten zwei weibliche Stimmen mit Beten ein.

Der Oberförster trat näher.

In der Mitte der Stube war auf zwei Stühlen die Leiche eines jungen Mannes aufgebahrt, der Kopf lag auf einem mit Heu gefüllten Sack gebettet.

Die erkalteten Hände hatte man zusammengelegt und darein ein kleines Kreuz gesteckt.

Es war ein unheimlicher Anblick in dem halbdunkeln Raume.

Der Oberförster sah auf das wachsgelbe Gesicht des Toten; es mochte hübsch und männlich gewesen sein; jetzt trug es die entstellenden Spuren eines gewaltsamen Endes und war schmerzlich verzogen.

»Wer is das, Mutter?« fragte der Oberförster.

»Der Halsenblasi, dem Halsen von Lenggries sein Ältester.«

»Wie kommt der zu euch?«

»Seine Kamerad'n hamm an abg'liefert.«

»Wann?«

»Voring. Mit'n Floß san s' kemma.«

»San s' no da?«

»Na, na! Sie san glei weiter g'fahr'n.«

»Warum hast du mich holen lassen?«

»Es is no oaner bei mir. Der brauchat a Hilf.«

Die Mutter deutete mit dem Daumen auf die Nebenstube. Der Oberförster ging hinein.

Da lag ein Mann auf dem Boden, in eine grobe Kotze gehüllt; unter den Kopf hatte man ihm ein Kissen geschoben.

Er wandte sein blasses, von einem starken Bart umrahmtes Gesicht dem Eintretenden zu.

»Wo fehlt's?« fragte der Oberförster.

»Er is schwar g'schossen oberm recht'n Knia«, sagte der Müller.

Und der Verwundete nickte zur Bestätigung.

»Is er verbund'n?«

»Sell wohl. Und an Einschuß hamm ma mit Pulver eig'rieb'n, daß 's Bluat'n aufg'hört hat.«

»Ja, der muaß zum Doktor; so schnell wie möglich. I schick glei nach Lenggries.«

Der Verwundete schüttelte abwehrend den Kopf.

Dann sagte er mit schwacher Stimme:

»Vergelt's Gott, aber mir waar's liaba, wann's mi selber auf Lenggries bringet'n. Na waar i dahoam.«

»Ja, halt'st de Fahrt aus? Tuat's dir net z'weh?«

»Na, i halt's scho aus. I möcht hoam.«

»Er is jung verheiret«, sagte der Müller.

»Ich leih ihm mein Wag'n. Recht gern; ihr müaßt's 'n halt mit der Tragbahr zum Weg 'naufbringen.«

»Jawohl, Herr Oberförster. Und Vergelt's Gott dafür.«

»Wer is denn der arme Teufel?«

»Der Hag'n-Anderl von Lenggries.«

»Er werd hoffentli wieder g'sund wern«, sagte der lange Forstmann und nickte dem Verwundeten zu.

Der schaute ihm verwundert und dankbar nach.

So menschlich geht es nicht immer ab unter Todfeinden.

Ein paar Stunden später fuhr der Hag'n-Anderl, in weiche Betten gehüllt und gegen die Kälte geschützt, auf Lenggries zu.

Die Pferde gingen im Schritt, und der Knecht gab Obacht, daß der Wagen nicht über grobe Steine ging.

Hinterdrein kam ein anderes Fuhrwerk; ein Leiterwagen und darauf in Säcke eingenäht der Halsen-Blasi.

Und der hat kein Schütteln und Rütteln mehr gespürt.

Er ist mit vielen Ehren in Lenggries begraben worden; von weither sind die Leute zum Leichenbegängnis gekommen.

Es ist ihm nachgerühmt worden, daß er so oft auf freier Pürsche war und seine Büchse in allen Revieren ringsherum krachen ließ; und daß er nun starb wie ein rechter Wildschütz.

Die Burschen schworen, sie wollten es den Jägern heimzahlen; und der Bruder des Gefallenen, der Halsen-Toni, sagte, mehr wie ein Grüner müsse dafür hingelegt werden.

Er ist aber selber ein paar Jahre später von einer Kugel getroffen worden.

Das erzähle ich ein anderes Mal.

Schneehendlpfeifen

»Jetzt zünd'n mir uns z'erscht a Pfeif' o, Ludwig; nacha will i dir verzählen, wie mir amal ins Schneehendlpfeifen ganga san.« Der Jagdgehilfe Glasl schob mir seinen Tabakbeutel herüber, und ich nahm eine Handvoll von dem k. k. Rollenknaster.

»Der Knaster is guat«, sagte er, »dei Vata hat koan andern net g'raucht, und der hat g'wiß was verstanden.«

Der Glasl war nämlich vor bald vierzig Jahren unter meinem Vater als Jagdgehilfe in der Vorder-Riß angestellt worden.

Zuerst hat er seine Anerkennung erworben durch Schneidigkeit und Treue; nach und nach ist er dem wortkargen Oberförster ein Freund geworden und ist es geblieben, bis eines Tages der Herr Max Thoma in dem sieben Schuh langen Sarge auf den Friedhof getragen wurde.

Oder damit ich es recht sage, er ist ihm über den Tod hinaus anhänglich geblieben und weiß noch heute kein besseres Lob für eine Sache, als daß er ihr nachrühmt, sie hätte vermutlich dem alten Oberförster Thoma gefallen.

»Brennt's?« fragte der Glasl.

»Es brennt scho«, sagte ich.

»Nacha paß auf! Dös is g'wesen, selbigsmal, wie dei Muatta de kloa Luisel auf d' Welt bracht hat, anno 69 glaab i.

Also, da hamm d' Lumpen an Bartel derschossen g'habt, vielleicht a halb's Jahr davor. Dös war a braver Mensch und a Jager von der ersten Klass'.

Den hamm a paar Jachenauer derschossen, wia 'r a auf 'n Vorderkopf außi ganga is. Aus de Latschen raus und net weiter wia fünf Schritt. Der Bartel hat an G'wehrlauf g'seg'n und schreit no: ›Net schiaßen!‹

Derweil hat's scho kracht, und der Bartel hat de ganz Schrotladung droben g'habt. Es hat 'n im Schnall 'neig'haut, und an Xaver, der dabei g'wen is, han d' Latschennadeln ins G'sicht g'spritzt, daß er im erschten Augenblick nix g'sehg'n hat. Wia 'r a si g'reicht hat, san d' Lumpen scho auf und davo g'wen, und kennt hat er koan.

No, dei Vater hat an Verdruß g'habt, wia 's an Bartel daherbracht hamm, maustot. Den saubern Burschen, den a jeder Mensch gern g'habt hat.

Bei der Untersuchung hat ma g'sehg'n, wia nah daß der Schuß g'wen is, weil's Hemd vorn o'brennt war vom Papierpfropfen.

Mir hamm an Bartel in der Hinter-Riß ei'graben, und der Pater Benno hat in der Leichenred' g'sagt, daß da Himmi den Mörder strafen werd'.

Mir hamm uns auf dös net verlassen und hamm uns denkt, a bisserl wern mir selber mit de Jachenauer z'sammrucken. I hab' zum Heiß g'sagt, eh'nder freut mi koa Essen und Trinken nimma, bis i net oan von de Tropfen hi'g'legt hab'. De Jachenauer hamm dös wohl g'spannt, daß de G'schicht nimma sauber is; ma hat nix mehr g'hört und nix mehr g'spürt, daß oana ins Revier rei' waar.

Und lang hat si nix g'rührt.

Nacha am Matheistag, i woaß no wia heut, denk' i mir, an abg'schaffter Feiertag is, wo d' Bauern nix arbet'n; da darf ma zwoamal guat Obacht geb'n; und 's Wetta is aa so warm g'wen, daß i mit 'n Heiß ausg'macht hab', mir gengan an Berg außi und probiern's mit 'n Schneehendlpfeifen. An Heiß is glei recht g'wen, und mir san in aller Fruah weg.

's Marschieren is müahsam g'wen; der Schnee war no hoch und hat nimma recht tragen, weil da Südwind a paar Tag ganga is. Bei jedem Schritt bist einig'fallen samt de Schneereif und hast an Arbet g'habt, bis ma 'r an Haxen wieder außa bracht hat.

Um an achti bin i am Platz g'wen. Der Heiß is weiter drunt' blieben; i hab' mi auf da Schneid o'g'setzt und hab' schö' staad umanand g'schaugt.

Ma siecht von den Platz aus in d' Jachenau abi, und da is ma wieder der Bartel ei'g'fallen.

Mir san Spezl g'wen vo lang her, und i hab' eahm de Stell' bei dein Vater zuabracht. Er hat mir koa Schand' nit g'macht de drei Jahr, wo er da g'wen is. Allaweil fleißi in Deanst und nüachtern. In da dritten Woch' hat er scho a paar Tiroler abg'fangt und hat s' vom Berg oba transportiert. A Scharnitzer is dabei g'wen, a Mordskerl, a großer. Der hat si unter 'n Weg amal stellen wollen und waar nimma weiter ganga. Aber der Bartel hat' 'n scho gangig g'macht; er hat 'n glei niederg'schlag'n, daß er d' Haxen in d' Höh g'reckt hat; nacha is der Tiroler wieder ganz handsam und fromm wor'n. Dös is überhaupt das Bescht', Ludwig. No net lang umschaug'n mit de Lumpen!

Und da Bartel is so oaner g'wen. G'redt ganz weni, aber scharf, wenn's drauf o'kemma is. Mit de Jachenauer hat 'r aa öfter was z'toa g'habt und desweg'n hamm's 'n aa derschossen. No, dös is mir all's a so ei'g'fallen, wia 'r i auf dem Platz g'hockt bi. Z'letzt hon i mir denkt, jetzt muaß i 's do amal probier'n mit'n Schneehendlpfeifen.

G'rad wia 'r i o'fanga will, siech i was unter meiner; a paar kloane Feichten rühren si, und der Schnee fallt oba.

I schaug scharf abi, und richti, glei drauf kimmt a Kerl aus'n Dicket mit an – g'schwärzten G'sicht.

So, denk i mir, Manndei, da schau her! Du kimmst ma jetzt g'rad recht.

I rühr' mi net und wart', was der Lump eppa tuat. Er bleibt steh' und luxt umanand; nacha steigt a wieder gegen mi aufa und bleibt wieder steh' und stroaft an Schnee von sein G'wehrlauf oba.

I hab' glei g'moant, i müßt 'n kenn nach da Figur. A großer Kamerad mit eckete Schultern, und Pratzen so groß, daß ma 'r an halbeten Tisch hätt' zuadecken könna damit. Wenn dös net da Sagschneider Blasi is, denk i mir, nacha bin i net da Glasl. Und der sell Blasi is an ausg'machter Lump g'wen. Tag und Nacht im Revier, und glei firti mit 'n Schiaßen.

Daß er mit dabei g'wen is, wia s' an Bartel durchto hamm, des sell hon i nia anderst glaabt.

Wenn i an Kugellauf dabei g'habt hätt', nacha hätt' i glei abi g'schossen drauf. Aba 'r a so hon i warten müassen, und hab' mi ganz staad g'hebt. Er steigt allawei höcher, und jetzt hon i schon kennt, wo er hi will. Hinter meiner is a guata Wechsel g'wen. Da hätt' er si vielleicht o'setzen mög'n, und weil er allawei umg'schaugt hat, san g'wiß no a paar dabei g'wen; de hätt'n eahm trieben.

Er kimmt allaweil nächer – warum rauchst denn nit, Ludwig?«

»Mir is d' Pfeif' ausganga.«

»Ja, da muaßt öfter o'zünden, der Knaster löscht gern aus, aba sinscht is er guat. Brennt's?«

»Brennt scho«, sagte ich.

»Also der Lump kimmt allawei nächer, und i hab'n schnaufen g'hört. Er hat si aa plag'n müassen. Auf dreiß'g Schritt hab' i'n herlassen; nacha fahr i auf und pumms! Schiaß i eahm mitten ins G'friß.

Den hat 's umg'legt. Er falt streckterlängs in Schnee eini und rührt si net.

Manndei, denk' mir, jetzt woaßt aa, wia 's is. I bin aber net von mein Platz weg, weil i g'moant hab', es kunnt no oaner nachkemma.

Es dauert net lang, pfeift der Heiß. I gib eahm staad o, und er pürscht si zuawa.

›Host a Hendl?‹ fragt er.

›Ja‹, sag' i.

›Wo is denn?‹

›Da drunt flackt 's‹, sag' i, und er schaugt abi und siecht den Lumpen. Da pfeift er durch die Zähn' und lacht.

›So‹, sagt er, ›aba 'r a bissel groß is.‹

›Jetzt bleib do, Heiß‹, sag' i, ›i glaab alawei, der is net alloa g'wen. Sei no grad staad!‹

I lad' mein Schrotlauf wieder, und der Heiß setzt si neben meiner.

Auf oamal hör'n ma huppen, net laut. Aba du woaßt ja, Ludwig, wenn da Schnee liegt, hörst no mal so guat. I gib an Heiß mit'n Ellabog'n an Renner, und er blinzelt mi o.

›Hu-upp‹ tuat's wieder. Oamal links weiter drunt, nacha weiter heroben rechts.

Jetzt siech i zwoa, drei, vier Kerl aus 'n Dicket kemma.

›Vieri‹, sagt der Heiß ganz staad, ›Herrgottsakrament, wenn ma no gröbere Schröt dabei hätt'n, oder gar a Kugel!‹

›Laß da Zeit‹, sag' i, ›wenn s' den andern flacken sehg'n, gengan s' vielleicht zuawi.‹

So is a g'wen.

Oana von de vieri bleibt auf oamal steh' und schaugt. ›Pst!‹ macht a.

De andern halten, und er deut' aufi, zu dem Platz, wo der g'leg'n is. Aber so schlau san s' do g'wen, daß s' net schnurg'rad drauf zua san. Sie verteilen si, und ziag'n si wieder ins Dicket z'ruck, und kemman in an Halbbogen aufa.

›Jetzt‹, sag i, ›Heiß, schaug du links umi, i nimm de, wo rechts kemman. Schiaß net z'bald; von de Lumpen hat g'wiß oana 'ran Kugellauf dabei. Mir müassen schaug'n, daß ma zwoa hi'legen. Nacha is d' Rechnung gleichauf.‹

Es dauert a halbe Stund. Hie und da hör' i an Astl, aber g'sehg'n hat man nix. Jetzt san s' heroben.

Von oan siech i d' Haxen; er schiebt de Äst auf d' Seiten und halt an Grind außa und horcht. Der Heiß und i, mir rühren uns net. Zum Schiaßen is no z'weit g'wen.

Wia der Lump nix hört, kimmt er ganz außa und geht auf den andern hi, der im Schnee flackt.

I ziag ganz staad auf. Dawei schnallt's beim Heiß und oana schreit. Jetzt hat's pressiert.

Z'sammschaug'n und schiaßen is bei mir oans g'wen, und den mein' hat's g'rissen.

Von de andern zwoa hamm ma nix mehr g'sehg'n; aber g'rumpelt hat's links und rechts; de san schnell abi über 'n Berg.

›Drei hamm ma‹, sagt der Heiß.

Und richtig ist der im Schnee g'hockt, den wo er aufi g'schossen hat.

›Jetzt mach'n ma, daß ma weiter kemma‹, sag' i, ›mir lassen uns net sehg'n, und de andren hol'n eahnere Kameraden scho.‹

Mir san z'ruckpürscht und abi; dös is g'schwind ganga, Ludwig.

Wia ma drunt g'wen san, sag' i zum Heiß: ›Jetzt mach'n ma 'ran Umweg und gengan über d' Isar und kemman von der anderen Seit'n hoam. Da woaß nacha koa Mensch nix, daß mir zwoa da herob'n g'wen san.‹

Dös hamm mir aa to. Mi san no zwoa Stund umganga und san auf den Weg, der von da Hinter-Riß eina führt. Wia ma auf der Straßen san, kimmt hinter uns a Schlitten daher.

Der Pater Benno is droben g'sessen und no a Kapuziner. ›Heiß‹, sag' i, ›jetzt feit si nix mehr.‹

Wia da Schlitten bei uns is, grüaß'n mir, und i fang glei an Dischkurs o mit 'n Pater Benno.

Grüaß Gott und wohi, was ma so sagt.

›Waren Sie schon auf der Jagd?‹ fragt der Pater.

›Ja‹, sag' i, ›mir kemman g'rad von Scharfreiter.‹

›Das seh' ich‹, sagt er, und ›ein warmer Tag heute‹, sagt er.

›Is besser aa‹, sag' i, ›Matheis bricht's Eis, hat er koans, na macht er oans.‹

›Ja, ja‹, sagt er, und ›adieu!‹

Und nacha draht er si no mal um und fragt: ›Von

den Mördern des Bartel hat man noch immer keine Spur?‹

›Na‹, sag' i, ›jetzt wer'n ma 'r a kaam mehr was raus kriag'n. Es is scho z'lang her.‹

›Dem Strafgericht Gottes entrinnen sie nicht‹, sagt er.

›Hoffentlich‹, sag' i, und hab' ma was denkt.

Der Gaul ziagt o, und weg san s'.

›Heiß‹, hab' i g'sagt, ›jetzt hamm ma glei gar an geischtlichen Zeug'n, daß mir auf der anderen Seiten war'n.‹

Es is aba nix raus kemma, und mir hamm an Herrn Pater Benno z'letzt gar nimma braucht.«

»Und was is mit die Jachenauer worn?« fragte ich.

»De? No, der Bader hat viel Arbet g'habt und der Dokta vo Mittenwald aa.

G'storben is koana; net amal der Sagschneider Blasi; aba der hat 's G'hör verloren. So viel hamm eahm de Schröt g'macht. Und koan Jagd'g'hilfen hat der nimma derschossen. Von de andern zwoa is später oana selber Jagdg'hilf wor'n und is elend z'grund ganga, auf da Benediktenwand. Ma hat'n g'funden unter an Haufen Stoana; in der Brust hat er an Schuß g'habt, aber net so schwaar, daß er glei tot g'wen is. Da san d' Lumpen herganga und hamm an mit Felsbrocken zuadeckt, daß er langsam krepiert is.«

»Ah, Herrgottsakrament!«

»Ja, Ludwig, dös is a scharfe Zeit g'wen in de sechz'ger Jahre. Da san im Isarwinkel hint' viel Leut in da G'schwindigkeit umi g'roast, ohne Reu' und Leid.«